中公文庫

松山・道後 十七文字の殺人

西村京太郎

中央公論新社

目　次

松山・道後十七文字の殺人

第一章　亀井刑事の休日

1

新春早々、亀井刑事が、捜査一課長に、休暇を願い出た。

珍しく、照れた顔で、

「十二日に、家内を連れて、四国へ行って来たいと思いまして」

「奥さん孝行か」

と、本多一課長は、微笑してから、

「君の郷里は、四国だったかね？」

「いえ。私は、東北の生れです」

「じゃあ、奥さんが、四国の人間かね？」

「違いますが、実は、去年の春に、仕事で四国へ行きまして、松山で、犯人を逮捕して、ほっとしたことがありました。松山は、俳句の盛んな町でして」

「知っているよ。松山は、正岡子規や、山頭火などで有名だ」

「松山には、ところどころに、俳句の投稿箱がありまして、観光客が、盛んに投稿していました。私も、犯人を逮捕したという、ほっとした気分で、つい、一句ひねりまして、投稿致しました」

「カメさんは、俳句を作るのか」

「ほんの真似事《まねごと》ですが」

「それで？」

「昨日、松山市から、突然、速達が届きまして、私の句が、特別賞に入選したので、十二日に、おいで下さいと、あったのです」

亀井は、相変らず、照れながら、いう。

「そりゃあ、大したものじゃないか。立派なものだ」

本多が、賞《ほ》めた。

「未《いま》だに、あんな駄句が、特別賞になったなんて、信じられません」

「そんなに謙遜《けんそん》するものじゃない。どんな句なのか、教えてくれないかね」

「本当に、駄句でして」

と、亀井はいい、本多が差し出したメモ用紙に、書いて見せた。

子殺しの　母にも涙　春へんろ

それを読んで、本多は、「ああ」と肯《うなず》いた。

「思い出したよ。世田谷で、三歳のわが子を殺して、若い母親が、逃げた。あの事件だろう？」

「そうです。二十三歳の若い母親は、へんろにまぎれて、四国へ逃げたという噂《うわさ》で、私が、追って行きました。私自身も、へんろに同行して、彼女を見つけました。今回、私としては、なかなか、一緒に旅行してやれない家内を連れて行ってやりたいのです」

「わかった。十二日は、松山へ行って来たまえ」

と、本多はいった。

「ありがとうございます」

亀井は、ほっとした顔で、頭を下げた。

三日後の一月十二日。亀井は、妻の公子《きみこ》を連れて、松山に向かった。

亀井夫婦には、子供が二人いる。厳しいが、まあ、父親としては合格だと、亀井は、思っているが、公子に対して、いい夫かどうかということになると、全く、自信がなかった。とにかく、仕事人間で、ここ数年、妻を旅行に連れて行ったことがない。公子は、それでも、不満を口にしたことはないが、本心はどうなのか、わからないのだ。最近、亀井の友人二人が、中年になって、相ついで、妻から離婚をいい出されて、狼狽《ろうばい》していた。

二人とも、亀井と同じ仕事人間だったから、亀井は、大いに反省している。

松山に、公子を連れて行くことにしたのも、その忠告のせいだった。

亀井たちは、羽田から、松山行の飛行機に乗った。

午前九時五十五分羽田発の飛行機で、松山空港には、十一時二十分に着いた。

松山空港から、道後温泉行のリムジンバスに乗る。

約四十分で、道後温泉に着くと、昼食に、温泉街で、二人はラーメンを食べた。

そのあと、亀井は、予約しておいたＭホテルに、公子を送り、自分は一人で、バスで、松山市内に向った。

彼が受け取った速達には、午後二時までに、市役所へ来て下さいとあった。

市役所前で、バスを降り、二時十分前に、市役所に入った。

受付で、速達を見せると、すぐ、市長室に案内された。

（賞品は、市長がくれるのか）

と、思いながら、市長室に入ったが、なぜか、他の受賞者の姿はなかった。

（おかしいな）

と、思ったのは、その時だった。

亀井は、特別賞である。とすれば、天、地、人という三賞の受賞者がいる筈《はず》なのだ。それが、なぜ、いないのだろうか？

五、六分待たされたあと、市長と、もう一人、中年の男が、入って来た。

市長が、まず、亀井にあいさつしたあと、もう一人の男がくれた名刺には、「秘書室長松崎　健」とあった。

市長は、亀井に向って、

「おめでとうございます。いい句で、感心しました」

といい、賞状と、賞品を渡した。

そのあと、市長は、

「私は、急用があるので、失礼しますが、あとは、この秘書室長と、話し合って下さい」

といって、市長室を出て行った。

その秘書室長は、妙に、かたい表情でいる。

（何かおかしいな）

と、亀井は、また、思った。

「他の受賞者の方は、どうしたんですか？」

亀井がきくと、秘書室長の松崎は、

「天、地、人の入賞者には、賞品をお送りしています」

といった。

「じゃあ、今日、呼ばれたのは、私一人ですか？」

「そうです」

「なぜ、私一人が、呼ばれたんですか？」

「折り入って、相談したいことがありまして」

と、松崎はいった。

2

「きちんと、説明して頂きたいですね」

と、亀井はいった。

松崎は、小さく咳払《せきばら》いしてから、

「亀井さんの投句に添えられた略歴を拝見して、警視庁捜査一課に勤務されているとわかりました」

「――」

亀井は、黙って、相手の次の言葉を待った。

松崎は、また小さく咳払いをした。かなり緊張しているらしい。

（何を、緊張しているのか？）

「亀井さんは、刑事になられて、何年ですか？」

と、松崎がきく。

「二十年ですが、それが、何か？」

「二十年もやっておられたら、これは、事件になりそうかどうか、大体の見当がつくんじゃありませんか？」

「よく意味が、わかりませんが」

「例えばですね。あいつを殺してやりたいと、口走る男がいたとします。その男を見て、彼が、本当に人を殺すようになるかどうか、見当がつくのではないか、ということなんですが」

と、松崎はいった。

「つくこともあれば、つかないこともありますよ」

亀井は、正直にいった。

「そうですか――」

「何か、おっしゃりたいことがあるのなら、直截《ちょくせつ》にいってくれませんか」

と、亀井は促した。

「実は、去年一年に集った句を、今年に入ってから、手分けして、読ませて頂きました。今回は、総数一万二千句を超えました」

「それは、大変なものですね」

「厳正に審査して、天、地、人と、特別賞の亀井さんの句を決めたのですが、他に、どうしても気になる句が、三句あったのです」

と、松崎はいった。

「どんな風に、気になるんですか？」

「それは、亀井さんが読まれて、意見をいって頂きたいのですが、三つの句は、それぞれ、別の場所で投稿されていて、筆跡も違うのですが、ある一点で、共通しているのです」

「そのことが、私が、現職の刑事だということと、何か関係があるんですか？」

「それも、亀井さんに、判断して頂きたいと思います」

と、松崎はいい、その三句を、亀井の前に、並べて置いた。

「どれも、字余りばかりで、俳句とはいえないようなものですが、気味が悪いのですよ」

と、松崎は付け加えた。

花冷えの中　二人が死ぬを　見たいと思う　　東京　小町

桜樹《さくらぎ》を削り　怨念《おんねん》という字を　何度書きたるか　　東京　赤鬼

春風に　血の匂《にお》いを嗅《か》ぎし　二十才《はたち》の時　　　東京　青二才

亀井は、眼をあげ、

「面白いですね」

と、最初の感想を口にした。

松崎は、不満気に、

「それだけですか？」

「われわれ刑事が、面白いといった時は、関心があるということです」

と、亀井はいい直した。

松崎は、はっとした顔で、

「何か、感じましたか？」

「確かに、あなたのいう通り、共通したものがありますね。三句とも、詠《よ》み手の住所は、東京になっていて、本名ではなく、俳号を記していて、身元がわからない」

「そうです。それに、私が一番、引っかかるのは、三句とも、死だとか、血の匂いだとか、怨念という言葉があるということなんです。それが、句の主題になっていることなんです」

　松崎は、興奮した調子で、いった。

　亀井は、微笑した。

「あなたのいわれることは、よくわかります。きっと、四国の風景を詠んだ句や、美しい心情を詠んだ句が、大部分だったんでしょうね」

「そうです」

「そんな多くの句の中に、この三つの句が混っていれば、それは、どきっとしますね」

「そうなんです。選者の中には、これは、ひょっとして、殺人を予告しているんじゃないかという人も出て来たんですよ」

　と、松崎はいった。

「なるほど」

「それから、この三句は、去年の十月に、別々の場所で、投稿されているのです」

「十月の同じ日に、投稿されたかも知れませんね」

「そうなんです」

「つまり、この三人は、同じ仲間で、十月のある日、一緒に、この松山にやって来て、それぞれの気持を句に籠《こ》めて、投稿したということが、考えられるということですね」

　と、亀井はいった。

松崎は、膝《ひざ》を乗り出すようにして、

「その通りです。うちの市長は、想像力の強い人ですから、こんなことをいうのです。この三人は、二人の人間に、深い恨みを抱いていて、いつか、というより、今年の春、その二人を殺そうとするのではないかと」

「なるほど。桜とか花冷えとかいう言葉があるから、春にですか」

「そうです」

と、松崎は、大きく肯いてから、

「この三句を、どうしたらいいかということになりました。放っておいたらいいんじゃないかという方もおられました。句としては、駄句ですし、殺人が、予告されているという証拠もありませんから」

「そうですね」

「しかし、その一方で、もし、春になって、二人の人間が殺されるような事件が起きたら、責任を感じることになるんじゃないかという声も生れたんです。市長も、その一人でした」

「しかし、この三人は、東京とありますね」

と、亀井はいった。

「それも、当惑したことなんですよ。当地の警察に、相談しても、東京の問題だから、放っておけといわれたら、それで、おしまいですからね。といって、いきなり、東京の警視庁に電話して、松山市で、こんな俳句が、投稿されたから、気をつけて下さいといっても、果して、まともに、受け取ってくれるだろうかという危惧《きぐ》がありました。そんな時、一万二千句の中に、亀井さんの句を見つけたんです。いい句だし、警視庁捜査一課刑事とあったので、われわれは、これだと思いました」

松崎が、いった。

亀井は、苦笑して、

「どうやら私の駄句よりも、私の刑事の肩書きが、買われたようですね」

というと、松崎はあわてて、

「そんなことはありません。亀井さんの句も、いい句だし、何よりも、刑事の経験に裏打ちされていると、選者全員が、評価したんです」

といった。

亀井は、手を小さく振って、

「松山に呼んで頂けたことで、私は、十分に満足していますよ。かみさん孝行が、出来たし、面白い話も、聞けましたから」

といった。

嘘《うそ》ではなかったし、負け惜しみでもなかった。

松崎の話を聞いている中《うち》に、俳句の作者ではなく、刑事に戻ってきていたのだ。

刑事の眼で見れば、この三句は面白い。少くとも、面白いと、感じられる。

「改めて、お聞きしますが、どうしたらいいでしょうか？　市長が、心配しているので」

と、松崎がいった。

「ところで、市長さんは、どうしたんですか？」

「さっきも市長がいわれた通り、急用があって、失礼したんですが」

「それは、嘘みたいだな」

と、亀井はいった。

「いえ。やむを得ない急用がありまして」

「問題が、問題ですから、全《すべ》て、正直にいきましょうや」

亀井が、笑っていると、松崎は、頭をかいて、

「申しわけありません」

「やはり、急用は、嘘ですか」

「市長は、繊細な神経をお持ちの方で、もし、亀井さんに協力を断わられたら、どうしょうかと、そればかり、心配されていて――」

「つまり、気が小さいということでしょう。別に、小心ということは、悪いことじゃありませんよ」

「それで、秘書室長の私に、亀井さんとの話し合いを任せて、ご自分は、別室で、私からの連絡を、お待ちになっておられるんです。もし、亀井さんが、オーケイをして下さったら電話せよ。ノーの場合は、電話するなと、いわれまして」

と、松崎はいった。

「心優しい市長さんですな」

「そうです。優しい方です」

「では、市長さんに電話して、安心させてあげて下さい」

と、亀井はいった。

「では、この三句について、検討して下さるんですね？」

「東京に持ち返って、私の上司にも話して、捜査してみます。この三句に籠められた怨念が、果して本物か。それとも、人を驚かそうとする悪質ないたずらなのか、それを、まず、調べてみます」

と、亀井はいった。

「もし、本物だとなったら、どうされるんですか？」

松崎が、きいた。

「三人が、たとえ、誰かを恨んでいるとしても、それだけでは、逮捕は出来ません」

「それは、そうでしょうが――」

「問題は、三人が、その怨念から、殺人に走るかどうかということです」

「ええ」

「もし、その徴候が見えたら、われわれは、三人を拘束します。今まで、警察は、事件が起きてから、動いていたんですが、最近は、事件の予防も、警察の仕事ということになって来ていますから」

　と、亀井はいった。

「その経過は、私のところへ、報告して下さいますか？　何しろ、うちの市長は――」

「繊細な神経の持主で、心配しているからでしょう？」

「そうです。この三句を、気にしている選者が、何人かおられまして、市長に、何とかしろとおっしゃっているのです」

　と、松崎はいった。

「わかりました。東京に戻ったあと、逐次、あなたに報告しますよ」

　と、亀井は約束した。

3

　亀井は、市役所をあとにすると、今度は、電車で、道後に向った。なつかしい路面電車である。

終点の道後温泉駅に着く。

日が暮れて、温泉街には灯がともっていた。市役所で、夕食を一緒にと誘われたが、妻を道後に待たせているのでと断って、別れてきたのである。

Mホテルに着くと、公子は、何度も温泉に入って、湯疲れしたといって、仲居に、ふとんを敷いて貰《もら》って、寝ていた。

亀井は、部屋専用の露天風呂《ぶろ》に、ゆっくりとつかってから、夕食になった。

妻の公子は、食事の支度も、後片付けもしなくて、豪華な食事が出来ると、そのことを、やたらに、喜んでいる。

改めて、亀井は、日頃、公子が働き過ぎていたのだと感じて、心が痛んだ。

食事のあと、その公子のために、マッサージを呼び、自分は、ふとんに腹這《ば》いになって、今日、市長の秘書の松崎に聞いた話を、考え直すことにした。

今回の俳句は、一万二千句が、集ったといっていた。

問題の句は、その中の三句なのだ。十月に、集中して、投稿されたというので、市側は作者の三人が、同じグループの人間だと見ているらしい。

亀井の眼で見ても、三句の筆跡は違うから、一人の人間が、バラバラに、投稿したということは、考えられなかった。

去年の一月に、選者の名前は、発表されていた。

市長と、五人の選者である。

　パンフレットによれば、

　石井　史夫（松山市長）
　阿倍　正昭（国文学者）
　三田　文子（子規研究家）
　渡辺　喜六（松山商工会議所会頭）
　川上　晋太郎（俳人）
　遠藤　よしこ（俳人）

と、なっている。

　この中、渡辺は異色だが、若い時は、山頭火に傾倒していたということだった。

　俳人二人は、いずれも、松山の生れで、別々の俳句のグループを、主宰していた。

　市長の石井史夫を含めて、全員が、松山出身の有名人、有力者だといっていいだろう。

　その六人が、問題の三句に、注目し、拘《こだ》わったということになる。

　その時、六人の間で、どんな話合いがもたれたか、議事録みたいなものは、存在していなかった。

多分、いつものように座談会みたいな感じで、始まったのだろうと思う。

まず、天、地、人が、決まったに違いない。

その時、一緒に、亀井の特別賞も決まったと、松崎秘書室長は、いっていたが、亀井は、あまり信用していなかった。

亀井の想像では、天、地、人が、決まったあと、選者の一人か、或《ある》いは複数から、

「実は、気になっていることがある」

という形で、問題の三句のことが、持ち出されたに違いないと思うのだ。

他の選者も、同調して、この三句が、俎上《そじょう》にのぼった。

「繊細な神経の持主」の市長は、これから起こるかも知れない犯罪を予感して、不安一杯になったに違いない。

もちろん、他の選者たちも、同じ不安を感じただろう。

これから先も、亀井の勝手な想像になるのだが、三句の扱いについて、議論になったとき、選者の一人が、

「私に一つ、提案があります」

といい、亀井の名前を出したのではないだろうか。

「私が、選に当った句の中に、現役の刑事、それも、警視庁の刑事のものがありました。問題の三句も、東京の人間のものと思われますが、この刑事に、相談したらどうでしょう

か？」

　とでも、提案したのではないか。

　ただ、相談にのって欲しいということも出来ないから、特別賞を受賞したということで、松山に来て貰ったらどうだろうかということになったに違いない。

　亀井は、別に、ひがんで、そう考えたわけではなかった。

　自分が、選者の一人であっても、同じような提案をしただろうと思ったからである。

　それに、問題の三句を預けられたことを、別に、迷惑には、感じていなかった。むしろ、楽しんでいた。

　三句を並べて見ていると、さまざまな想像が、楽しめるからだった。

　署名の俳号を、そのまま、受け取れば、

　小町は若い女性

　赤鬼は男性

　青二才は若い男性

　ということになってくる。

　三人が、一つのグループなら、彼等は二人の人間を殺してやりたいと思っている。

　その二人は、男女のカップルなのか、男二人なのか、女二人なのかは、不明である。

　公子のマッサージが、終ったので、問題の三句や、パンフレットを、封筒にしまった。

妻に、余計な心配は、かけたくなかったからである。

翌日、亀井夫婦は、今度は、列車を使って、帰京することにした。

公子が、本四架橋を見たいと、いったからである。

4

東京の警視庁に戻ると、亀井は、まず、上司の十津川警部に、相談することにした。

十津川も、すぐ関心を示した。

「それで、カメさんは、これが、どんな事件を、想像させると思っているんだ？」

と、十津川はきいた。

「そうですね。間違っているかも知れませんが、こんな想像をしてるんです。過去、それも、さして遠くない過去に、殺人事件があった。三人の男女にとって、殺された人間は、肉親か、大事な人で、彼等は、その復讐《ふくしゅう》を誓って、この三句を、投稿した。そう考えたんですが」

と、亀井はいった。

「三人とも、東京と書いているね」

「はい」

「その東京の人間が、なぜ、自分たちの決意を表明するのに、わざわざ、松山で、句を作り、投稿したんだろう？」

と、十津川がいった。

亀井は、肯《うなず》いて、

「そのことは、私も疑問を感じました。向うでも、首をひねっているらしいんです。いろいろな答が、考えられるんですが、私は、こう考えてみました。去年の十月に、三人は、松山へ旅行した。三人は、復讐を考えていたが、時には弱気になることもあったと思うのです。そこで、決意を、再確認する意味で、それぞれの決意を句として記し、投稿することにしたのではないか。自分を、追いつめるためにです」

「なるほどね。それで、三句とも、春の句だが、それについては、どう考えるんだ？」

「投稿されたのが、十月ですからね。私は、二つ考えました」

と、亀井はいい、

「一つは、過去の事件というのが、春にあったのではないかということです。青二才の句には、春風に、血の匂《にお》いを嗅《か》ぎしとありますから」

「もう一つは？」

「彼等の復讐が、今年の春と、決められているのではないかということです。花冷えの中——と書いた小町は、その時、二人が死ぬのを見たいと、いっていますから」

「今年の春か」

と、十津川は呟《つぶや》いてから、

「松山市長さんたちは、本当に、殺人計画があるのだとしたら、何とか、それを防いで欲しいというわけだね」

「そうです。東京で起きることなら、われわれも、それを防ぐ義務があると思うのです。予見された殺人を防げなかったということで、最近、警察は、批判されていますから、われわれは、事件が起きるのを、待ってはいられません」

と、亀井はいった。

「その通りだが、過去に起きた事件が、どんな事件だかわからないと、対処の方法がないだろう」

十津川がいった。

「そうなんです。それが、前提になります」

「カメさんは、その事件は、殺人だと思っているわけだね？」

「そうです。何しろ、血の匂いを嗅いだというんですから」

「しかしその事件は、犯人は、逮捕されていないと思うね。犯人が、刑務所に送られていれば、三人が、復讐する必要はないんだからね」

「そこが、問題だと思っています。殺人なのに、事故死か自殺で処理されてしまったのか、或いは、殺人事件だが、まだ、犯人は捕っていないケースなのか。いろいろ、考えられます」

「誤認逮捕ということも考えられるね」

と、十津川はいった。

「誤認逮捕ですか」

「一つの殺人事件があった。三人の肉親、或いは、親しい人間が、その犯人にされ、逮捕されてしまったということも、考えられるだろう。それも、ある人間の罠《わな》にはめられたということになれば、復讐を考えても、おかしくはない」

「確かに、そうです」

「明日から過去の事件を、一つ一つ、洗ってみよう」

と、十津川はいった。

幸い、事件が起きてなかったので、他の刑事たちの応援も、受けることが、出来た。

亀井は、過去三年の事件と、限定した。

正確にいえば、三人が、問題の句を投稿したのが、去年の十月だから、その前ということで、二年九ヶ月の間ということである。

問題は、その事件の起きた場所だった。

日本全国では、あまりにも、範囲が広すぎる。

亀井は、三人が、東京の人間だろうということで、まず、東京で起きた事件を考えた。

次は、松山である。

三人が、去年の十月に、松山に行き、あの句を詠《よ》んだということは、ひょっとして、問題の事件は、松山か、その周辺で起きていたのではないかと、思ったのだ。

この考えに、十津川も、賛成した。

作業が、始められた。

犯人が逮捕されていない事件は、なかった。

事故、自殺で処理されたが、問題のあると思われる事件。

犯人が逮捕され、事件は、一応解決しているが、その犯人が、無実を叫び続け、批判もある事件。

この二つについて、調べ直すのだが、作業は、簡単ではなかった。

松山のケースは、愛媛県警に、協力を求めるわけだが、問題は、別のところにあった。

どの事件も、警察として、一つの結論をつけてしまっていたからである。

下手をすると、その結論を引っくり返すことになりかねないのだ。

事故、或いは、自殺として処理した事件を、見直すのは、まだ許されるかも知れないが、誤認逮捕となると、そう簡単ではなかった。

犯人を逮捕し、公判も終り、犯人は刑務所に送られ、事件は、解決している。

それを、引っくり返すことになるかも知れないからである。

そんなことを、刑事部長が、許可するわけがなかった。三上部長は、当然、「警察の面子《メンツ》にかかわる」といって、反対するだろう。

十津川が、部下の刑事たちに、注意して、

「これは、あくまでも、符合する事件を、ピックアップするだけで、その事件を、今、捜査し直すことじゃない」

といった。

三上刑事部長や、本多一課長へは、内密の作業になった。

過去の事件を調べ直しているという噂《うわさ》が聞こえただけでも、マスコミが、飛びついてくるだろうし、警察は、また、批判の矢面に立たされてしまう。

それだけは、避けたかった。

従って、全《すべ》てを、内密に、それも、短時間で、終らせる必要があった。

十津川以下、六人の刑事が、十四日から、十五日一杯かけて、作業を了《お》えた。

その結果、東京で、三つの事件、松山で、一つの事件が、ピックアップされた。

だが、十六日には、十津川班にも、練馬で発生した殺人事件の捜査が、命じられた。

そのため、ピックアップした四つの事件を、検討する時間は、なくなってしまった。

「カメさんに相談だが」

と、十津川が、殺人事件の捜査の途中で、亀井にいった。

「例の俳句の件は、気になって仕方がないだろう」

「気にはなりますが、起きるかどうかわからないことを、休暇をとってまで、調べるわけにはいきません」

と、亀井はいった。

「それで、あの件の調査を、差し当って、他の人間に頼んでみようかと思っている」

「しかし、めったな人間には、頼めませんよ。警察の秘密が、外に洩《も》れることになりかねませんから」

亀井が、不安気な眼をした。

「頼む相手は、橋本だ」

と、十津川はいった。

その言葉で、亀井の顔に、微笑が浮んだ。

「橋本なら、信用できます」

「実は、もう、彼に電話しておいた」

と、十津川はいった。

橋本豊は、元捜査一課の刑事だった男である。ある事情があって、今は、退職し、私立探偵をやっている。

まだ若いが、亀井のいうように、信頼のおける男だった。

十津川と亀井は、事件捜査の合い間を見て、橋本に会った。

「事件の調査を頼みたいんだが、守って貰《もら》いたいことがある」

と、まず、十津川がいった。

「第一に、絶対に、他に口外しないこと」

「約束します」

と、橋本は、きっぱりといった。

「第二に、ある線以上に深入りしないこと。君に警察のマネごとはして貰いたくないんだ」

「わかりました」

と、橋本が肯く。

そのあと、亀井が、内容を説明した。

橋本は、黙って聞いていたが、

「面白いですね」

「面白いからといって、深入りしてもらっては困るんだ」

と、十津川は念を押した。

「全て、心得ています」

「あと、私立探偵の君に調査を頼むんだから、調査費用は、当然、請求して欲しい」

と、十津川はいった。

「それも了解しました。あとで、請求書を送ります」

「それから、警視庁で扱った三件の事件と、愛媛県警が扱った事件一つの簡単な資料を渡すが、これは、読んで覚えたら、焼却して貰いたい」

と、十津川はいった。

「大丈夫です」

橋本は、大きく肯いた。

十津川は、妻の直子から、百万円を借り、それを調査の前金として、橋本に渡した。

あとは、橋本を信じて、委《まか》せるより仕方がないだろう。

十津川班が、担当した殺人事件の捜査は、難航しそうな気配だった。

練馬区石神井公園近くのマンションで起きた、六十歳と五十九歳の夫婦が、惨殺《ざんさつ》された事件である。

何かが、盗まれた気配はなかったから、怨恨《えんこん》説がとられたが、問題は動機だった。

この夫婦の夫は、サラリーマンで、性格は物静かで、他人《ひと》に憎まれる感じは、全くなかった。

一人息子は、もう三十五歳で、結婚して、大阪で、妻子と暮らしている。

妻は、明るく、近所づき合いもよく、誰もが、いい奥さんだったといった。

二人の趣味は、旅行で、揃《そろ》って、ハワイにも行っている。

家のローンも、すでに完済されていて、借金はなかった。

捜査を進めれば進めるほど、この夫婦には、殺される理由が、なくなっていくのである。

「時間が、かかりそうだな」

と、十津川はいった。

5

橋本は、手帳に書き留めた四つの事件の説明に、眼をやった。

東京都内の事件が三件と、松山市内の事件が一件である。

他に、問題の発端になった三句の俳句も、書きつけてある。

（殺しの予告か）

と、橋本は呟《つぶや》く。

橋本に、俳句の素養はない。そんな橋本でも、俳句で、殺しを予告するというのは、珍しいと思った。

（なぜ、俳句で、殺しを予告したのだろうか？）

という疑問が、わいてくる。

三人が、俳句をやっていて、俳号を持っていたからだろうか。

しかし、十津川は、赤鬼だとか、青二才といった俳号はおかしいというし、句そのものも、上手《うま》くはないという。

それなのに、この三人は、なぜ、俳句に、殺意を託したのか。

橋本は、しばらくの時間、興味を持って考えていたが、答が見つからず、やめてしまった。

それに、十津川に依頼されたのは、三句の解釈ではなく、四つの事件のことである。

まず、一つめの事件だった。

三年前の九月二十一日、都内、港区南青山二丁目の青山通りのマンションで起きた事件である。

十八階建の「ヴィラ青山」の最上階の部屋で、資産家で、独身の小坂井要という六十五歳の男が、死亡した。

小坂井要は、物理学者としても有名だが、自ら創立した小坂井工業の社長としても成功していた。六十歳の還暦の時、突然、社長の座を、血縁関係のない四十代の後輩にゆずって、引退し、そのいさぎよさも、賞讃された。

その後、小坂井は、悠々自適の生活を送りながら、各地で講演をしたり、面白いエッセイを雑誌に発表したりしてきた。

テレビ出演もして、これも、好評だった。

その小坂井要が、三年前の九月に、突然、自宅マンションで、死亡して発見されたのである。

橋本は、その事件を報じる新聞記事に眼を通した。

〈小坂井要さんが、自宅マンションで不審死〉

と、第一報は伝えている。

〈この日、小坂井さんは、テレビへの出演予定があったが、時間になっても、現われず、番組のアシスタント・ディレクターが、心配して、マンションに電話をかけたが、応答はなかった。そこで、マンションの管理人が、部屋を開けたところ、小坂井さんが、室内で、首を吊《つ》って死んでいるのを発見し、警察に届けたもので、警察は、自殺、他殺の両面から、捜査を始めた〉

自殺説の根拠としては、部屋の鍵《かぎ》が、内側からかかっていたことや、室内が荒らされていないことが、まず、あげられている。

自殺の動機としては、小坂井は人生で成功者であるが、家族関係では、恵まれなかったことを、あげていた。子供はなく、三十年連れ添った妻の文子は、その二年前に病死している。

従って、表面的には、恵まれた人生のように見えても、本当は、孤独だったのではないか。その孤独に耐えられず、発作的に自殺したのではないかというのである。

それに対して、他殺説は、こうなっていた。

確かに、家族関係では、恵まれてはいなかったが、小坂井には、友人が沢山いたから、孤独感から、自殺したというのは、考えにくい。

また、小坂井は、小坂井工業の社長の座をゆずったといっても、その個人資産は、三十億円を超すといわれているから、その資産を狙《ねら》っての殺人ではないかというのである。

そこで、警察は、小坂井の遺言書を探したが、見つからなかった。

遺体は、司法解剖されている。死因は窒息で、外傷は見つからなかった。

死亡推定時刻は、発見前日の午後十一時から十二時の間である。

小坂井は、ナイトガウン姿で、死んでいた。

しかし、この事件はその後、発展せず、結局、発作的な自殺ということで、すまされてしまっている。

果して、この事件が、今回の三句の殺意に結びつくのだろうか？　橋本としては、まず、その判断を下さなければならない。

もし、関係があるとすれば、小坂井要の死が、自殺ではなく、殺人という可能性が出てくることになる。

6

他にも、いくつかの点が、解明される必要があった。

橋本は、それを、箇条書きにして、手帳に書きつけた。

第一は、俳句を作った三人の男女が、小坂井の死に関係していること。

第二は、三人の一人が、「花冷えの中　二人が死ぬを　見たいと思う」と、詠《よ》んでいるから、小坂井の死に、二人の人間が関係していることになってくる。もっと突きつめれば、小坂井は、二人の人間によって、自殺に見せかけて殺されたのではないかという疑いが、持たれるのだ。

第三は、第二の事項と関連してくるのだが、この二人の犯人には、小坂井を殺す動機があったことになる。その動機は、多分、小坂井の莫大《ばくだい》な個人資産に関係があるだろう。果して、二人の人間が、遺産相続で莫大な利益を得ていたかどうか、調べる必要がある。

橋本は、この三点について、三年前の事件を、調べ直してみることにした。

彼は、問題の起きた南青山二丁目のマンション「ヴィラ青山」を訪ねた。

小坂井が、使っていた１８０１号室は現在、「里川」の表札になっていた。

橋本は、管理人から、その里川という人物について、話を聞くことにした。

有難いことに、管理人は、話し好きだったから、橋本が、私立探偵の名刺を示すと、自分の方から、いろいろと、喋《しゃべ》ってくれた。

「里川さん夫婦は、なんでも、亡《な》くなった小坂井さんの遠い親戚《しんせき》だということですよ。何にしろ、小坂井さんの莫大な遺産のことでは、ずいぶん、もめたみたいですからねえ。遺言書がなかったからですよ。里川さんは、その中の、このマンションを手に入れたんじゃありませんか」

「何をしている人ですか？」

と、橋本はきいた。

「ご主人は、経営コンサルタントをやっているとかで、よく、旅行されていますよ。今、奥さんが、ひとりで、いらっしゃると、思います」

管理人によると、里川実は、五十代、妻の恵子は、四十代だという。

橋本は、その恵子に会ってみることにした。

彼が、私立探偵の名刺を渡すと、恵子は、とがった眼で、見すえて、

「あの女が、私たちのことを調べさせているんでしょう！」

といった。

「そんなことはありませんが」

と、橋本がいうと、

「とぼけなくてもいいのよ。京子さんの欲張りは、有名なんだから。このマンションも欲しがってるのは、ちゃんと知ってるのよ」

という。

「京子さんですか？」

「羽田京子よ。彼女に頼まれたんでしょう？」

「まあ、それは――」

「やっぱりね。自分じゃあ、何億円もの現金と、軽井沢の別荘を手に入れたのに、まだ、このマンションを寄越せといってるのね」

恵子は、にくにくしげに、いった。

「しかし、このマンションは、場所もいいし、部屋も広いし、さぞ、大きな資産でしょうね」

「とんでもない。そりゃあ、買ったときは五億も六億もしたでしょうけど、私たちが、手にしたときは、時価が一億円を、切っていたんですよ」

といった。

「小坂井さんの遺産の分配については、ずいぶん、もめたみたいですね」

橋本が、勝手に想像していうと、恵子は、

「そうなのよ」

と、大きく肯《うなず》いた。

そのあと、橋本に、コーヒーをいれてくれてから、ペラペラと、喋り始めた。日頃から、不満が、溜《たま》っていたのだろう。

「小坂井さんは、奥さんも死んでいるし、子供もいなかったけど、その代りに、親戚がやたらに沢山出て来て、大変だったんですよ」

「遺言書があれば、良かったんでしょうけどね」

「その遺言書だけど」

と、恵子はひと膝《ひざ》のり出して、

「秘書の金田さんに聞いたんだけど、小坂井さんは、遺言書を作っていたというのよ」

「証拠はあるんですか？」

「あれば、私が黙っていないわよ」

と、恵子は、強い調子で、いった。

「失礼ですが、奥さんは、俳句をやりますか？」

と、橋本はきいた。

恵子は、きょとんとした表情で、

「何なの、それ？」

「ご主人は、どうですか？」

「私たちは、そんなものやらないわよ。俳句なんて、年寄りのやるものでしょう。私たちは、まだ若いんだから」

と、恵子はいった。

「小坂井さんは、自殺ではなく、殺されたのだという話を聞いたことが、あるんですが」

橋本が、話をかえると、恵子は、肯いて、

「そうなのよ。警察だって、殺人の疑いを持っていて、私たち夫婦だって、事情聴取されたのよ」

「今は、どう思っています？」

「そうねえ。よくわからないけど、自殺だったんじゃないのかしら」

「沢山いる親戚の中で、特に、遺産の分配に、不満を持っている人はいませんか？」

と、橋本はきいた。

「そりゃあ、結局、金田さんの手に遺産の大部分がわたってしまったから、不満な人は、何人もいると思いますよ。私たちだって、不満ですよ。でも、弁護士さんが、間に入って決めたことだから、仕方がないと、私たち夫婦は、あきらめてますけどね」

「小坂井さんが、特に可愛《かわい》がっていた人はいませんかね？　男二人と女一人の三人で、中に、青年もいる筈《はず》なんですが」

と、橋本はきいてみた。

「それって、小坂井さんが、他の女に生ませた子供のこと？」

「かも知れません」

「実は、かくし子がいるんじゃないかということも、問題になったのよ。もし、認知している子がいれば、遺産の相続人になりますものね。でも、弁護士さんが調べたけど、そんな子はいなかったのよ」

「小坂井さんは、どんな趣味を持っていたんですかねえ」

「旅行が好きだったわよ。海外旅行もよくしていたしね」

「国内では、四国の松山へも、旅行していたんじゃありませんか？」

「引退してから、講演に全国を廻っていたから、松山にも行ったと思いますよ」

と、恵子はいった。

「小坂井さんは、俳句をやっていましたか？」

「また俳句なの？」

「ええ。やっていませんでしたか？」

「聞いたことがないわ」

と、恵子はいった。

橋本は、小坂井の秘書だった男で、莫大な遺産を引き継いだという、金田からも、話を聞きたいと、思った。

里川恵子の話によると、金田は小坂井の遠い親戚で、小坂井工業で秘書として働らき、小坂井が引退したあとも、秘書を務めていたという。

現在、金田メカニックという会社を、自分で経営している金田を訪ね、会うことが出来た。

金田は、現在五十六歳だという。

「今でも、社長が亡くなった時のことは、忘れられませんよ」

と、金田はいう。

「引退後、小坂井さんは、講演なんかで、国内を廻られたと聞いているんですが、金田さんも、同行されていたんですか？」

と、橋本はきいた。

「もちろん　同行しています」

「四国の松山へも、行かれましたか？」

「ええ。行きましたよ。あの時は、道後温泉に泊ったんです」

「小坂井さんは、俳句をやっていませんでしたかね？」

「俳句？」

と、金田は、おうむ返しにいってから、

「そういう話は、聞いたことがありませんねえ。どうしてですか？」

「実は、小坂井さんは、俳号を持っていて、俳句を通しての友人も、沢山いたと聞いたんです。その人たちにも、その人たちには、遺産を分けたかったんじゃないかという話もです。ところが、遺言書がなかったので、その人たちには、遺産がいかなかった——」

と、橋本は、相手の反応を見ながらいった。

金田は、首をかしげて、

「私は、社長のことは、よく知っているつもりですが、俳句の話は、初耳です。確かに、遺産相続では、もめましたが、俳句を通しての友人の話は、全く出ませんでしたよ。だから、何かの間違いだと思いますがねえ」

といった。

「遺産相続の時は、親戚が沢山いて、大変だったみたいですね。里川さんにも聞きました」

橋本がいうと、金田は笑って、

「何しろ、莫大な資産ですからね。今まで会ったこともない親戚が、やたらに出て来ましたよ。里川夫婦も、文句の多かった親戚の一人じゃなかったのかな」

「親戚の中には、小坂井さんは、自殺じゃなくて、殺されたという人もいたんじゃありませんか？」

　と、橋本はきいてみた。

「ええ。いましたよ。あの当時は、警察も、殺人の可能性ありと見て、事情聴取をしていましたからねえ。私も調べられましたよ」

　と、金田はいい、続けて、

「しかし、今は、みんな、自殺ということで、納得していると、思いますがね。私立探偵のあなたに頼んで、三年前の事件を、調べ直している人間がいるんですか？」

　と、きき返した。

　橋本は、それには、答えず、

「男女の三人組で、あなたが、遺産の大部分を相続したことで、特に不満を持っている人間に、心当りはありませんか？　男二人、女一人のグループで、男の一人は、青年なんですが」

　ときいた。

「男二人、女一人の三人組ですか」

　金田は、しばらく考えてから、

「ちょっと、心当りがありませんねえ。遺産の分配については、小坂井社長の友人の加東弁護士が、やって下さったので、加東さんにも、確められたらいいと思いますがね」

といった。

（どうも、この事件は、関係が無さそうだな）

と、思いながら、結論を出すには、もっと調べる必要を感じた。

何しろ、殺人が、予告されているのである。慎重さは、必要だった。

間違った事件の関係者を追いかけてしまったら、大きなミスを犯すことになるのだ。

そこで、橋本は、加東という弁護士にも、会ってみることにした。

加東は、渋谷に法律事務所を持ち、小坂井工業の顧問弁護士でもあった人間だった。

現在も、小坂井工業の顧問弁護士をやっていた。

年齢は、六十七歳。

簡単には、会ってくれなかった。会ってくれたのは、橋本が金田の名前を出してからだった。

「金田さんの紹介では、会うより仕方がありませんね」

と、加東は、もったいぶって、橋本にいった。

大きな事務所だった。

（この人の話を聞いて、結論を出すことになりそうだな）

と、橋本は思った。

第二章　二つ目の事件

1

「単刀直入に伺います。金田夫妻が、小坂井さんの莫大《ばくだい》な遺産を引き継いだ時には、不満の声が、大きかったんじゃありませんか」

　橋本がいうと、加東は、笑って、

「どんなに、はっきりした相続の場合でも、必ず、不満の声は、出るものでね」

「それが、金田夫妻に落ち着いた、最大の理由は何だったんですか？」

と、橋本はきいた。

「そうですねえ」

と、加東は、もったいぶって首をかしげてから、

「自分でいうのも、おかしいが、多分、私でなければ、簡単には、結着しなかったと思いますね。小坂井さんには、沢山親戚《しんせき》がいて、その中には、ちょっと、おっかない種類の人

間もいましたからねえ」

「それでも、うまく、全員を納得させたんですね?」

「苦労しましたがね。そこは、私の経験が、ものをいったといっていいと思いますよ」

と、加東はいった。

「金田夫妻には、さぞ、感謝されたでしょうね?」

「私は別に、感謝を求めて、仕事をしているわけじゃありませんよ。私が求めているのは、正義です。そして、正当な報酬を手に入れているから、それ以上のものは求めませんよ」

加東は、いった。

(キザな老人だ)

と、橋本は思いながら、

「小坂井さんの死が、他殺でなく、自殺という結論になったのは、なぜなんでしょう?」

ときいた。

加東は、笑って、

「それは、警察が、自殺と断定したからですよ。弁護士の私が、決めることじゃない」

加東は、自分は、正義のために、働いているといったが、橋本が、彼について調べていくと、だいぶ、違っていた。

同業の青木という弁護士は、内密にという条件で、こういった。

「加東さんは、金のために働いているといった方が、当っていると思いますよ。裁判に勝てば、金になる。その信念で、動いているんじゃないかな」

「小坂井さんの事件を、ご存知ですか？」

「ええ。もちろん。あの件で、加東さんは、遺産の大部分の相続人となった金田夫妻から、多額の謝礼を貰《もら》った筈《はず》ですよ。羨《うら》やましいくらいにね」

と、青木はいった。

「でも、加東弁護士は、うるさい親戚たちの中から、金田夫妻を、巨額な遺産の相続人にしたんだから、多額の報酬を受けても当然でしょう」

「確かにね」

「どうやって、加東さんは、金田夫妻を相続人に決めることに成功したんでしょうか？」

と、橋本はきいた。

青木は、小さく笑って、

「脅し、すかし、そして金」

「どういうことですか？」

「加東弁護士は、目的のためには、いかなる手段でもとる人でね。だから、依頼主にとっては、この上なく、頼りになる弁護士なんです。加東さんは、きっと、沢山いる小坂井さんの親戚を、一人一人、今いったように、脅したりすかしたりして、黙らせていったんだと思いますね」

「怖い人もですか？」

「それは金で、黙らせたでしょうね」

と、青木はいったあと、意外なことを、橋本に、教えてくれた。

「小坂井さんの死について、自殺、他殺と、分れて、もめましたが、あれは、加東弁護士が、最初に、疑問を口にしたからなんですよ」

と、青木はいうのだ。

「まさか――」

「警察では最初から、自殺説が、大勢を占めていたと聞いていますよ。ところが、小坂井さんと親しかった加東弁護士が、自殺はおかしいと、いい出したんです。自殺する理由がないといってね。加東弁護士の話だというので、警察も、疑いを持ち出して、もめたんです」

「加東弁護士は、なぜ、そんなことをしたんですかね？」

「自分の力を、最大限に売り込むためじゃないかな」

「どういうことですか？」

「他殺の可能性もあるということで、金田夫妻は、一度疑われる立場に立たされたわけですよ。遺産の大部分を受取る相続人として、最有力でしたからね。遺産目当てに、小坂井さんを殺したんじゃないかと疑われたんです。そうしておいて、加東弁護士は、金田夫妻を弁護した。マッチポンプ式に、自殺説を強力に押していく。金田夫妻としては、結果的に、加東弁護士を頼り切ってしまい、多額の報酬を払うことになるわけです」

　と、青木はいった。

「全《すべ》て、加東弁護士の掌《てのひら》の上で、進行したことだというわけですか？」

「そんなところです」

「まさか、加東弁護士が、小坂井さんを殺したなんてことはないでしょうね」

　と、橋本がきくと、青木は、笑って、

「それはありませんね。加東弁護士には、アリバイがあったし、そこまでやる度胸は、ないと思いますよ」

2

　事件そのものが、加東弁護士がコントロールしていたことだとわかってくると、橋本は、これは、違うなと、結論せざるを得なかった。

　三人のグループが、復讐《ふくしゅう》を誓うような事件ではなかったのだ。

　小坂井という資産家が、自殺した。しかも、妻子がなく、遺言書もなかった。彼と親しかった古狸《ふるだぬき》の弁護士は、これを金儲《もう》けのチャンスと読んで、他殺の可能性もあると騒ぎ、警察に疑われた金田夫妻を、今度は助け出し、多額の報酬を手に入れた。それだけの話だったからである。

橋本は、二つ目の事件を、検討することにした。

この事件は、第一の事件よりも、面白かった。

二年前の春から夏にかけて起きた連続死事件である。

新聞も大きく扱ったから、橋本も、よく覚えていた。

渋谷区内の消防署管内で、起きた事件である。

ここの消防署の救急車が運んだ急病人が、たて続けに、三人も、病院に着くまでに、亡《な》くなってしまった。

その時、救急車に乗っていた救急隊員は、二十七歳の福田という独身の青年だった。

彼が、救急車に乗っている時に、続けて三人の死者が、出たのである。

最初は、偶然として、問題化しなかったのだが、三人目に亡くなった六十五歳の女性の息子夫婦が、問題にしたのだ。

この女性は、夫を亡くしてから、ひとりで、生活していた。身体《からだ》は丈夫な方で、明るい性格だった。七月五日の夜、急に、胸が苦しくなり、一一九番した。

その時来た救急車に、福田隊員が乗っていたのである。そして、救急車が、病院に着いた時には、女性は、すでに、死亡していたのだ。

息子夫婦が、日頃丈夫な母親が、あまりにも、あっけなく死んでしまったことに疑問を持って調べてみると、この消防署の救急車で、立て続けに、三人の死者が出ていること、その時、救急車に、同じ救急隊員が、乗っていることに、気がついた。

救急隊員は、二人一組で行動するのだが、この三つの事件では、相棒の隊員は、それぞれ別人だが、福田の方は、共通していたのである。

三人目の死者の息子夫婦が、問題視して、告発したために、それまでの二人のことに、自然に、光が、当てられることになった。

第一の事件は、四月二十五日の夜に起きていた。

これも、七十歳のひとり暮らしの老人だった。一軒家に、愛犬と暮らしていた。

年金暮らしで、犬の散歩を日課としていた。唯一《ゆいいつ》の楽しみは、パチンコだが、別に、溺《おぼ》れるというわけでもなかった。

住んでいた二階家は、自宅で、借金もなかった。そんな老人が、四月二十五日の深夜、風呂場《ふろば》で、足を滑らせて、胸を打ち、這《は》うようにして、電話まで行き、一一九番した。

やって来た救急車には、福田隊員と、もう一人が、乗っていた。

老人は、二百三十メートル離れた病院へ運ばれたが、着いた時は、死亡していた。

第二の事件は、五月二十七日の夜で、このケースも、ひとり暮らしの老人だった。

七十二歳の女性で、駄菓子屋をやっていた。小金を溜《た》めているという評判だったが、五月二十七日の深夜、突然、胸苦しくなり一一九番した。

やって来た救急車には、やはり福田隊員が、乗っていた。そして、同じように、病院に着いた時には、すでに死亡していた。

告発を受けて、渋谷消防署は、この三件の事件について、調べ始めた。

福田という救急隊員が、どの場合にも、救急車に、添乗していたことの他に、この三人の老人と、福田が、知り合いだったことも、わかってきた。

福田は、優しい性格で、ひとり暮らしの老人たちのいい相談相手になっていたといわれていたのだが、この三つの事件のあとは、その評価が、がらりと変ってしまった。

三人は、小金を溜めていると評判だったが、事実、まとまった貯金があった。

福田は、その金を狙《ねら》って、三人の老人に、近づいていったのではないかという噂《うわさ》が、流れた。

悪いことに、福田はサラ金に、二百万近い借金があった。

福田は、ひとり暮らしで、小金を持つ三人の老人に親切ごかしに近づき、彼等から、金を借りていたのではないか。

三人から、それの返済を求められても、返す当てがない。そんな時、三人の老人は、救急車を呼び、それには、たまたま、福田が、乗務していた。

福田は、仲間の隊員の隙《すき》を見て、老人の胸を圧迫するか、鼻と口をふさいで殺してしまった。急病で、病院へ運ばれる時だから、誰も、疑わなかった。

〈命を守る救急隊員の恐るべき犯行か？〉

と、いうことで、マスコミが、大きく取りあげた。

警察も、捜査を始めた。が、結局、福田は逮捕されず、警察は、手を引いてしまった。

福田が、三人の老人を殺したという確証が、つかめなかったからである。

この三人の老人が、救急車を呼んだのは、あくまでも、偶然である。それに、三人のひとり暮らしの老人が、救急車で運ばれる途中、立て続けに死亡するというのは、異常ではあるが、絶対にないとはいえないという声もあった。

現在も、この事件は、他殺、病死のどちらともいえない空気が、関係者の中にある。

橋本は、この事件について、再検討することにした。

今の橋本には、三人の男女と、俳句というキーワードが与えられている。それに、「復讐」というキーワードもである。

福田は、この事件のあと、消防署を辞めていた。

橋本は、彼が、今、何処《どこ》にいるかを、まず、調べた。福田は、現在、都内の警備会社で、働いていた。

橋本は、直接、福田に会ってみることにした。会社近くのマンションで会い、単刀直入に、二年前の事件のことを聞くと、福田は、吐息をついて、

「あの件では、ひどい目にあいましたよ。マスコミも、まわりの人間も、ボクを、連続殺人の犯人だと、決めつけていましたからね」

「しかし、結局、あなたは、起訴もされなかったし、警察は殺人事件とは、考えなかったんでしょう」

「当然ですが、ボクは、消防署を辞めざるを得なかったんですよ」

「今、二年前の一連の事件について、どう思いますか？」

と、橋本はきいてみた。

「ボクにとっては、悪夢でしかありませんよ。救急車で運ばれた人は、助かる人もいるし、死ぬ人もいる。それが、たまたま、ボクが乗務している時、死ぬ人が続いただけのことなんです。それが、連続殺人なんて、マスコミに書き立てられると、世の中の人は、それを、頭から信じてしまうんですよ」

「死んだ三人を、よく知っていたのは本当なんですか？」

「知っていましたよ。日頃から、ひとり住いの老人の力になるようにと、上司からいわれていたんです。ボクは、それを実行していただけのことですよ。ボクは、年寄りも好きだったしね」

「三人から、借金をしていたというのは、本当ですか？」

「嘘《うそ》ですよ。ボクの借用証なんて、見つかっていないでしょう。それが証拠ですよ」

と、福田はいった。

「あなたは、俳句をやりますか？」

福田が、きょとんとした顔になって、

「俳句？」

「その様子じゃ、縁がないみたいですね」

「ぜんぜん、そんな趣味は、ありませんよ」

「死んだ三人は、どうでした？」

「年金暮らしをしていた森さんは、俳句をやってましたよ。自分の特別の名前、何といいましたかね？」

「俳号？」

「ああ、それも、持っていましたね」

「三人の遺族からも、訴えられましたね？」

「あれは、弁護士が、けしかけたんですよ。しかし、もう昔のことです」

「あなたの方が、名誉毀損《きそん》で、逆に訴えるつもりはなかったんですか？」

「ありません」

福田は、そっけなく、いった。

福田は、昔のことだからといったが、三人の遺族に会ってみると、事は、そう簡単ではなかった。

遺族の中には、今でも、福田に殺されたと信じている者もいたし、渋谷警察署の刑事の中には、「いつか、福田を逮捕してやる」と、いい続けている者もいた。

この事件を特集した週刊Kのデスクは、こういった。

「これは間違いなく、福田の殺しですよ。いつか馬脚を現わすと、思っていますよ」

というのだ。

しかし、死んだ三人の遺族の中に、男二人と女一人のグループは、見つからなかった。俳句をやっている三人組もである。

橋本は、疲れて、聞き込みから、自宅マンションに帰ると、郵便受に、一通の封書が、入っていた。

差出人の名前も、宛名《あてな》もない、市販の白い封筒だった。

だから、誰かが、橋本の郵便受に、投げ込んで行ったのだろう。

橋本は、ベッドに寝転んでから、封を切った。中には、便箋《びんせん》が一枚だけ。ボールペンで、次の文字があった。

花も見ず　ただそのために　春を待つ

三人

橋本は、起き直って、じっと、その文字を、見つめた。

（見張られていたのだ）

と、橋本は思った。

三人——というのは、例の俳句を、松山で投稿した男二人に、女一人のグループだろう。

彼等は、橋本が、十津川に頼まれて、過去の事件を調べていることに気付いたに違いない。

十津川たちも、橋本も、これから行われようとする「復讐」を、食い止めようとしている。

この三人は、それに対して、絶対に、中止はしないという意思表示をしてきたのか。

（春を待つ）

と、あるから、三人は、その復讐を、今年の春に、実行しようとしているのではないか。

3

（彼等は、どうやって、気付いたのだろうか？）

市の主催で行った俳句の祭りで、殺人を予告するような句が、三句集った。

市長を始め、選考委員は、その扱いに迷った。もし、これが、真に殺人予告ならば、何とか、それを防がなければならない。たまたま、投稿者の中に、警視庁の現職の刑事、亀井がいたので、彼に、特別賞を与え、相談することにした。

三人の男女は、そのことに気付いたのだろうか？

彼等は、もちろん、注意深く、市長たちの動きを見ていただろう。自分たちの投稿した俳句が、注目されるのか、無視されるのか、それを知りたい筈《はず》だからだ。

しかし、亀井刑事が、市に呼ばれて来た時、刑事と、わかっただろうか？

いや、地元紙や大新聞の愛媛版には、俳句の選考結果が、のっていた。

天、地、人の当選者の他に、特別賞として、亀井の名前がのっており、警視庁捜査一課勤務と出ていた。

問題の三人は、この記事を読み、主催者が、亀井に特別賞を与えた理由を、推測したに違いない。

そして、自分たちの投稿した俳句の影響力を、確認したのではないか。

このあと、警視庁が、どう出るのか、三人は、注目したに違いない。

橋本が、十津川たちに、調査を依頼されたことを、どうやって知ったのかは、わからなかった。

しかし、三人は、橋本の動きを、監視していたのだ。だからこそ、自分たちの決意を書いた俳句を、橋本の郵便受に、投函《とうかん》したのだろう。

橋本は、十津川と亀井に会った時、二人に、その句を示して、それまでの報告をした。

「君のいう通り、三人が、君を監視していることは、間違いないね」

と、十津川はいった。

「わからないのは、彼等の意図です」

と、橋本はいった。

「なぜ、殺人を予告してくるのかということか？」

亀井が、きく。

「そうです。殺しを成功させるためなら、予告なんかせず、いきなり、実行に移すのがいいわけですよ。特に、警察が介入して来たら、殺人は、難しいものになって来ます。それがわかっていて、なぜ、予告するのか」

「私は、いろいろ、考えられると思うんだよ」

と、亀井は、言いながら、

「一つは、予告してしまうことで、三人が、自分たちの気持を、わざと追い詰めたのではないかということだよ。のっぴきならないところに、自分たちを置いたということだね。それで、三人の決意が一つになったんじゃないかね。もう一つ考えられるのは、挑戦だ」

「警察に対する挑戦ですか？」

「その通りだ。私は、こんな風に考えるんだ。ある日、彼等の愛する者が、殺された。しかし、警察は、それを、殺人とは考えず、捜査しなかった。或《ある》いは、犯人を、逮捕できずに終ってしまった。証拠がつかめずにね。彼等は、警察に怒りを持ち、犯人に、私刑《リンチ》を加えることを、決意したんじゃないか。それだけでは、あきたらず、殺人を予告することで、警察を挑発しているのかも知れない」

と、亀井はいった。

「それで、君の調査の方は、進んでいるのか？」

と、十津川がきいた。

「東京で起きた二つの事件について、調べて、自分なりの結論を出しました。どちらの事件も、問題の三人とは、関係がないと思います」

橋本がいった。が、亀井は、首をかしげて、

「しかし、東京の連続死事件を、君が、調べているときに、問題の三人から、この俳句が、送られて来たんだろう？」

「そうです」

「とすると、渋谷の救急車にからむ連続死と、三人が、関係している可能性があるんじゃないのかね？」

「私も、そう思います。今でも、彼が、三人の人間を殺したと信じている人も、沢山いるんです。渋谷署の刑事にもいるし、週刊Kのデスクも、福田が、犯人だといっています。私自身も、この事件の調書を何回か読み直したり、関係者に会って、この事件が、殺人なのか、病死なのかと考えると、七分三分で、殺人ではないかと、思います。しかし、十津川さんと亀井さんが、私に与えた役目は、事件が、殺人かどうかの判断じゃありません。そうですよね」

「その通りだ」

と、十津川がいった。

「それで、私は、救急隊員の福田が、殺人犯なのかどうかの判断ではなく、三人の死が、問題の男女と、果して関係があるのかどうかという角度から調べてみました」

「それで、関係なしの結論になったんだな?」

「救急車の中で死んだ三人の家族や、関係者のことを、調べてみました。もし、その中に、問題の男二人と女一人のグループがいたら、この事件だと思ったからです。しかし、いませんでした」

と、橋本はいった。

「それでいい」

十津川が、肯《うなず》く。

「となると、あとは、東京の一件と、松山の事件だな」

と、亀井がいった。

「君の感触は、どうだ？」

と、十津川が、橋本に、きいた。

「まだ、警察の作った調書に、簡単に眼を通しただけですが、東京での残りの一件は、脈が、ありそうな気がしています」

と、橋本はいった。

「理由は？」

「同じ時期に起きた松山の事件と、何処《どこ》かで、関係があるような気がするからです」

と、橋本はいった。

「君も、そう思うか？」

十津川が、眼を光らせて、橋本を見た。

「今もいったように、残りの二つの事件については、まだ、よく調べていません。ただ、時期が、同じだなと思っただけです。これから、よく調べてから結論を出すつもりでいます。松山にも行って来たいと思っています」

「そうしてくれ。実は、この二つが起きた頃、東京と松山の事件は、全く無関係だと思っていた。まあ、警視庁と県警と所管違いの事件には、お互いに干渉しないようにしたいという気持が、あったからね。今になって、ひょっとすると、二つの事件の間に、何らかの関係があるのではないかと、思い始めてはいるんだ。それが、君のおかげではっきりすれば、有難いね」

と、十津川はいった。

4

それは、去年の四月二十日に、東京の田園調布の住宅街で起きた事件である。

早朝、いつものように、朝の散歩に出かけたS大の山下俊吾《しゅんご》教授は、朝食の時間になっても戻って来なかった。

山下は、時間には厳しい人で、八時の朝食の時間には、必ず、散歩から戻って来ていたのである。

九時になっても、帰って来ないので、妻の保子《やすこ》が、警察に届け出た。

山下教授の散歩のコースは、だいたい決っていたから、保子と、駐在の木村巡査長は、一緒に、そのコースを歩いてみた。

が、見つからなかった。

その日の昼を過ぎ、夜になっても、山下教授は、見つからなかった。

誘拐の文字が、ちらつき始めた。

五十八歳の山下は、S大の物理学教授だが、同時に、資産家でもあった。亡《な》くなった父親が、戦後のどさくさに、株で儲《もう》けて作った財産だった。その代り、父親は、女道楽も激しく、母親の違う山下のきょうだいが、沢山いるのではないかといわれていた。

そんな父親に反発したのか、山下は、学問一筋の生活を送ってきた。

最初の妻とは、学生結婚だったが、五年前に病死し、友人にすすめられて、二年前に、ひと廻り若い保子と、再婚した。

先妻の久枝との間に、男の子がいたが、交通事故で、亡くなっている。

山下の資産は、田園調布の邸宅や預金などを含め、合計、十九億円といわれた。それを狙《ねら》っての誘拐事件ではないかと、警察は、考えた。

しかし、いつまでたっても、犯人からの連絡はなかった。

そして、五日後の四月二十五日の朝、奥多摩の山中で、死体で、発見されたのである。

山下は、十五メートル下の谷底に転落して死亡していた。

警察は、もちろん、事故死と、他殺の両面から捜査した。

司法解剖の結果、死因は、谷底に転落した時に、頭蓋骨《ずがいこつ》を骨折したためと思われる脳挫《のうざ》傷《しょう》だった。

ただ、死亡推定時刻は、四月二十日、行方不明になった日の午後二時から四時の間ということだった。

死因から見れば、奥多摩の山中を歩いていて、足を滑らせて、谷底に転落し、頭を強打したための事故死と考えられた。

しかし、早朝、散歩に出かけた山下が、なぜ、奥多摩の山中で、死んだのかという疑問は、残った。

警察は、必死に、山下の足取りを追った。が、どうやって、田園調布から、奥多摩まで行ったのか、解明されなかった。

捜査の中で、もっとも警察がマークしたのは、妻の保子である。莫大《ばくだい》な遺産の受取人が、彼女だったからである。しかし、彼女が、夫を殺したという証拠は、見つからなかった。

一方、松山の事件は、四月二十八日に起きていた。

前日の二十七日の午後三時に、道後温泉のR旅館に、東京のＯＬ、鹿島《かじま》さとみが、着いた。

宿泊の予定は、三十日までの三泊になっていた。

翌日、朝食をすませると、彼女は、カメラを持って、出かけた。

仲居には、「松山へ行って来ます」とだけいった。

しかし、夕食の時間になっても、帰らなかった。旅館側は、その時点では、若い女の一人旅だから、夕食の時間を忘れて、歩き廻っているのだろうと考え、待つことにした。

だが、夜の九時になっても、彼女が帰って来ないので、ようやく、警察に届け出た。

旅館の方で、松山へ行くといっていたというので、松山警察署が、警官を動員して、探すことになった。

Ｒ旅館の従業員も、協力した。

それでも、その日には見つからず、翌四月二十九日の朝になって、松山観光港の岸壁近くで、浮んでいるのが発見された。

司法解剖で、溺死《できし》とされた。財布も盗まれていなかったし、カメラも、死体近くの海底から発見された。

カメラは、落ちた時の衝撃でか、こわれて、フィルムは、海水に浸ってしまっていた。

この事件でも、県警は、事故と、殺人の両面で、捜査をしている。

県警の刑事二人が、上京して、死んだ鹿島さとみについて、調べた。

彼女は、去年大学を卒業し、Ｎ製薬に入社している。

二十二歳で、特別な恋人はいない。旅行好きで、学生時代も、よく、旅行しているという。

両親は、千葉県に健在で、彼女は、三鷹の１Ｋのマンション暮らしだった。

明るい性格で、他人《ひと》に恨まれるようなことは考えられないと、彼女を知る人間は、異口同音に、いった。

ストーカー行為を受けていたという話も聞かなかった。

二人の刑事は、彼女が殺される動機らしきものは、何一つつかめず、松山に帰った。

県警が下した結論は、事故死というものだった。

鹿島さとみは、連休を利用して、松山へやって来た。

道後温泉のR旅館に到着したのは、二十七日である。

四日間の予定で泊まり、翌日、カメラを持って、松山へ出かけた。

その日、陽が落ちてから港の夜景を撮ろうと、松山観光港へ行き、岸壁で、写真を撮っているとき、足を踏み外して海へ落ちたのではないか。

東京へ行った二人の刑事は、彼女が、泳ぎが苦手だったという証言を持ち返っていた。

彼女が落ちるのを目撃した人間がいれば良かったのだが、不幸にも、目撃者がいなかったのだろう。

司法解剖では、死亡推定時刻が、四月二十八日の午後八時から九時になっているから、もう、完全に、暗くなっていたのだ。

港の夜景を、というか、瀬戸内海の夜景をというか、それを撮りに行っての不幸な事故死というのか、県警の下した結論だった。

橋本は、この二つの事件について、十津川に借りた調書の写しを、読み比べた。

（似ているところが、いくつかある）

と思った。

東京と松山で起きた事件だが、死んだのは、東京の人間である。

死に方が似ている。一人は奥多摩で、谷に転落して死亡し、一人は岸壁から転落して死亡しているのだ。

警察は、両方とも、最初、事故死と、殺人の両面で捜査し、事故死の結論に、達した。

橋本は、山下俊吾と、鹿島さとみの二枚の写真を、テーブルに並べた。

一人は、五十八歳の大学教授で、一人は、二十二歳のＯＬである。

この二人に、共通点はないのだろうか。

橋本が、最初に考えたのは、鹿島さとみが、山下教授の教え子ではないかということだった。

しかし、彼女は、Ｓ大の卒業生ではなかった。

出身地も違っている。彼女は、千葉県八日市場の生れだが、山下教授の方は、東京の生れ育ちだった。

橋本は、この二つの事件の間に、何らかの関係があって欲しかった。

十津川からは、東京で三つの事件、そして、松山で起きた一つの事件について、調べて欲しいと、頼まれている。

東京の二つの事件は、すでに、復讐《ふくしゅう》話とは、無関係と判断した。

残るのは、田園調布の事件と、松山の事件の二つなのだ。

もし、この二つの事件も、無関係となると、十津川や亀井も、途方に暮れてしまうだろう。

だから、橋本としても、関係があって欲しい。

また、問題の男女三人は、東京の人間なのに、なぜか、松山で投稿した俳句に、復讐の決意を披露しているのだ。

従って、田園調布の事件と、松山の事件が関係があれば、この疑問にも、答が見つかってくるのである。

橋本は、松山へ行ってみることにした。

松山へ行けば、自分の求めているものが見つかるという自信はなかった。

すでに、向うの県警が、調べた事件なのだ。その結論を引っくり返すような新しい事実が見つかるということは、考えにくかった。

（県警とは、別の角度から調べてみよう）

と、橋本は思っていた。

5

橋本は、松山に着くと、県警本部ではなく、市役所を訪ねた。

受付で、亀井刑事の名前をいうと、秘書室長の松崎が、会ってくれた。

応接室で会うと、橋本は、十津川警部や亀井刑事の指示を受けて、問題の事件について調べていると告げた。

「それで、何かわかりましたか？」

と、松崎は、性急に答を求めてくる。

橋本は、内心、苦笑しながら、

「まだ、全く、答が見つかっていません。それで、松崎さんの力を借りに来たわけです」

といった。

とたんに、松崎は、困惑の表情を浮べて、

「私には、何の力もありませんよ。犯罪捜査の専門家じゃありませんから」

「去年一年で、一万二千句が、集ったそうですね」

「ええ。沢山集って、感激しています。ただ、あの三句があったので、嬉《うれ》しさが、消えてしまったんですが」

「一万二千句は、全句、保存されているんですか？」

と、橋本は、きいた。

「ええ。パソコンに入れていますが」

「分類されていますか？　例えば、月別になっているとかですが」

「月別にもなっているし、アイウエオ順にもなっています。プリント・アウトもあります」

「では、それをコピーして、頂けませんか」

と、橋本は頼んだ。

松崎は、いったん部屋を出ていくと、分厚いコピーの束を持って、戻ってきた。

一万二千句全《すべ》てが、プリントされていた。

各月別の投稿、作者をアイウエオ順に並べたもの、各都道府県別に分類したもの、と分れていた。

「これを、どうされるんですか？」

松崎が、橋本の顔をのぞき込むようにしてきく。

「とにかく、これを見て、何かわかればと思っています。また、何かわからないことがあったら、お力を借りに来ます」

とだけ、橋本は、いった。

市役所を出ると、橋本は、道後温泉に向った。

久しぶりに、温泉に入りたかったのだ。

予約しておいた旅館に入ると、ひとまず、仕事のことは忘れて、露天風呂《ぶろ》を楽しんだ。

そのあと、夕食をすませると、いよいよ、一万二千句と、格闘することになった。

俳号で投稿する人も、本名と住所は、書くことになっている。

しかし、その二つを記入してない人もかなりいた。

問題の男女三人も、もちろん、本名、住所の記入はしていなかった。

橋本が、松山で知りたかったのは、四月二十八日に、死亡した鹿島さとみのことだった。

ひょっとして、彼女も、松山で、句を投稿しているのではないかと思ったのだ。

コピーを並べ、鹿島さとみの名前を探した。このリストは、俳号で投函《とうかん》した人は俳号の、本名での人は本名の、アイウエオ順で記載されていた。

アイウエオ順のカのところに、鹿島さとみの名前はなかった。

次は、四月の部分を調べてみた。

四月の投稿句は、九六三句である。その中にも、鹿島さとみの名前は見つからなかった。

その九六三句は、多分、日付順に並んでいると、橋本は、想像した。

鹿島さとみは、四月二十七日に、道後温泉のR旅館にチェック・インし、翌二十八日に、松山に出かけている。

殺されたのは、二十八日の夜、もし、彼女が、松山で、自作の句を投稿したとすれば、二十八日の昼である。

四月の投稿句の中《うち》、終りの方に、並んでいるだろう。

その部分の百句について、調べることにした。

俳号ではない、本名と思われるものを、除外した。

俳号で、投稿しているのは、十八人だった。

その十八人を、今度は、アイウエオ順になっているリストの方で、調べていく。

「あった！」

と、橋本は、小さく叫んでいた。

乙女という俳号を調べていくと、そこに、鹿島さとみの名前を発見したのだ。

住所も、あのＯＬのものだった。

多分、鹿島さとみは、乙女座の生れで、それを、俳号に使っていたのだろう。

彼女が、去年の四月に、松山市で投稿したのは、次の句だった。

疲れ果て　花冷えの朝　訃報《ふほう》聞く　　乙女

橋本が、反射的に思ったのは、山下教授のことだった。

山下は、四月二十日の朝、散歩中に行方不明になり、その後、二十五日に、奥多摩の山中で、死体で発見されている。

その日が、花冷えだったかどうかは、わからない。

ただ、訃報というのが、山下教授の死のことだったとしたら、二人は結びつくし、二つの事件も、つながってくるのだ。

（しかし――）

と思う。

二人は、どんな関係が、あったというのだろうか？

鹿島さとみは、山下教授の教え子ではない。

他にも、わからないことが、いくつもある。

鹿島さとみは、去年の四月二十七日に、道後温泉に来た。

旅館の仲居には、観光で来たようにいい、翌朝、カメラを持って出かけている。

そして、松山観光港で、溺死体になっていた。

県警は、他殺と、事故死の両面で調べたが、結局、事故死の結論になった。

わかっているのは、それだけである。

鹿島さとみは、本当に、観光のために、道後温泉に来たのだろうか？

他に、理由があったのではないのか？

そのために、何者かに、殺されたのではないのか？

（しかし――）

と続いてしまう。

山下教授は、東京に生れ育ち、東京のＳ大の教授である。

そして、彼が死んでいたのは、東京の奥多摩だった。

それなのに、なぜ、鹿島さとみは、松山へ来て、俳句を、投稿したのだろうか？

二つの事件も、二人も、全く、関係がないのではないか。

橋本は、考えることに疲れて、布団《ふとん》の上に、引っくり返った。

立ち上り、露天風呂に入ることにする。

四国といっても、一月の夜である。さすがに、寒い。

おかげで、長湯が、出来そうだった。

檜《ひのき》風呂のふちに、頭をもたせて、夜空を見上げた。

身体《からだ》はあたたまるが、頭も顔もひんやりとしている。

（俳句だ！）

と思った。

五十八歳の男と、二十二歳の女のつながりの形のことである。

愛（不倫）や、同郷かどうかや、学歴だけではなく、趣味のつながりということもあったのだ。

それが、俳句ではないのか。

6

東京で死んだ山下俊吾は、Ｓ大の物理学教授だ。

だからといって、俳句をやっていても、別におかしくはないだろう。

山下は、俳句を楽しみ、何処《どこ》かの同人誌の同人だったのではないだろうか？

そして、俳号も持っていた。

その同人誌に、鹿島さとみもいた。

問題の男女三人も、同じ同人だったとすれば、五人が、結びついてくるのではないか。

もちろん、これは、検証してみなければならない。

橋本は、頭上を見上げて、呟《つぶや》いた。冬なので、夜空が、美しい。

（星空――か）

星空なんて、俳句の同人誌にありそうだな、と、ふと思った。

橋本は、部屋に戻ると、備えつけの冷蔵庫から、冷えた缶ビールを取り出して、いっきに飲み干した。

そのあとで、もう一度、一万二千句の俳句のコピーに眼を通した。

ひょっとして、山下教授も、去年、松山へ来て、俳句を、投稿しているのではないかと思ったのだ。

作者をアイウエオ順にならべたリストを調べたが、山下俊吾の名前での句は見つからなかった。

といって、山下の俳号は、わからない。

こうなると、あとは、根気だった。

もし、投稿しているとすれば、山下が死んだのが、四月二十日だから、一月から、その日までの間ということになる。

一月から四月までの投稿句四千近くを全て、住所と氏名をチェックしていくことにした。

しかし、結果的に、その中に、山下俊吾の名前も、彼の住所もなかった。

それでも、山下俊吾が、俳句をやっていたに違いないという確信は、ゆるがなかった。

他に、鹿島さとみとのつながりは、考えられなかったからである。

翌日、橋本は、旅館をチェック・アウトすると、もう一度、市役所に、松崎を訪ねた。

松崎は、橋本の顔を見るなり、

「何かわかりましたか？」

ときいた。

「少しは、収穫がありましたが、東京に戻って整理したいと思っています。それが出来あがりましたら、必ず報告します」

と、橋本はいった。

「ぜひ、そうして下さい。市長も、大変、気にしていますので」

「それで、もう一つ、協力をお願いしたいのです。松山市の、この俳句祭りについての資料を全てお借りしたいのですよ」

と、橋本はいった。

相手は、その漠然としたいい方に、戸惑っていたが、それでも、大きな茶封筒に、いろいろと、詰め込んでくれた。

橋本は、それを持って、松山発の飛行機で、帰京した。

東京に着くと、その足で、Ｓ大を訪ねた。アポはとっていないが、こうなれば、当って砕けるより他ないと、思ったのだ。

事務局に行き、私立探偵とは違う肩書きの名刺を、そこにいた職員に渡した。

橋本は、いろいろな肩書きの名刺を作っている。道義的には、いけないのだろうが、私立探偵というと、相手は、引いてしまって、何も喋《しゃべ》ってくれないことが多い。そんな時に、仕方なく、もっともらしい肩書きの名刺を出す。

今日、橋本が出した名刺の肩書きは、「ミラージュ書房編集部」という架空のものだった。

「実は、私どもで、去年亡《な》くなられた山下先生の五十八年の生涯を一冊の本にしたいと思っているのです。物理学への貢献は、良く知られていますが、かくされた私生活のエピソードも欲しいので、その面をよくご存知の同僚の方を、紹介して頂けませんか」

と、橋本はいった。

中年の職員は、気軽に、電話で、何人かに当ってみてくれたが、そのあとで、

「皆さん、気が進まないと、おっしゃっていて、残念ですが」

と、橋本にいった。

「そうですか――」

橋本は、肯《うなず》くより仕方がない。

山下の死に方が死に方なので、敬遠されたのか、ミラージュ書房という名前を信用しなかったのかどちらかだろう。

事務局を出て、校門に向って歩いていると、背後から、

「橋本さんですね」

と、声をかけられた。

ふり向くと、四十歳ぐらいの背の高い男だった。

「ボクは、山下さんの後輩で、関根といいます。専門は違いますが、山下さんに可愛《かわい》がられて、一緒に旅行したこともあります。少しは、あなたの参考になる話も、お聞かせ出来るかも知れません」

と、その男はいった。

橋本は、ほっとしながら、

「夕食を一緒にどうです？　おごらせて頂きますよ」

といった。

橋本は、相手を、新宿のふぐ料理の店に連れて行った。

そこで、改めて、男から名刺を貰《もら》った。

〈S大学化学科助教授　関根浩司《こうじ》〉

と、その名刺にはあった。

橋本は、食事をすすめながら、

「山下先生は、かたぶつといわれていますが、実際には、いろいろな趣味を持った人だと聞いているんですが、どうですか？」

と、関根にきいた。

「確かに、多趣味な方でしたが、どんなことを、お知りになりたいんですか？」

関根が、きき返す。

「そうですね。こんな話を聞いたことがあるんですよ。大学で物理学を教えていた山下先生は、趣味で、十七文字を、楽しんでいたと」

「十七文字？　ああ、俳句ですね」

「そうなんですが、山下先生が、俳句の趣味があると聞いたことがありませんか？」

「山下先生の本の中で、俳句の趣味は、重要なパートを占めるわけですか？」

と、関根がきいた。

橋本は微笑して、

「物理学の教授のイメージと、俳句のイメージとは、一見、相反するように思える。だから、本に書くとして、面白いんじゃないかと思っているんですよ」

といった。

「なまず――」

と、関根がいった。

「何です？」

「山下先生の俳号ですよ。先生は、地震の研究をされていた。その先生が、いってました。地震については、自分なんかより、なまずの方が、ずっとよく知っている。なまずに話を聞きたいともね。それで、先生は、俳号を、なまずにしていたんですよ」

「やっぱり、俳句をやっていたんですね」

「HAKUBAという俳句の同人誌があって、山下先生は、その同人でした」

「あなたも、その同人なんですか？」

と、橋本がきくと、関根は、手をふって、

「ボクは、十七文字よりも、身体を動かす方が、得意でしてね。山下先生に誘われたことがあったけど、断わりましたよ」

「HAKUBAという同人誌は、今でもあるんですか？」

「あると思いますよ。どうしても、橋本さんが、必要なら、探しておきましょうか」

と、関根はいった。

第三章　ＨＡＫＵＢＡ

1

翌日の午後、橋本に電話がかかった。

「関根です。ＨＡＫＵＢＡは、まだ存続していましたよ。手に入れたんで、お渡ししたいんだが」

と、関根がいった。

時間を決め、新宿の高層ビルの三十二階にある喫茶店であった。

関根は、コーヒーを注文したあと、ポケットから、丸めたうすい雑誌を取り出して、橋本の前に置いた。

「一般の本屋に売ってないので、探すのに苦労しましたよ」

「感謝します」

橋本は、頭を下げてから、その雑誌を見た。

ＨＡＫＵＢＡの文字が、白く抜かれている。

季刊となっていた。

「山下先生は、もう亡《な》くなっているので、同人の名前にはのっていません。先生の句も」

と、関根はいった。

「いや、これで十分です」

橋本は、雑誌の奥付を見た。発行所の住所は、千駄ヶ谷のマンションになっていた。

「バックナンバーが、必要なら、ボクが、取り寄せてあげますが」

と、関根が、熱心に、いった。

「それが必要でしたら、自分でやります。関根さんに、これ以上の迷惑はかけられませんから」

「そんな遠慮は要りませんよ。ボクは、山下先生を尊敬しているんです。その先輩のためになることなら、何でもやりますよ」

と、関根はいった。

「そういう関根さんに、一つ質問していいですか？」

「何でも聞いて下さい」

「山下教授は、去年の四月に、奥多摩で、亡くなっていますね」

「ええ」

「警察は、確か、事故死と、殺人の両面から捜査したと覚えているんですが」

「そうです。先生の死に方が、異常でしたからね」

「関根さんは、どう思われました？」

と、橋本はきいた。

「ボクは、ただ、ショックでしたよ。先生が、あんな死に方をするなんて、思ってもいませんでしたからね」

「事故死と思いました？　それとも、他殺と？」

「最初は、先生は殺されたんだと思いましたよ。だって、そうでしょう。朝の散歩の途中で行方不明になったと思ったら、奥多摩の山中で死んでいたというんでしょう。誰だって、殺されたんだと思いますよ」

関根は、語調を強めて、いった。

「今は、どう思っていらっしゃるんですか？」

「正直にいって、わからなくなっています。どう考えても、殺されたとしか思えない。しかし、あんな立派な先生が、他人《ひと》に恨まれるとは、とても思えないんですよ」

「しかし、山下先生は、莫大《ばくだい》な財産を、お持ちだったんじゃありませんか」

「その財産を狙《ねら》っての犯行だというんですか？」

「殺人の動機は、金と欲といいますからね」

「何だか、刑事みたいないい方ですね」

「いや、これは、何かの本にあったフレーズの受け売りです」

と、橋本は笑った。

橋本は、関根と別れると、その足で、千駄ヶ谷のマンション内にある「ＨＡＫＵＢＡ」を訪ねた。

２ＤＫの一つの部屋は、バックナンバーで、一杯だった。

発行責任者の久保田匡《ただす》は、大企業の元エリート社員で、定年を迎えてから、ＨＡＫＵＢＡの編集責任者になり、すでに五年になると、いった。

橋本は、バックナンバーを一揃《ひとそろ》い購入してから、

「去年亡くなった山下教授は、ＨＡＫＵＢＡの同人だったそうですね」

と、久保田にきいた。

六十五歳で、頭に白いものの見える久保田は、小さく咳払《せきばら》いをしてから、

「古い同人です。いや、同人でした」

「若い同人もいらっしゃるんでしょう？」

「いますよ。有難いことに、最近は、若い会員が、増えてきました」

「会員と、同人は、違うんですか？」

と、橋本はきいた。

「違います。うちの同人は、十二人ですが、会員は、七十名近くいます」

「同人と、会員の違いは、何なんですか？」

橋本が、きくと、久保田は、小さく笑って、

「簡単にいえば、同人は、古株で、会員は、新人ですかね。ただ、誰の句を雑誌にのせるかは、同人だろうと、会員だろうと、差別はしません」

「同人の名前は、雑誌にのっていますが、会員の方は、のっていませんね。会員の名簿は、ありますか？」

「ありません。今もいったように、差別してるわけじゃありませんよ。会員、特に若い会員の中には、縛られずに、自由に投稿したい人が多いので、会員のリストは、作らないのです」

と、久保田はいった。

十二人の同人の中には、乙女の俳号ものっていなかったし、問題の三人の俳号も、出ていない。

「乙女という俳号の会員を、ご存知ありませんか？　去年の四月、四国の松山で亡くなっているんですが」

橋本が、きくと、久保田は、肯《うなず》いて、

「知っていますよ。確か、二十代のＯＬさんで、毎月十日の会合には、よく顔を見せてい

ましたよ。ただ、ＨＡＫＵＢＡの会員というより、山下さんの個人的な弟子といった方がいいかも知れません」

「どういうことですか？」

「ＨＡＫＵＢＡの会員といっても、十二人全部の同人の句が、全《すべ》て好きということにはなりません。十二人の中の誰かの句が大好きということで、その人の弟子みたいになってしまうんです。山下さんは、大学の教授なので、特に、学生や、若い人の信奉者が、多かったですよ」

と、久保田はいった。

橋本は、手帳を取り出し、問題の三人の句を、久保田に見せた。

「この三つの句を、どう思われますか？」

橋本がきくと、久保田は、苦虫を嚙《か》み潰《つぶ》したような顔になって、

「こういう、何の技巧もなく、ただ、自分の感情を、むき出しに詠《よ》んだ句は、好きになれませんね」

といった。

「東京の小町、赤鬼、それに青二才という俳号は、ここの会員の中にいませんか？」

「こんな人を小馬鹿《こばか》にしたような俳号の持主は、うちの会員の中には、いない筈《はず》です」

と、久保田はいった。

橋本は、事務所兼用の自宅マンションに帰ると、購入したHAKUBAのバックナンバーを広げた。

全部で、五十八冊あった。

それに、毎号、同人と会員の句が、のっている。

それを、全部、見ていくのだ。

久保田は、こんな人を小馬鹿にした俳号の人間は、うちの会員にはいないと、いった。

しかし、あれは、腹立ちまぎれの言葉で、会員の中にいるのではないか。

そう思っての、バックナンバー調べだった。

五十八冊全てに、二回眼を通した。終った時は、夜明けに近い。

しかし、小町、赤鬼、青二才の三つの俳号は、見つからなかった。

そのあと、橋本は、疲れて眠り、昼すぎに、やっと、眼を覚ました。

夜になって、橋本は、十津川の自宅を訪ねた。亀井も来ていた。

2

橋本は、HAKUBAのバックナンバー何冊かを、二人に見せた。

「これで、山下教授と、鹿島さとみが、つながりました」

というと、十津川は、

「東京と松山で起きた二つの事件も、つながったわけだな」

といった。

「その通りなんです。ただ、問題の三人の男女が、ＨＡＫＵＢＡの会員の中に、見つかりません」

橋本が、いった。

「しかし、君は、この三人が、ＨＡＫＵＢＡの会員の中にいると信じているんだろう？」

と、亀井がいった。

「はい、そう思っています」

「考えてみれば――」

と、十津川が、口を挟んで、

「この三人が復讐《ふくしゅう》を誓っているとしたら、自分の身元が、バレるようなマネは、しないと思うね」

「私も、そう思いました」

「じゃあ、君が調べてくれたことを、まとめてみよう。もし、間違っている点があったらいってくれ」

と、十津川は断ってから、

「Ｓ大の物理学の教授の山下俊吾は、なまずという俳号を持ち、ＨＡＫＵＢＡという句誌の同人だった。彼のまわりには、彼の人格や、彼の作る句が好きな若者が、何人か集っていた。そんな山下が、去年の四月に、不可解な死を遂げた。彼を慕っていた若者の一人、鹿島さとみは、同じ四月に、松山に旅行し、松山の俳句ポストに、山下の死を悼《いた》む句を投稿したが、その直後、同じように、不可解な死を遂げた。十月になって、山下を慕う若い男女三人が、松山に行き、同じ時に、激しい感情をこめた句を作り、投稿した。主催者の松山市長は、この三句を見て不安になり、たまたま、投稿していた亀井刑事に、相談した。これでいいかね？」

「その通りです。問題の三人が、山下教授と関係があるという証拠は、見つかっていませんが、私は、山下を囲む若者たちだと思っています。そして、三人は、山下と鹿島さとみが、殺されたのだと思っていて、復讐を、俳句に誓って、十月に、投稿したのではないかと、思っているのです」

と、橋本はいった。

「そうだとして、いくつか、疑問が、残りますね」

と、亀井がいった。

「いってみたまえ」

と、十津川が促した。

「山下俊吾の死から、今回の事件は、始まっているのだと思います。去年の四月に、山下が、不可解な死を遂げ、警察は捜査したが、結局、事故死として、捜査は止《や》めてしまっています。しかし、山下の俳句の弟子の鹿島さとみは、最初から、山下が殺されたと信じていて、同じ四月に、松山へ行き、山下の死を詠んだ句を作り、投稿しました。その上、同じような不可解な死を遂げました。しかし、なぜ、松山なんでしょう？」

と、亀井が声を大きくして、いった。

「松山へ行ってわかったんですが、句碑が多いですね。石を投げれば句碑に当るといわれています。市内の句碑は、三百以上あると聞きました。松山と関係がある俳人も、正岡子規、高浜虚子、中村草田男、それに、山頭火と——」

「ちょっと、待て」

と、亀井が、橋本をさえぎって、

「松山出身の俳人の多いこともわかるし、松山市が毎年俳句を募集し、応募の八割は観光客だという話も聞いている。だが、それだけで、鹿島さとみや、問題の三人は、松山へ行ったのかね？　他に、何か理由があったんじゃないのか？」

といった。

「私も、それが疑問でした」

と、橋本もいう。

「そうだろう。問題の三人に絞って考えてみよう。三人は、復讐の決意を句に籠《こ》めて、松山で投稿したのではないかと考えられる。しかし、投稿された句は、一万二千もあるんだろう。今回は、たまたま、市長が、この三句を気にとめたが、一万二千句の中に埋もれてしまう可能性だってあるわけだし、その可能性の方が大きいわけだよ。とすると、三人が、松山で、復讐を誓う俳句を作って投稿したことは、自己満足だけで、警察に対する挑戦にも、何にもならないんだ。それなのに、なぜ、三人は、松山へ行って、投稿したのか、われわれのわからない理由があったのか、それを知りたいんだがね」

亀井が、いった。

「それにもう一つ、鹿島さとみのことがあるな」

と、十津川がいった。

「彼女も、三人と同じように、松山へ行き、山下教授の死を悼む句を作り、俳句ポストに投稿した。その目的は、三人と同じだったのか、彼女だけが、死んだ、いや、殺されたのは、なぜだったのか。それも知りたいことだね」

「それも、これから調べたいと、思っています」

と、橋本はいった。

「私としては、三つのことを、知りたいんだ」

と、十津川は、口調を改めて、橋本を見た。

「だいたい、想像がつきますが――」

「一つは、今、いった、鹿島さとみと、三人の男女と、松山との関係だ」

「もう一つは、問題の三人が、本気で、復讐を考えているかどうかということですね。もちろん、この中には、三人が、何者なのかの解明ということも含まれますが」

と、橋本はいった。

「第三は、それに関連するが、三人が狙《ねら》う相手は、いったい誰なのかということなんだ。わかっているのは、去年の四月に、東京で山下俊吾を殺し、松山で鹿島さとみを殺した犯人ということだけで、その正体は、わかっていない、単独犯かも知れないし、複数犯かも知れない。それも、今のところ、不明なのだ」

「しかし、手がかりは、あると思います。山下教授が死んだ事件が、殺人だとすれば、犯人は、彼の死によって、利益を得る人間ということですから」

と、橋本はいった。

「その通りだが」

「もう一度、この事件の警察の調書を、読み返してみるつもりです」

「そうしてくれ。私たちが、やればいいんだが、今のところ、時間もないし、許されてもいないから、君に頼むより仕方がないんだ」

と、十津川はいった。

「どれも、難しい問題だと思っているよ」

と、亀井がいった。

「そうだな」

と、十津川も肯いて、

「君は、もう、刑事じゃないから、警察という後ろ盾もない。権力がないから、相手を強制的に調べることができないことは、辛《つら》いだろうと思っているよ」

「私立探偵になってから、つくづく、その差を感じています。刑事だった時は、わからなかったんですが、今になると、自分は、大変な権力を持っていたんだと痛感しています」

と、橋本は微笑した。

「それで、勝算はあるのかね？　今までの君は、良くやってくれたと感謝している。東京と松山の二つの事件を、俳句というキーワードで、結びつけたことだ。ただ、このあとは、難しいぞ」

十津川がいうと、橋本は小さく笑って、

「困難はわかっています。ただ、一つだけ、私に有利な点があると、思っています」

といった。

「それは、何だね？」

と、亀井がいった。

「私が、監視されていることです」

「監視されている？　ああ、君のマンションに届けられた俳句のことか」

　橋本が、肯く。

「そうです。俳号は、三人となっていましたから、多分、問題の三人だと思います。彼等は、じっと、私の動きを監視しているのではないか。とすれば、向うから、正体を現わすかも知れません」

3

　ＨＡＫＵＢＡについて少しずつ、橋本は、その内情がわかってきた。

　ＨＡＫＵＢＡの元同人で、他の同人と意見が合わずに、最近、やめた川村という男の話が、その基《もと》になっていた。

　川村は、ひとりで、小さな喫茶店をやっていて、橋本は、その店で、話を聞いた。

「私は、俳句に対する意見が合わず、それで、ＨＡＫＵＢＡをやめたということになっていますが、本当は、もっと生臭いものなんですよ」

　と、川村は笑った。

　六十歳くらいだろう。二年前に、妻と死別したという。

「生臭いというと、お金が絡《から》んでいるということですか？」

　と、橋本はきいた。

「俳句の同人誌というと、さわやかな感じですが、金がかかることに変りはないんです」

「わかりますよ。それに、ＨＡＫＵＢＡという雑誌は、金がかかっているのがわかりますよ。写真も入っているし、表紙もいい」

「それに、秀《すぐ》れた同人の句集の出版もやるようになって来ましたからね」

「なるほどね」

「最初の頃は、みんな、純粋で、素朴でした。金がなければ、自分たちで、刷ったり、製本してもいい覚悟だったんですよ」

「確かに、創刊号は、素朴ですね。だが、熱っぽい」

「そうでしょう。それが、だんだん、豪華な作りになっていくんです。自分たちでは、金を出さないのに、どんどんぜいたくになっていく」

「しかし、誰が、金を出していたんですか？」

「発行責任者の久保田に、会いましたか？」

「ええ。会いました。何でも、元大企業のエリートで、五年前から、ＨＡＫＵＢＡの同人になって、経理までやっているみたいですね」

　橋本がいうと、川村は、小さな溜息《ためいき》をついて、

「彼が、同人になり、発行責任者になってから、ＨＡＫＵＢＡが、おかしくなったんです」

「しかし、私が調べたところでは、五年前頃から、雑誌は、豪華になっていますね」

「つまり、久保田はスポンサー探しが、うまいんですよ。昔、大企業のエリートだっただけに、財界の有力者とのコネがありましてね。俳句なんか、まったく作ったことのないような人を、ただ、金持ちだということだけで、引っ張ってきて、同人にしたりするようになったんです」

「しかし、同人は、十二人と決っているんでしょう」

橋本がいうと、川村は苦笑して、

「久保田が、入ってくるまでは、同人は、七、八人だったんですよ。それを、十二人にして、今いった金持ちを同人にして、金を出させるようにしたんです。おかげで、金のことで苦労することは、なくなりましたがね」

「しかし、金を出すだけじゃあ、同人にして貰《もら》っても、つまらないでしょう？」

「そうでもないんですよ。商売が成功して、豪邸も建て、社長と呼ばれるようになると、あと欲しいのは名誉でしょう。文化人になりたがるんですよ。それには、俳句は、恰好《かっこう》の手段なんですよ。ＨＡＫＵＢＡは、その点歴史もあるし、同人誌として、かなり評価されています。また、豪華な句集を出して、それを、財界人の間に配布すれば、ハクがつくんです」

川村は、奥から、一冊の句集を取り出してきて、橋本に見せた。

〈笠原文彦《かさはらふみひこ》　句集「トワイライト」〉

かなりの豪華本である。

装幀《そうてい》にも、金がかかっているのがわかった。

「笠原文彦というのは、十二人の同人の中に名前がありましたね」

「サラ金の経営者です。『サクセス』という」

「名前は、知っていますよ。つまり、ＨＡＫＵＢＡにとっては、大事なスポンサーということですか？」

「そうです。久保田が、強引に連れて来て、同人にしたんですよ」

「それでも、自分の句集を出せるほどの才能があれば、いいじゃありませんか」

と、橋本がいうと、川村は、また笑って、

「そこにのっている句の大部分は、他の人が、作ったものですよ」

「本当ですか」

「残念ながら、本当です」

「そんなに、この笠原さんという人は、金を出しているんですか？」

「一千万くらい年間出しているんじゃありませんかね」

「しかし、肝心の才能は、ないんじゃありませんか？」

「ありませんね」

「それでも、他の同人は、文句をいわないんですか？」

と、橋本はきいた。

「俳句大好きの人がいて、そういう人は、金に欲のないのが多いんですよ。金のことは、他人《ひと》に委《まか》せて、自分は、発句に、集中したいという人です。そういう同人は、笠原と、久保田のことには、眼をつむってしまう。私のように、文句のある人間は、やめてしまうわけです」

「山下さんは、どうだったんですか？」

と、橋本はきいた。

「あの人は、ＨＡＫＵＢＡを、元の姿に戻そうとしていましたよ。同人が、きちんと毎月、会費を払い、会員からも少いが、会費を貰う。それで、やっていこうじゃないかと、提案していたんです。まともな言い分で、同人誌の原点は、そこにあるんだけど、一度、おいしい目を見てしまうと、なかなか、厳しいところに戻れないんですよ。何しろ、笠原は、年間一千万円という大金を、出してくれるし、彼と、久保田のいうことを聞いていれば、個人の句集を出してくれますからねえ」

「山下さんが、殺されたことと、ＨＡＫＵＢＡのごたごたとは、関係があると思いますか?」

と、橋本がきくと、川村は、急に、用心深い眼になって、

「わかりませんね。第一、私は、HAKUBAをやめて、もう一年近くになるので、最近の状況は、よくわからないのですよ」

といった。

「それにしても、この笠原文彦という同人ですが、才能がなければ、いつか、ボロが出るんじゃありませんか?」

と、最後に、きいてみた。

川村は、今度は、皮肉な眼になって、

「そう簡単なものじゃないんですよ」

といい、もう一冊の句集を見せてくれた。

〈笠原だるま「あけぼの」〉

とあり、帯には、

〈多聞《たもん》賞受賞。句の世界に新たな地平線を創《つく》る!〉

　と書かれていた。

「笠原だるまというのは、誰ですか？」

　と、橋本がきく。

「笠原文彦ですよ。だるまというのは、彼の俳号です」

　川村が、いった。

「しかし、多聞賞受賞とありますね。大きな賞なんですか？」

「大きな賞ですが、いろいろと、問題のある賞なんです」

「どんな風にですか？」

「小林多聞という俳人は、七年前に亡《な》くなりましてね。その多聞さんを記念して作られた賞なんです。一回と二回の受賞者が、優秀でしてね。それもあって、多聞賞の名前が、大きくなったんです。それが、最近になって、政治的に動くようになってきたんです。どうやら、三年前に、やはり俳人だった未亡人が亡くなって、息子さんと、その仲間が、審査することになってから、おかしくなったんだと思います。大金で、多聞賞が買えるという噂《うわさ》が出るようになったんです」

「それで、笠原だるまさんが、受賞ですか」

「私は、噂は、本当だと思いましたね」

「しかし、よくバレませんね。本人が作ってないんでしょう？」

「笠原には、何人かの、秘書がついているんです。サラ金会社の社長だから、秘書がついていてもおかしくはないんですが、その中の一人が、俳句の才能に恵まれているんですよ」

「では、受賞した句集は、殆《ほとん》ど、その秘書が作ったものなんですか？」

「三十代の若い人ですが、いい句を作りますよ」

「しかし、ＨＡＫＵＢＡの同人じゃありませんね」

「ええ」

と、川村は、肯《うなず》いてから、

「その秘書がいるので、笠原だるまは、講演に呼ばれても、審査員に招待されても、困らないんですよ」

「笠原さんは、講演や審査員で呼ばれることがあるんですか」

「何しろ、多聞賞の受賞者ですからね」

と、川村はいった。

その時、橋本は、「あっ」と、小さな声をあげた。

松山の、例の俳句ポストのことである。

去年の審査員の中に、「笠原文彦」という名前があったような気がしたからである。

4

自宅に帰ると、橋本は、すぐ、松山市の市長秘書室長松崎に貰った資料を取り出して、眼を通した。

（無い！）

パンフレットに書かれた六人の審査員の名前の中に、笠原文彦の名前が、無いのだ。

あわてて、他の資料を見ると、選考発表の書類に、審査員の一人として、笠原の名前が、挙げられていた。

（どういうことだ！）

松崎に電話してみると、相手はあっさりと、

「実は、事情があって、パンフレットを刷ったあとで、審査員の一人が、交代したんです。新聞では交代を発表したんですが、予算の関係もあって、パンフレットは訂正してなかったんですよ」

「交代した新しい審査員は、東京の笠原だるまさんじゃありませんか？　多聞賞受賞の」

「そうです。よくご存知ですね。笠原さんは、松山出身なので、急遽《きゅうきょ》お願いしたんです」

それを聞いて、橋本は、ほっとした。

山下俊吾（なまず）が殺された事件で、動機は、女性関係ではないかと思ってきた。

それが、ここへ来て、俳句の同人雑誌「ＨＡＫＵＢＡ」内のごたごたが原因ではないかという気もしてきたからである。

或《ある》いは、他にも、動機はあるのかも知れないが、この時点で、橋本にわかったことが、一つあった。

それは、問題の三人の男女が、なぜ、松山市へ行き、俳句ポストに、あんな句を投稿したかの理由である。

彼等は、審査員の中に、ＨＡＫＵＢＡの同人、笠原だるまこと、笠原文彦がいるのを知っていて、松山へ行って、投稿したに違いないと、橋本は思った。

四月二十八日に、松山観光港で死んでいた鹿島さとみが、同じように、松山で、俳句ポストに投稿したのも多分、同じ理由だったと、橋本は思った。

橋本は、このことも、十津川に会って、話した。

新宿の、よく行く喫茶店で、亀井刑事も加えて、説明したのだ。

「だんだん、面白くなってくるじゃないか」

と、十津川も、面白いという言葉を使った。

「例の三人が、なぜ、松山市で、俳句ポストに投稿したか、その理由がわかっただけでも、大きな進歩だと思うよ」

と、亀井がいった。

「三人の他に、四月二十八日に、松山で死んだ鹿島さとみも、同じように、俳句ポストに投稿していますが、彼女も同じ理由だったと思います」

　橋本は、付け加えた。

　十津川は、煙草《たばこ》をくわえ、火をつけてから、

「しかし、俳句の同人誌で、同人間に、ごたごたがあったとしても、そのくらいのことで、果して、人間が、人間を殺すかね？」

　といった。

「今、わかっていることは、同人の一人笠原という男が、俳句の才能もないのに、金の力で、発行責任者の久保田という男と二人でＨＡＫＵＢＡを牛耳っていて、それに、他の同人が、反発しているということなんだろう」

「それで、ＨＡＫＵＢＡをやめた人間もいます」

「殺された山下俊吾も、同人の一人だったわけだ。そして、彼は、笠原と久保田に反発していた」

「そうです」

「そして、二人のやり方に反対していたとする」

「運営を昔に戻したいといっていたそうです」

「反発し合っていたとしてだ。そのくらいのことで、山下を、殺すかね？　そこが、わか

らないな」

　と、十津川はいった。

「確かに、その通りなんです。私は、ＨＡＫＵＢＡをやめた元同人に聞いたんですが、山下と、笠原たちの間に、運営方法について、確執があったことは、間違いありません。笠原が、才能もないのに、金とコネの力で、賞を取ったり、ＨＡＫＵＢＡを牛耳ったりしていることに、山下は、腹を立てていたことは、間違いないと思います。しかし、それが、殺人の動機になったとは、考えにくいのです。笠原にしても、久保田にしても、金と力があるわけですから、新しい同人誌を出せばいいわけですから」

　と、橋本もいった。

「しかし、俳句の絡《から》んだ殺人事件だとは、思っているんじゃないのか？」

　亀井が、きく。

「そうなんです。事件の発端に、俳句がありましたから」

「問題の三人だが、松山で投稿した俳句を見るかぎり、彼等が尊敬する山下俊吾や、仲間の鹿島さとみを殺したのは、笠原だと疑っていたことは想像されるね」

　と、亀井はいった。

「同感です。それに、松山の俳句祭りの審査員の中に、その笠原がいるのを知って、三人が、松山で、俳句を投稿したことも間違いないと思います」

橋本が、いった。

「それは、挑戦のつもりだったのかね？」

と、十津川はいった。

「自分たちの俳句を、審査員の笠原が読むだろうと、三人は、考えていたと思います。同じ日に、あんな俳句が三句並べば、嫌でも眼につきますからね。だから、笠原に対する挑戦というか、挑発だったことは、間違いないと思います」

と、橋本はいった。

「笠原は、あの三句を見たと、君は、考えるんだな？」

十津川が、確認するように、きいた。

「そう思います」

「それで、笠原は、どう考えたと思うね？」

「あくまでも、笠原が、山下俊吾と、鹿島さとみを殺した犯人としての話になりますが、三句を見て、ぎょっとしたと思います。自分が、三人の人間に狙《ねら》われている、仇《かたき》として狙われていると思って、不安に襲われたと思います。そして、多分、この三句を、無視しようとしたに違いありません。ところが、松山市長が、この三句を見て、不安に襲われ、亀井刑事に調査を依頼したため、陽の目を見てしまったわけです」

と、橋本はいった。

「その前提を、何とかして確認したいな」

と、亀井はいった。

「前提というと、笠原が、犯人だとしてということですね」

橋本は、いった。

「笠原と、久保田の二人が、山下俊吾を殺したとしても、それを、認めるわけはない」

「そうです」

「君は、この二人に会っているのか？」

「久保田には、会っています」

「じゃあ、笠原の方に、何とか、会ってみてくれ」

と、十津川はいった。

「山下俊吾を殺したかと、きいて、笠原の反応を見ますか？　私は一民間人ですから、どんな無責任なことでも聞けますから」

橋本が、笑って見せた。

十津川は、小さく手を振って、

「それは、必要ないよ。笠原が犯人だとしても、殺したと認めることは、あり得ないし、ただ、相手を、警戒させるだけだからね。君は、笠原が、どんな男か、調べてくれるだけで、いいんだ」

と、十津川はいった。

「では、山下を殺したんだろうと、決めつけずに、自分の感触を信じて、笠原に会って来ます。向うが、会ってくれればですが」

と、橋本はいった。

「あの三人から、新しい俳句は、届いたかね？」

亀井が、きいた。

「まだ届きませんが、私の行動は、じっと監視されているような気がしています」

と、橋本はいった。

5

十津川班は、一つの殺人事件を解決して、捜査本部を解散した。

いつもなら、それで、ほっとして、ひと休みという感じになるのだが、今回は、そうはならなかった。

十津川の頭の隅に、常に、山下俊吾の名前や、ＨＡＫＵＢＡの文字があったからである。

十津川と亀井の二人の間では、ひそかに、「十七文字の殺人事件」と呼ばれていた。

橋本に調査を頼んでいて、彼の報告によれば、去年の四月に起きた事件らしいとわかってきている。

被害者の名前が、山下俊吾、五十八歳。すでに、事故死として処理されてしまっているから、今は、やみくもに、再捜査をすることは出来ない。

といって、今は、一人の民間人になっている橋本に、いつまでも、調査を頼んでいるわけにもいかないのだ。

（何とかして、この事件と、松山の事件の二つを、再捜査することが、出来ないものか）

と、十津川は考えていた。

「三上刑事部長に、例の三つの俳句を見せて、復讐《ふくしゅう》の恐れを説明したら、どうでしょうか？」

亀井が、いった。

十津川は、手を振って、

「慎重居士の三上部長が、そのくらいのことで、再捜査を許可するものか。その三人の名前は、わかっているのかと聞かれて、それで、終りだよ」

「橋本の話を聞いていると、復讐話は、本当に思えるんですがね」

と、亀井が、口惜《くや》しそうにいった時、十津川が、本多一課長に呼ばれた。

本多に会うと、

「捜査が終って、すぐで悪いんだが、田園調布へ行ってくれないか」

といわれた。

「殺人事件《ころし》ですか？」

「いや。強盗傷害だ」

と、本多はいった。

「正確な場所を教えて下さい」

「田園調布の山下邸だよ」

「山下？」

「去年の四月に亡くなった大学の先生の家だ」

「では、誰が、襲われたんですか？」

「未亡人だ。すぐ、行ってくれ。ひょっとすると、殺人未遂事件になるかも知れん」

と、本多はいった。

十津川は、部屋に戻りながら、

（助かった）

と思った。

これで、誰に遠慮もせず、堂々と、あの事件の再捜査が、出来ると思ったからである。

亀井も、明るい表情になって、

「事件が起きて、良かったというのは、おかしいですが、今の気持は、良かった――です」

と、十津川にいった。

田園調布の山下邸に着く。

強盗に襲われた未亡人の保子は、すでに、救急車で、近くの病院に運ばれたという。

その代りに、家の中には、四十歳ぐらいの男が、留守番をしていた。

渡された名刺には、S大助教授、関根浩司の名前があった。

「山下先生の後輩です」

と、関根は、十津川にいい、

「入院された奥さんから電話がありましてね。家が留守になってしまうので、よろしくお願いしますといわれたんです」

「奥さんの様子は、どうなんですか？」

「何でも、いきなり、頭を殴られたそうで、何針か縫うことになったが、命に別条はないそうで、電話のお声は、意外と、元気でしたよ」

と、関根はいった。

鑑識が、邸内の写真を撮り、指紋を採取している。

「一階は、かなり、荒らされていますね」

と、亀井が報告する。

「状況から見て、強盗が、一階を荒していて、その物音を聞いて、未亡人の保子さんが、降りて来た。強盗は、その彼女を、殴りつけたということのようです」

「時間は、何時頃なんだ？」

と、十津川がきく。

「今日の午前二時から三時の間のようです」

と、亀井がいった。

十津川は、三田村と、北条早苗の二人の刑事を呼んで、

「この近くのN病院に入院した山下保子に会って、話を聞いて来てくれ」

と命じた。

二人が、飛び出して行く。

西本が、畑宏子という通いのお手伝いを連れてきた。

六十歳で、いかにも働き者の感じだった。

朝九時に来て、午後六時に、夕食を作ってから帰るのだという。

「大変なことになってしまって、びっくりしているんです」

と、宏子はいった。

「この家では、長いこと働いているんですか？」

と、十津川がきいた。

「もう四年になります」

「じゃあ、山下さんが、生きている時からですね」

「ええ」

「亡《な》くなった山下さんは、どんな人でしたか？」

と、十津川がきくと、宏子は、けげんな顔をして、

「今度の強盗は、亡くなった旦那《だんな》さんと関係があるんですか？」

「いや。可能性があるというだけでね。強盗に見せかけるという事もありますから」

と、十津川はいった。

「いい方でしたよ」

宏子が、いった。

「どんな風にです？」

「優しいんですよ。誰に対してもね」

「奥さんの保子さんは、ひとまわり、年下だったんですね」

と、十津川がいうと、宏子は急に秘密めかして、

「本当は二十歳も、年齢《とし》が、違ってたんですよ。そのことばかりいわれるのが嫌で、旦那様も奥さんも、たかが、ひとまわりですよと、おっしゃってました」

といった。

「二十歳ですか」

「だから、優しい旦那様が、奥さんの保子さんには、それは、大変でしたよ」

「すると、夫婦仲は、良かったということですね？」

「そうですよ。旦那様が亡くなった時は、いろいろと、いわれたり、書かれたりしましたけど、あんなことは、全部、嘘《うそ》ですよ」

　と、宏子はいった。

「亡くなった山下さんが、俳句をやっていたことは知っていましたか？」

　と、十津川はきいた。

「俳句って、古池や、蛙《かわず》とび込むっていうやつですか？」

「そうです」

「お掃除の時、そんな雑誌を見たことは、ありますけど、旦那様は、大学の先生ということしか、知りませんでした。俳句をやっていらっしゃったんですか」

「若い学生さんが、遊びに来ることもあったんじゃありませんか？」

「そりゃあ、優しい先生で、人気があったから、沢山、見えてましたよ」

　と、宏子はいった。

6

十津川の携帯が、鳴ったので、着信ボタンを押すと、橋本の声が、聞こえた。

「今、近くにいるんですが、山下家で、何かあったんですか？」

と、橋本がきく。

「奥さんが、強盗に襲われ、負傷して、救急車で、病院に運ばれた。おかげで、私やカメさんが、山下家の事件を調べるチャンスをつかめたよ」

と、十津川はいった。

「それでは、問題の事件を、表立って捜査できることになりましたね」

「そうなんだ、君には、感謝している」

「調査料は、頂いていますから、こちらこそ、お礼を申し上げます。それで、未亡人の保子さんが、狙《ねら》われたのは、単なる強盗傷害なんですか？　それとも、去年四月の山下さんの死と関係があるんでしょうか？」

と、橋本がきく。

今までのいきがかり上、気になるのだろう。

「それは、私も知りたいと、思っているんだよ」

と、十津川はいった。

関根が寄ってきたので、十津川は、携帯を切った。

「おかしな強盗ですね」

と、関根が、十津川に、いった。

「何がですか？」

「私も、保子さんに頼まれたので、何が盗《と》られたのかと、見て廻ってるんですが、高価なものは、盗られていないし、二階の現金、三十万余りも、そのままなんですよ」

　と、関根はいった。

「何か、金目のものを盗ろうとしたんだが、保子さんが現われたので、殴り倒し、あわてて、逃げた。だから、何も、盗られていないのじゃありませんかね」

　十津川がいうと、関根は、

「そういうことも、考えられますね。とにかく、何も盗られてないようなので、ほっとしています」

　といった。

　病院に行った三田村と、北条早苗から、電話が、かかった。

「奥さんは、意外に元気で、いろいろと、話して貰《もら》うことが出来ました」

　と、三田村がいった。

「それを話してくれ」

「奥さんの話ですと、二階に寝ていて、午前二時頃、階下の物音で、眼をさましたそうです。怖かったけど、ガウンを羽おって、見に行った。ところが、一階におりたら、背後から、何か固いもので、いきなり、殴られて、気を失ってしまったそうです。その時が、二時十七、八分で、気がついて、一一〇番し、負傷したというと、救急車が、来てくれた。二十分くらい、気を失っていたといっています」

「二十分、気を失っていたというのは、間違いないのか？」

「奥さんは、そういっています」

と、三田村はいう。

もし、それが間違いないとすると、強盗は、二十分間、家の中を物色する時間があったことになる。

十津川は、判断に迷った。

「どちらともいえませんね」

と、亀井がいった。

「殴られた奥さんが、二十分間気絶していたとしても、強盗が、殴った直後に、逃げ去っていたら、金目のものを、何も盗られていなくても、おかしくはありません。でも、気絶していた二十分間、強盗が、家の中を物色していたとすれば、金目のものに手を出さなかったのは、おかしいということになってきますよ」

「カメさんは、どっちだと思うんだ？」

「強いていえば、後者の方です。眼の前で、保子が、気絶したのに、果して強盗は、何も盗らずに、逃げ出すでしょうか？　普通に考えれば、家の中を、物色すると思いますね」

と、亀井はいった。

「関根も、同じことをいっているよ。おかしな強盗だとね」

と、十津川はいった。

「それは、ただの強盗ではないのじゃないかということですね」

「関根は、そのつもりで、いっているんだと思うね」

「つまり、何者かが、強盗に見せかけて、深夜に、忍び込んだということですね」

「そう思う」

「何のために、そんなマネをしたんでしょう？」

「私も、それを知りたいよ。奥さんの保子を、殺そうとして忍び込んだのかも知れないし、金目ではないが、犯人にとって、どうしても欲しいものがあったのかも知れない」

と、十津川はいった。

「殺そうとして、忍び込んだが、いざとなって、ひるんでしまい、ただ殴っただけで、逃げてしまったということだよ」

「そういうことも考えられるということですか？」

と、十津川が、いった時、関根が、通りかかって、

「全《すべ》て、芝居かも知れませんよ」

といった。

十津川は、関根を見すえて、

「芝居って、何のことです？」

ときいた。

「保子さんは、強盗に襲われたといっているが、その強盗を見た人はいないんです」

「午前二時だから、目撃者がいなくても、不思議ありませんよ」

と、十津川はいった。

「もともと、強盗がいないんだから、目撃者はいないんですよ」

関根は、そんなことを、いった。

「じゃあ、保子さんの芝居だというのですか？」

「いい辛《づら》いのですが、そういうことです」

「なぜ彼女は、そんな芝居をする必要があるんですか？」

「去年の四月に、山下先生が、亡くなりました。今は、事故死となっていますが、殺人として、警察が捜査した時期もあるんです」

「知っていますよ」

「その時、真っ先に疑われたのは、当然ですが、妻の保子さんでした。山下先生は、かなりの資産家ですから、財産狙いだろうとか、二十歳の年齢の差が、殺人に走らせたのではないかとか、いろいろ、いわれたんです」

「なるほど」

「今でも、山下先生の死は、殺人だという声があるんですよ。そして、犯人は、保子さんだと。彼女としては、それが辛くて、自分も、狙われているんだといいたくて、こんな芝居をしたんじゃないかと、思うんですがね」

と、関根はいう。

「しかし、亡くなった山下さんと、奥さんの保子さんとは、大変仲が良かったと聞きましたよ。それを、みんなが知っているのなら、疑われても、彼女は、平然としていればいいんじゃありませんか」

十津川がいうと、関根は、小さく笑って、

「それって、通いのお手伝いが、いったことじゃありませんか？」

「そうです。山下さんは、二十歳年下の奥さんを大変愛していたと証言していますよ。第三者のお手伝いは、ちゃんと、観察していたんじゃありませんか」

と、十津川はいった。

「山下先生は、優しい方《かた》だから、奥さんに対して、嫌いであっても、優しく、振る舞っていたんですよ。保子さんの方も、第三者の前では、山下先生を、愛しているように、振る舞っていたんですよ」

「山下夫婦の本当の姿を、ご存知みたいないい方に聞こえましたが」

と、十津川はいった。

「よく知っていますよ」

「どんなご夫婦だったんですか？」

「最初は、ボクたちも、羨《うらや》むほど、仲が良かったですよ。保子さんは、若くて、美人ですからね。ボクたちも、よく、山下先生を、からかったものです。娘みたいな奥さんを貰って、メロメロですねって。それが、だんだん、おかしくなってきたんですよ。年齢差からくる、いろいろな違和感が、だんだん、二人の間に、溝を作っていったんだと思いますね。先生は、ひそかに、ボクに、こぼすようになったんです。大事なことを、相談しようと思っても、それが、出来ないってね。だから、ボクは、いったんです。結婚が失敗だとわかったら、離婚したらいいんじゃありませんかって申し上げたんですよ」

と、関根はいった。

「そうしたら、山下さんは、何ていったんですか？」

「自分の方から、結婚してくれといって、一緒になったんだ。だから、一緒にいるのが辛くなったからといって、彼女を突き放すことは、出来ないとおっしゃってました。とにかく、山下先生は、優しいんです。それが、あんな事件を引き起こすことになったんだと思っていますよ」

と、関根はいった。

「それは、つまり、山下さんは、殺されたということですか？」

「今でも、ボクは、そう思っていますが、傷つく人がいるから、このことは、誰にもいわないで下さい」

と、関根はいった。

第四章　ある句集

1

事件の翌日、十津川は亀井と二人で、病院に、山下保子に会いに行くことにした。

三田村と、北条早苗の二人から、保子の話は聞いていたが、彼女をめぐって、お手伝いの話と関根の話が、大きく違っていたからである。

病院に着き、病室を覗《のぞ》くと、彼女は、眠っていた。

二人は、しばらく待って、彼女が、起きてから、もう一度、病室にあがって行った。

十津川たちが、あいさつすると、保子は、ベッドに横になったまま、

「これを下さったのは、あなた方ですか？」

と、手にしたプレゼントを、あげて見せた。

きれいな包装紙で包まれ、テープが、かかっている。十津川は、

「いや、われわれじゃありません」

といい、

「ああ、私が開けましょう」

と、手を伸した。

包装を開けてみると、中には、句集が、入っていた。

タイトルは、「地の底から」となっていた。

作者の名前は、「狼児」となっている。

「保子さんも、俳句をお作りになるんですか？」

と、十津川はきいた。

「いいえ。私は、主人と違って、才能がありませんから」

保子は、寝たまま、首をふった。

十津川は、ページの間に、はさんであった、カードが、落ちたので、拾いあげた。

それには、太い文字で、

〈下手な芝居は止《や》めろ！〉

とあった。

十津川は、そのカードを、そっと、自分のポケットに滑り込ませてから、句集を保子に渡した。

「その作者に、心当りは、ありませんか？」

と、十津川はきいた。

「ありませんわ」

「じゃあ、贈り主には、どうですか？」

「それもわかりません。眠っていて、起きたら、枕元《まくらもと》に置いてあったんです」

と、保子はいった。

「あなたは、本当に、俳句は、やらないんですか？　亡《な》くなった山下さんは、俳号まで、持っていましたが」

十津川は、もう一度、きいてみた。

「ええ。全然、やったことがありません。主人にすすめられたことは、ありましたけど、自分には向いていないと思いましたから」

と、保子はいった。

「そんなあなたに、なぜ、句集を、贈って来たんでしょうか？」

「わかりませんわ。きっと、山下のことがあるので、私も俳句をやると、誤解なさったんじゃありませんか。よく、そういう方が、いらっしゃるんです。いきなり、あなたの俳号を教えて下さいなんて方も、いらっしゃいますから」

と、保子はいった。

「では、その句集を、お借りして、構いませんか」

と、十津川はいった。

「ええ。どうぞ。刑事さんは、俳句をおやりになるんですか？」

「私は、駄目ですが、こちらの亀井刑事が、やります」

と、十津川はいった。

亀井は、照れて、

「下手のヨコ好きです」

と、いって、句集を、受け取った。

十津川は、少し改まった口調で、

「事件のあった夜のことを、もう一度、お聞きしたいんですが」

といった。

保子は、ベッドに起きあがって、

「昨日、刑事さんに申し上げたとおり、犯人の顔は、見ていないんですよ。申しわけありませんけど」

「それは、わかっていますが、正確を期したいので」

「ええ」

「事件の日の夜、二階で、寝ていらっしゃったんですね？」

「はい」

「ご主人が、亡くなってからずっとひとりで、お住いですか？」

「ええ。通いのお手伝いさんは、おりますけど」

「畑宏子さんですね」

「はい」

「それで、階下で物音がしたので、起きたんですね？」

「はい」

「正確には、何時かわかりますか？」

「枕元の時計を見ましたら、午前二時を過ぎていました。二時、五、六分だったと思います」

「それから、どうされたんですか？」

「階下へ、見に行きました」

「それは、少し不用心じゃありませんか」

と、亀井がきいた。

「なぜ、一一〇番しなかったんですか？」

「ただ物音がしたような気がしただけですから。前にも、怖くて、一一〇番して、ご迷惑をおかけしたことがあるものですから」

「一階に、明りはついていましたか？」

「いつも、夜は、そうなっているんですね？」

「はい」

「それから、どうしました」

「階段を降りて、リビングの電気をつけました。そうしたら、いきなり背後《うしろ》から、頭を殴られて」

「気を失ってしまった？」

「はい」

「犯人の顔は、見ていないんですね？」

と、亀井がきく。

「はい。ぜんぜん、見ていません」

「それから、どうされました？」

「しばらくして、気がついて、一一〇番して、そのあと、関根さんに、お電話しました」

「関根さんというのは、ご主人の後輩のS大助教授ですね？」

「はい。お世話になっている方です」

「その関根さんに協力して貰《もら》って、何か盗まれたものがないか、調べているんですが、現金や、高目の品物が、全く盗まれていないようなのですよ」

と、亀井はいった。

「そうなんですか」

「それで、これは、物盗《ものと》りではないのではないかという疑いも出て来ているんです」

「それ、どういうことなんでしょうか？」

保子が、眉《まゆ》を寄せて、きく。

「それは、つまり犯人は、あなたを襲うために、忍び込んだのではないかということなんです」

と、十津川がいった。

「何のためにでしょう？」

「誰かに、憎まれているということは、ありませんか？」

「心当りは、ありませんが——」

「電話や、手紙、或《ある》いは、メールで、脅されたことは、ありませんか？」

と、十津川はきいた。

「いいえ。そんなことは、ありませんけど」

「しかし、ご主人が、不審な死に方をした時は、いろいろと、いわれたんじゃありませんか？　そんな噂《うわさ》を聞いているんですが」

と、十津川はいった。

保子は、急に、表情を固くして、

「そんなこともありました」

「具体的に、どんなことを、いわれたんですか？」

「無言電話がかかったり、お前が、殺したんだろうとかいわれたりしました。警察にも、調べられましたし――」

と、保子はいった。

「最近は、どうですか？」

「この頃は、全くありません」

「本当にありませんか？」

「ええ。ありませんわ」

保子は、きっぱりと、いった。

「お手伝いの畑宏子さんですが、ご主人が存命の時からいる方らしいですね？」

と、亀井がいった。

「はい」

「どんな人ですか？」

「まじめで、信頼できる人ですよ。明るくて、元気で」

「関根さんは、どうです？」

「そういうことではなくて、あなたが、信用していらっしゃるかどうかということなんですよ。その点は、どうなんですか？」

と、亀井がきいた。

「それは、信用していますわ。亡くなった山下も、とても、信用していましたから」

「あなたのご両親は、まだ、健在でしたね？」

「はい。おかげさまで」

「強盗に襲われた時、なぜ、ご両親に連絡しないで、関根さんに電話したんですか？」

「両親は、身近に住んでいませんし、普段、関根さんに、お世話になっているものですから。もちろん入院してから、両親にも、連絡はしています」

と、保子はいった。

そういえば、病室には、花束や、見舞いの果物が、並んでいた。

2

捜査本部に戻ると、十津川は、保子から預ってきた句集と、その句集にはさまっていたカードを机の上に、並べた。

句集の題名は、「地の底から」と、何かしら、おどろおどろしい。

亀井は、句集よりも、カードの文句を問題にした。

「この、下手な芝居は止めろというのは、どういう意味ですかね？」

「文字どおりに受け取れば、強盗に襲われたというのは、狂言だと思っているということだろう」

と、十津川はいった。

「狂言ですか」

「多分、あの奥さんは、夫の山下俊吾の死んだことで、いろいろと、いわれているんじゃないのかね。夫の財産狙《ねら》いに、殺したんじゃないのかとか、本当は、二人の仲は、冷たかったんじゃないかとかだよ。そう思っている人間が、今度の事件も、保子が、同情を集めようとして、誰かに頼んで、狂言をやったんじゃないかと考えたということだろう」

「しかし、彼女は、負傷していますよ」

「だが、意外に、軽傷だった」

と、十津川はいった。

「そういえば、何も盗まれていないみたいですね」

と、亀井もいった。

「こういう事件は、判断が、難しいな。今回の強盗傷害だって、狂言といえば、そうも見えるからね」

　と、十津川はいった。

「夫の親族はきっと、彼女のことを、良くは、いってないでしょうね」

　亀井が、いう。

「そうだろうね。かなりの遺産が、保子ひとりのものになってしまったわけだからね」

「その点を、調べてみたいと、思います」

　と、亀井はいった。

　十津川は、改めて、問題の句集を、手に取った。

　奥付を見ると、「非売品」とあるから、自費で、作った句集なのだろう。

　発行年月日は、何故《なぜ》か、書かれていなかった。

　発行人の名前も、住所もである。

　最初のページを開けると、そこに、一句だけ、大きくのっていた。

　　死ぬ覚悟　心に秘めて　彼岸花

　ページをくっていくと、やたらに、「死」という言葉が、出てくるのに、驚かされた。

ひたすらに　死にたいと思う　冬寒むの朝
冬枯れの　桜に頭打ちつけ　死を誓う

（この作者は、どんな神経をしているのだろう？）

と、十津川は思った。

当然、この作者の正体を、十津川は、知りたくなった。

それがわかれば、「下手な芝居は止めろ！」というカードをはさみ、この句集を贈った人間についても、何かわかるかも知れないと思ったのだ。

十津川は、何人かの著名な俳人に会って、その句集を見せた。

「非売品だから、自費出版だと思うが、かなり、ぜいたくな造りですねえ。本来は、箱入りで、少数の限定出版じゃないのかな」

と、一人はいった。

「発行年月日も、発行人の名前もないのは、不思議ですね。意図的に、のせなかったのかも知れないな。狼児という俳号の人にも、心当りがありませんね」

と、他の一人はいった。

「中の俳句については、どうですか？」

十津川は、きいてみた。

「意気込みは、よくわかりますが、技巧的には、拙《つたな》いですね。だから、若い人だと思いますね」

という答えが、戻ってきた。

結局、わかったのは、狼児という作者が、若い人らしいということだけだった。

十津川が、次に訪ねたのは、句集や、俳句の同人誌を専門にしている古本屋だった。

そこの、主人に、十津川は、句集を見せて、心当りはあるかどうか、きいてみた。

古書店三十年という主人は、その句集を手に取って、じっと見ていたが、第一声は、

「金が、かかっているねえ」

だった。

「そうですか？」

「表紙は、藍染《あいぞ》めの特別製の布を使っていますね。中の紙も、和紙を使っていますからね」

「この作者は、ご存知ありませんか？」

と、きくと、主人は、笑って、

「私は、俳句を作ってるわけじゃないから」

「この本を、古書として、扱ったことは、ありませんか？」

「ありませんね」

「若い、あまり、上手《うま》くない人が作ったんじゃないかというんですがね」

「それじゃあ、金持ちのドラ息子が、自己満足で作ったんじゃないかな」

と、主人はいった。

結局、ここでもわからなかった。

国立国会図書館にも、納本されていなかった。それだけ、ごく、プライベイトな句集ということになるのだろう。

十津川は、西本たちにも、この句集を見せた。

北条早苗が、

「何となく、例の三人の句を連想させますね」

といった。

「ああ、私も、そう思った」

と、亀井はいい、

「やたらに、死という言葉が出てくるだろう？」

「ひょっとして、問題の三人が、自費出版したものじゃないんでしょうか？」

と、早苗がいった。

「それはないよ」

と、十津川はいった。

「これは、古書店の主人のいったことなんだが、表紙に使われている藍染めの布は、相当古いそうだからね」

「すると、かなり以前に、出版されたということになりますね？」

「そうだ」

「それを、なぜ、今頃、誰かが、入院中の山下保子に贈ったんでしょうか？　それも、下手な芝居は止めろというカードを、はさんでいるんですから、好意からとは、思えません」

「明らかに、悪意だよ」

と、十津川はいった。

「しかし、当の保子が、関心がなくて、すぐ、警察に渡してしまったんですから、贈り主の意図は、ムダだったということになりませんか？」

早苗が、いう。

「いや、こうして、われわれが、考えているんだから、成功したんじゃないか」

と、十津川はいった。

3

十津川は、「地の底から」の句集の作者、狼児の正体を、知りたかった。

それが、わかれば、この句集の贈り主の意図がわかると思ったのだ。贈り主は、句集に託して、保子に対して、何かいいたかったのだろう。

だが、どうやって、狼児の正体を、突き止めたらいいのか。

様々な俳人に当ってみたが、誰も、この句集のことも、作者のことも知らなかった。

十津川が、困っていると、西本が、

「私に調べさせて下さい」

といった。

「君は、俳句をやるのか？」

「いいえ」

「じゃあ、どうやって、調べるんだ？」

「今は、図書館へ行って、調べる時代じゃありません。パソコンで、検索する時代なんです」

と、西本はいった。

「じゃあ、やってみてくれ。ここにもパソコンはあるから、それを使えばいい」

と、十津川はいった。

西本は、十津川の見守る中で、キーを叩《たた》いた。

〈地の底から〉

という句集の題と、

〈狼児〉

という作者の名前の両方から検索したが、そのどちらにも、答は出て来なかった。

それで、西本は、警視庁のホームページに、メッセージを載せて、呼びかけることにした。

狼児「地の底から」について、何かご存知の方は、警視庁十津川宛《あて》に、メールをお寄せ下さい、とである。

「これで、何かわかると思うかね？」

と、十津川はきいた。

「もし、この句集について、何か知っている人間が、パソコンをやっていれば、きっと、何か知らせて来ると思います」

と、西本はいった。

メッセージを掲載してから、二日、三日とたっても、警視庁のホームページに、何の答も送られては、来なかった。

九日目になって、やっと、期待していたメッセージが届いた。

〈私は、狼児「地の底から」という句集について記憶があります。あれは、確か、四十二年前、Ｋ高校の友人の一人が、自分で、出したものだと思います〉

と、そのメッセージには、書かれてあった。メッセージの送り主は、「ミウラ」となっているが、本名かどうかは、わからない。

「四十二年前か」

十津川が、呟《つぶや》いた。

「ずいぶん昔の話ですね」

と、亀井もいった。

「とにかく、Ｋ高校へ行ってみよう」

と、十津川はいった。

K高校は、世田谷区内の私立高校である。

四十二年前、教鞭《きょうべん》を執っていた教師は、すでに、いなかったが、事務局で、当時の教師の一人を、教えてくれた。

現在は、停年でやめ、悠々自適の生活を送っているという辻という八十歳の老人だった。

八十歳だが、血色も良く、頭も、はっきりしていた。

退職後、描き始めたという油絵のある部屋で、十津川たちは、話を聞いた。

「四十二年前というと、私が、三十八歳の時ですねえ」

と、辻は、遠くを見るような眼をした。

「その頃、高校生の中に、この句集を自費出版した者がいるというんですが」

十津川が、句集「地の底から」を見せると、辻は、

「ちょっと待って下さい」

と、いって、奥の部屋に、消えてしまった。

そのまま、なかなか、戻って来ない。突然、

「あった！」

という大きな声がして、辻が戻って来た。

手に持った本を、ポンと、テーブルに置いて、

「確か、私のところにもあったと思ったんだが、やはり、ありましたよ」

といった。少し汚れているが、間違いなく同じ句集だった。

「この句集ですが、何という高校生が作ったものかわかりますか？」

と、十津川はきいた。

「覚えていないが、一つの事件がありましてね、そのあとで、貰《もら》った気がしますよ」

と、辻はいう。

「どんな事件ですか？」

「うちの高校の国語の教師が、殺される事件があったんですよ。牧野という教師で、生徒に人気がありました。いえ、事件そのものは、うちの学校とは、関係がありませんでしたが、びっくりしましたよ」

辻は、そういって、パイプをくわえた。

「その事件と、この句集は、何か、関係があるんでしょうか？」

「今、それを考えておるんです。何しろ、四十年以上も前のことですからねえ」

辻は、ゆっくりと、パイプに火をつけ、のんびりと、くゆらせ始めた。

八十歳の老人と、スピードを合わせなければならないので、二人の刑事も、ここは、腰を落ちつけることにした。

十津川は、失礼して煙草《たばこ》に火をつけた。

「牧野先生は、面白い人でしてねえ」

と、辻は、パイプをくゆらせながら、ゆっくり喋《しゃべ》り始めた。

「夏休みに小説を書いて、それが、文学賞の候補になったり、生徒に俳句を作らせたりしてましたよ。主に、俳句は、二年生がやっていたんじゃないかな」

「その中の一人が、この句集を作ったということですか？」

「そうなりますねえ」

「牧野先生の事件というのを教えて下さい」

と、亀井がいった。

「ああ、あの事件ね。牧野先生は、資産家の娘さんと結婚していたんです。彼は、将来、教師をやめて、作家になるか、俳人になりたいといっていて、そのためには、ある程度の資産が必要だと、いっていましたね。今もいったように、一風変っていて、面白かったんですよ。だから、生徒の中には、よく先生の家に遊びに行ってた者もいたみたいです」

「それが、俳句をやっていた生徒というわけですね」

「そうです」

「それで、事件ですが」

と、十津川が先を促した。

「確か、三月頃だったと思いますよ。朝の散歩の途中で、牧野先生が、突然亡《な》くなってしまったんです。自動車事故でした」

「それは、本当の事故だったんですか？　それとも、殺人だったんですか？」

「新聞も、警察も、事故ということでしたね」

「じゃあ、車をぶつけた犯人は、捕ったんですね？」

と、十津川はきいた。

「それが、見つからなかったんじゃないかな」

と、辻はいった。

「どうしてですか？」

「先生をはねた車は、すぐ見つかったんですがね」

「盗難車だった？」

「そうなんです」

「しかし、いろいろと、噂《うわさ》があったんじゃありませんか？　全員が、単なる事故と思ったとは、考えられないんですがね」

「ええ。そりゃあ、いろいろな噂がありましたよ。何しろ、先生は、面白い人でしたからね。面白いというのは、癖があるということですからね」

「殺されたんじゃないかという噂も出たんじゃありませんか？」

と、十津川はきいた。

辻は、すぐには返事をせず、のんびりと、パイプに、煙草を、詰めかえて、火をつけている。

「もちろん、殺されたんだという噂もありましたよ。人間というのは、無責任なものですからねえ」

「奥さんも、疑われたんじゃありませんか？」

「ああ。奥さんねえ。葬儀の時、あんまり悲しそうじゃないのは、おかしいなんていう人もいましたね」

「それで、また、この句集ですが、中の俳句に、やたらと死という文字が、見えるんですよ」

「それは、間違いなく、尊敬していた牧野先生の死が、関係していると、思いますよ。確か、この句集は、あの事件の後で、貰いましたからねえ」

「誰に貰ったか、覚えていませんか？」

「それが、いくら考えても、思い出せんのですよ。牧野先生のところで、俳句を習っていた五、六人の生徒の一人だということは、間違いないんですがね」

「その五、六人の生徒の一人か、彼等のことを知っている人間を知りませんか？」

と、十津川はきいた。

「そうですねえ。何しろ、四十二年も前のことですからねえ」

「あなたのいった牧野先生のことですが、奥さんは、今どうしているか、わかりますか？」

と、十津川は、話題を変えた。

「確か、再婚したと思うんだが、何しろ——」

「四十二年も前のことだから——」

「それに、あの事件のあと、あの奥さんは、引っ越してしまったのでね」

と、辻はいった。

4

十津川と亀井は、辻から、それ以上、聞くのを諦《あきら》めて、今度は、四十二年前の事件について、調べることにした。

四十二年前では、もちろん、まだ、十津川自身生れていないし、亀井も、まだ三歳である。

交通事故だから、世田谷署で、担当したのだろうが、事件を扱った刑事は、全員、すでに、引退してしまっている筈《はず》である。

それでも、十津川と亀井は、世田谷署へ行き、四十二年前の事件の記録を見せて貰った。

記録としては、残っていたが、調書は、すでに、廃棄されてしまっていた。

そこで、今度は、新聞社に行き、この事故のことを告げる四十二年前の新聞を見せて貰うことにした。

当時の新聞の縮刷版から、該当する記事を探した。

それは、五日間にわたって、報じられていた。

〈三月二十一日（夕刊）

本日午前七時に、日課の朝の散歩に出かけた世田谷区北沢×丁目の私立K高校の国語教師、牧野博行さん（三十六歳）が、七時二十分頃、車にはねられて死亡した。警察は、現在、はねた車を探している〉

〈三月二十二日（朝刊）

昨日、轢《ひ》き逃げされた牧野博行さんの件で、捜査中の警察は、該当する車を発見したが、盗難車であることが判明した〉

〈三月二十二日（夕刊）

牧野博行さんをはねた車が、盗難車であることから、これを計画的な殺人とみて、警察が、捜査を始めた。牧野さんは、三十六歳で、妻の恵子さん（三十歳）と、二人暮しである。警察は、恵子さんにも、事情を聞く模様である〉

〈三月二十三日（夕刊）

本日午後一時から、世田谷の自宅で行われた牧野博行さんの葬儀には、K高校の関係者などが参列し、牧野さんの突然の死を悼《いた》んだ。警察は、いぜんとして、事故、殺人の両面で、捜査している〉

〈三月二十四日（朝刊）

牧野さんを轢いた犯人は、いぜんとして不明である。警察は、学校関係者からも事情を聴取しているが、容疑者を特定するには到《いた》っていない模様である〉

〈三月二十五日（朝刊）

四日間にわたる事情聴取から、警察は、今回の事件について、殺人の可能性は、低いと見ている模様で、事故死と断定すると、みられている。犯人は、たまたま車を盗んで、運転中、朝の散歩をしていた牧野さんをはねてしまったと推定される。この犯人は、いぜんとして、逮捕されていない〉

〈三月二十五日（夕刊）

今日の記者会見で、警察は、世田谷の国語教師轢死《れきし》事件について、正式に、事故死と断定した。

警察は、その根拠として、牧野さんの関係者の中に殺人の動機の持主が、見つからないことを、あげている。牧野さんの教え子で、牧野さんから俳句を習っていた生徒の山下俊吾君（十七歳）は、師の墓前に次の一句捧《ささ》げたという。

死ぬ覚悟　心に秘めて　彼岸花〉

「見つけたぞ」

と、思わず、十津川が、叫んでいた。

「地の底から」という句集は、山下俊吾が、十七歳の時に出したものだったのだ。

狼児というのは、その時の俳号だろう。

「不謹慎かも知れませんが、面白いですね。四十一年後に山下は、自分の尊敬していた国語教師と、同じ目にあっているんですから」

と、亀井がいった。

「この句集を見ると、十七歳の山下は、警察の発表を信じてないみたいだね。牧野教師の死を、事故死とは思わず、殺人と考えていたんじゃないかね」

「そうだとすると、この句集は、警察に対する抗議かも知れませんね」

と、亀井はいった。

「この時、山下少年は、誰を犯人だと思っていたんだろう？」

と、十津川はいった。

「私は、奥さんだと思いますね」

と、亀井がいった。

「どうしてだね？」

「この句集を、病室にいる山下保子に贈った人間は、それが、十七歳の山下の句集であることを知っているんです」

「同感だ」

「そして、この句集の山下少年が、四十二年前の事件の時、尊敬する教師をその奥さんが、殺したと思っていたことも、知っていたんじゃないでしょうか。だから、この句集を、保子に送ったんですよ。下手な芝居は止《や》めろ、というカードをつけてです」

と、亀井がいう。

「つまり、この句集を、病室の保子に贈った人間は、山下俊吾を殺したのは、妻の保子だと思っていることになるね」

「そうです。だから、その人間は、皮肉のつもりで、この句集を、贈ったんだと思いますね。お前が、夫の山下を殺したことは、わかっているんだぞという気持を籠《こ》めてですよ」

亀井が、いった。

「しかし、保子の方は、贈り主の気持など、全く、無視して、この句集を、われわれに、渡してしまった。中を見もせず、カードも知らずにだよ」

と、十津川は笑った。

「彼女は、自分は、全く俳句には、興味がないといっていましたね」

「ああ。いっていた」

「あれは、本当ですかね？」

5

夫婦というのは、いったい、何だろうと、十津川は考える。

愛していたら、夫婦というのは、お互いに、影響し合うものではないのか。

夫が、俳句をやっていれば、妻も、やってみようと思うものではないのか。

もちろん、夫が、絵が好きで、妻がピアノ好きで、お互いの趣味を尊重して、干渉しないということも考えられるし、それも夫婦の一つの形だろう。

しかし、保子のように、夫の俳句に、全く関心がないというのは、少し、おかしくはないのか。

わざと、関心がなかったように、振る舞っているのか、それとも、関心がないほど、冷え切った夫婦だったのか。そのどちらかだろう。

関根助教授は、山下夫婦の間は、冷え切っていたようないい方をしている。

それに、句集「地の底から」を、「下手な芝居は止めろ！」というカードを付けて贈った人間は、明らかに、保子が、嘘《うそ》をついていると思っているのだ。

いや、それ以上に、彼女が、夫、山下の殺害に関係していると、疑っているに違いない。

この贈り主は、もちろん、この句集が、山下俊吾が、十七歳の時に、自費出版したものだということも、彼が、自分の恩師の死に触発されて作ったものだということも、知っていた筈である。

その二つを知った上で、贈り主は、句集を、保子に贈ったに違いない。

贈り主の意思は、はっきりしている。

四十二年前、一つの殺人事件があった。

その事件で、一人の教師が殺されて、十七歳の山下俊吾は、妻が、その教師を殺したと思っていたに違いない。

四十一年後に、よく似た事件が起きた。しかも、その時十七歳で、怒りと悲しみの句集を出した山下が、今度は、殺される立場に、なったのだ。

句集を贈った贈り主は、きっと、四十二年前の山下と同じように、殺したのは、妻の保子に違いないと、思ったに違いない。

だが、山下の死は、事故死とされてしまった。それで、この贈り主は無念で、たまらなかったのだろう。何とかして、山下殺しの犯人が、妻の保子であることを、証明したかったのかも知れない。

そんな時、保子は、強盗に襲われて入院した。

贈り主の眼には、それは、下手な芝居に見えたのだろう。ここに来て、去年の事件のことで、警察が動き出したので、保子は、あわてて、自分を容疑圏外に置こうとしたのではないか。

贈り主は、そう考えたに違いない。

そこで、「下手な芝居は止めろ！」というカードを付けて、保子に、句集を贈ったのだ。ちゃんと、お前を、見張っているぞという意志を籠めてである。

「私は、こんなことを、考えるんですが」

と、亀井が、句集を見ながら、いった。

「例の三人の男女のことです。この三人は、明らかに、自分たちが、私淑していた山下教授の仇《かたき》を討とうとしています。つまり、この三人は、山下教授が、事故死ではなく、殺されたと信じているんですよ。そして、犯人は、妻の保子だと思っているんじゃありませんか」

「すると、病院に入っている保子に、この句集を贈ったのは、贈り主の宣戦布告だと、君は、見ているわけだな？」

　と、十津川はきいた。

「そうです。三人の男女は、松山で俳句を投稿することで、自分たちの復讐《ふくしゅう》を誓っています。その対象が何者なのかわかりませんでしたが、今は、去年、山下教授を殺した犯人だと、私は、確信しています」

「そして、その犯人は、山下の妻の保子だというわけだな」

「彼女が、真犯人かどうかは、私には、わかりません。犯人かも知れないし、違うかも知れません。しかし、今は、それは、問題ではないと思います」

　と、亀井がいう。

「三人が、誰を犯人と思っているかが、問題だということだろう？」

「そうです。去年の山下俊吾殺しを解決するのも大切ですが、その前に、差し当って、三人の男女の殺人を、止めなければならないと思います」

　と、亀井はいった。

「本当に、三人が、復讐をすると思うかね？」

「私は、やると思います」

「三人が狙《ねら》うのは、山下保子か？」

「だと思います」

「その実行は、いつだと、カメさんは、思うんだ？」

と、十津川がきいた。

「山下俊吾が殺されたのは、去年の四月二十日です。四月二十日の早朝の散歩の途中で、行方不明になり、二十五日に、奥多摩の山中で、死んでいるところを発見されたんですが、死亡推定時刻は、二十日の午後二時から四時の間となっています。ですから、一番考えられるのは、山下の一周忌だと思っています」

亀井は、断定するように、いった。

「一周忌か」

「そうです。今、二月ですから、あと二ヶ月です」

「その間に、問題の三人を、見つけ出せると思うかね？」

と、十津川がきく。

「見つけ出したいと思います」

と、亀井はいった。

三人の男女について、今のところ、手掛かりは、二つしかない。

一つは、投稿された三つの句である。

もう一つは、死んだ山下教授を慕っていた人間の中にいるという可能性である。

「私は、こう考えるんです。小町というのは、十代から二十代の女性で、赤鬼と、青二才というのも、同じくらい、若い人物です」

と、亀井はいった。

「同じくらい、若いということは、S大で、山下教授の教え子ということが、考えられるね」

「そうです。学生の中に、プライベイトに、山下教授と一緒になって、俳句の同好会みたいなことをやっていた者が、何人かいますから、その中の三人ではないかと、思っているのです」

「赤鬼と、青二才は、男と思うのかね？　それとも女子学生？」

と、十津川がきいた。

「そうですね、俳号を、青二才と書いた方は、男と思いますが、赤鬼の方は、わかりません」

「しかし、普通に考えれば、男だということになるんじゃないかね。女なら、鬼女とするだろう？」

「そうなんですが、この三人は、自分の身元を隠そうとしています。山下の知り合いの人間の中に、この三人の俳号の者はいませんから、嘘の俳号を使っているんです。ですから、赤鬼でも、女かも知れません」

「それでも、カメさんは、この二人を、若いカップルと、考えているんだな」

「まあ、その方が、楽しいですから」

と、亀井はいった。

「この、小町だがね」

と、十津川は手帳を広げて、

「彼女の句は、こうだ。『花冷えの中二人が死ぬを見たいと思う』とある」

「その通りです」

「これは、二人を殺したいということだろう。一人は、保子として、小町は、共犯者がいると考えているんじゃないのかね」

「そうです。私は、こう考えています。妻の保子が、夫の山下俊吾を殺したとします」

「ああ」

「山下は、朝の散歩途中で、失踪《しっそう》しています。私は、犯人に、車で、連れ去られたのだと思います」

と、亀井はいった。

「そうだろうね」

「その犯人は、山下を車で、奥多摩へ運び、谷に突き落して、殺したんです。それが、五日後に発見されました」

「ああ」

「こんな荒っぽいことを、女の保子に出来るわけがありません。だから、共犯がいたに違いありません。それも、屈強の男です」

「保子に、男がいたということか」

「そうです」

「浮気の相手というわけか」

「そうです」

「そんな女には、見えないがね」

「男女のことは、わかりません。例の三人、少なくとも、小町は、保子と、共犯の男のことを知っていて、『二人が死ぬを見たいと思う』と、書いたんだと思います」

と、亀井はいった。

「保子に、男がいたとなると、単なる財産狙いじゃなくなるな」

「そうです。色と欲ですよ」

と、亀井はいった。

「色と欲か」

「よくあるケースですよ。殺された山下は、五十八歳。それに比べて、保子の方は、三十代で、二十歳も若い。夫を尊敬していても、物足りなくなって、若い男が出来る。お定まりのコースです。保子は、色と欲で、夫殺しを、若い恋人に頼んだわけです」

「確かに、よくあるケースだな。典型的なやつだ」

「典型的な話かも知れませんが、私は、それが、事実なんだと思います。山下に私淑していた三人は、それに気付いていたんですよ」

「保子の浮気にか？」

「そうです。よく、いうじゃありませんか。知らぬは、亭主ばかりなんです。山下は、気がつかなかった。三人の俳句の弟子が、山下に、忠告していたかも知れません。それでも、山下は、殺されてしまった――」

「なるほどね」

「だから、三人は、犯人が、二人だとわかっているんです。保子と、若い恋人の二人と。だから、復讐することを考えているんです」

　と、亀井はいった。

「しかし、おかしいことが、一つある。いや、二つだ」

　と、十津川はいった。

6

「一つは、三人が、君のいうように、犯人がわかっているんなら、なぜ、警察に知らせなかったかということだよ」

と、十津川はいった。

「それは多分、証拠がなかったからでしょう。保子と若い恋人の二人が、共謀して、山下を殺したとは、思っても、警察に訴えるだけの証拠がない。そこで、自分たちで、裁くことにしたんじゃありませんか。状況証拠はあっても、確証はない。それでです。もう一つの疑問は何です？」

と、亀井がきいた。

「三人が、松山市の俳句ポストに、自分たちの思いを籠めた句を投稿した理由だよ」

と、十津川はいった。

「それは、いつかも、話し合ったように、審査員の中に、笠原文彦がいたからでしょう。金で、多聞賞を買った男が」

「その笠原は、山下が同人だったＨＡＫＵＢＡを牛耳っていたわけだろう？」

「そうです」

「しかし、笠原は、若者じゃない」

「ええ」

「君の推理では、保子が、若い恋人を使って、色と欲で、夫を殺したということになるんだろう？　それじゃあ、笠原文彦は、どうなるんだ？　三人が、松山で、投稿したのは、笠原を、意識してのことだと、私も、君も考えた」

「ええ」

「笠原が、去年四月の山下の死に関係していると、三人は、考えていて、笠原が、審査員をしている松山市の俳句祭りに、あんな句を、投稿したと考えたんだ」

「そうです」

「他に、三人が、あんな句を、わざわざ、松山市へ行って、投稿する理由がない。だが、君の推理どおり、山下殺しが、保子と、若い恋人となると、笠原文彦は、除外されてしまうんじゃないかね」

と、十津川はいった。

亀井は、顔を、手でこすった。

「保子の狂気の果ての殺人というストーリイで、決まりと思って、笠原文彦のことを、忘れていました。失敗でした」

と、亀井がいった。

十津川は、手を振って、

「いや、君の失敗じゃないさ。保子が、若い男を作って、色と欲で、夫を殺したのは、間違いないと思う。笠原文彦は、何らかの意味で、それに絡《から》んでいるんじゃないかね。少なくとも、三人は、そう見ているんだ。だから、笠原が、自分たちの句を読めば、それが、保子たちに伝わると、思っていたんじゃないかね。だから、わざわざ、松山市に行って、俳句ポストに、投稿したんだろう」

「おれたちは、お前たちが犯人だと知っていると知らせたくてですか？」

「その通りだ」

「面倒くさいことを、したもんですね」

と、亀井がいった。

十津川は、笑って、

「カメさんが、今、いったじゃないか。三人は、保子たちが、犯人だと、確信しているが、証拠がつかめてないんだと。だから、警察にも知らせることが、出来なくて、もって廻ったような方法で、犯人たちに、挑戦しているんだよ」

といった。

「保子たちを、怯《おび》えさせたいという気もあるんでしょうね」

「それは、もちろん、ある筈《はず》だ。去年の山下殺しは、事故死ということで、片付いて、犯人は、ほっとしていた。そこに、あの三つの句が、衝撃を与えたんじゃ、ないのかね」

「その上、われわれ、警察も動き出しましたから、犯人はあわてていると思います」

「それで、保子は、自分を容疑圏外へ置こうとして、狂言強盗事件を起こしたとなると、辻褄《つじつま》が、合ってくるね」

と、十津川はいった。

「三人の思惑どおりになったんじゃありませんか」

「だろうね。これで、三人は、いよいよ、保子とその恋人が、色と欲で、夫の山下を殺したことに、確信を持ったんじゃないかね」

　十津川が、いった。

「それで、彼等が、警察に話しに来てくれればいいんですがね」

　と、亀井は、口惜《くや》しそうに、いった。

「今のところ、その気配はなさそうだな」

　と、十津川はいった。

「それでは、何とかして、三人を見つけ出すよりありませんね」

「Ｓ大の学生の中で、山下教授から、俳句を習っていた者に、片っ端から、当ってみるか」

「しかし、自分が、あの投稿句の作者だと名乗るとは、とても思えませんが」

「そうだな。山下俊吾の死を、警察は、事故死としてしまっているからね。警察は、信用してないに決っている」

　と、十津川はいった。

「こうしたらどうでしょうか？　去年の山下俊吾の死を、もう一度、捜査し直すと、彼等に約束したら、本当のことを話してくれるんじゃありませんか？」

亀井が、いうと、十津川は、苦笑して、

「駄目だよ。われわれ、あくまでも、これから起きるかも知れない復讐劇を止めるために動いているんだ。それが、結果的に、去年の山下の事故死が、殺人となっても、あくまでも、結果としてなんだ。一度、事故死と決めたものを、われわれが、勝手に、捜査し直しますと、約束することは、出来ないんだよ。そのくらいのことは、カメさんだって、よくわかっている筈だ」

といった。

「そうでした。申しわけありません」

「とにかく、山下の教え子に会ってみよう」

十津川は、自分を励ますように、いった。

第五章　二匹の蛾《が》

1

山下俊吾に特に私淑していた学生は、男女含めて、六人といったところだった。

この六人は、男三人に、女三人である。

山下の家は、オープンで、誰が行っても、拒むことがなかった。

学生の中には、居心地が良くて、四日、五日と、泊り込む者もいたが、山下は、別に叱《しか》らなかった。

そんな学生たちの中で、十津川が、特に、この六人に的を絞ったのは、彼等が、俳句で、山下と、つながっていたからである。

六人は、春・夏の休みに、山下と一緒に、吟行に出かけている。

時には、奥の細道を歩いたり、中国地方を旅したりしている。

十津川と亀井は、この六人の名前を、手帳に書きつけた。

野田公一（二十一歳）
関　真一郎（二十三歳）
大石　翔《しょう》（二十六歳）
丸山かおる（二十歳）
安岡麻美（二十歳）
向井朝香（二十三歳）

二十六歳の大石は、留年しているのだ。

全員が、俳号を持っていたが、その中に、例の三人の俳号と同じものはなかった。

この六人の誰が、「青二才」なのか、「赤鬼」なのか、「小町」なのか、わからなかった。

とにかく、彼等に、会ってみることにした。

最初は、野田公一と、関真一郎の二人だった。

二人は、同じ高校出の先輩と後輩だという。その高校は、水戸だった。

「とうとう、警察も、山下先生の死を、殺人と認めて、捜査する気になってくれたんですね」

と、関が、いきなり、いった。

「いや、まだ、そこまでは、行っていないんですよ」

十津川は、苦笑して見せた。

「じゃあ、何を調べてるんです？」

と、野田が、眉《まゆ》を寄せる。

「われわれは、山下保子さんの事件を捜査しているんです。強盗傷害事件です。この事件を、どう思いますか？」

「どうって、物盗《ものと》りに入った犯人が、奥さんに知られたと思って、殴ったんだと思いますよ」

関は、ぶっきらぼうにいった。

「去年の山下先生の死と、何か関係があると思いますか？」

と、十津川がきくと、関は、眼をとがらせて、

「警察は、山下先生は、事故死だと思っているんでしょう。事故死なら、今度の強盗事件と関係がある筈《はず》がないじゃありませんか」

「君たちは、どうなんだ？」

亀井が、怒った調子で、きいた。

「ボクたちは、何も考えてませんよ」

と、野田がいう。

「それは、どういう意味なんだ？」

「山下先生の死は、ショックだった。それに比べると、今回のは、別に、どうということもない、ありふれた事件だという意味ですよ」

と、野田はいった。

「君たちは、保子さんが、嫌いなんですか？」

十津川が、きいた。

「そんなことは、ありませんよ。いつ、ボクたちが押しかけても、奥さんは、嫌な顔一つ見せませんでしたからね」

関が、いう。

「しかし、それは、山下先生が、生きていた頃のことでしょう。先生が、亡《な》くなってからは、行ってないんじゃありませんか」

十津川が、いうと、関は、

「それは、奥さんの迷惑になってしまってはいけないと、思っているからで、別に彼女が嫌いなわけじゃありませんよ」

と、何か、奥歯に物の挟まったようないい方になった。

「君たちは、松山へ行ったことがあるかね？」

と、亀井がきいた。

「松山って、どうしてです？」

野田が、きいた。

「君たちは、山下先生に、俳句を習ってたんだろう？」

「そうです」

「それなら、松山が、俳句の盛んな地だって知っているだろう？　子規も、虚子も、山頭火も、松山に関係があるじゃないか」

「ああ、そういうことですか」

「それに、松山市は、毎年、俳句を募集している」

「ええ」

「その松山に行ったことはないのかね？」

「ボクは、高校の時に、松山と、道後に行ったことがある」

「ボクは、行ったことがないな」

と、野田と関は、いった。

「笠原文彦をどう思うね？」

亀井は、矢つぎ早やに、きいた。

「笠原文彦って、誰です？」

「じゃあ、だるまは？」

「だるま？」

「とぼけてるのかね？」

「だるまというのは、俳号だよ。多聞賞をとった俳人じゃないか」

と、亀井がいった。

「ああ、それなら、知ってますよ。なぜ、あんな奴《やつ》のことを、刑事さんが、きくんです？」

関が、きき返した。

「笠原文彦は、山下先生と同じＨＡＫＵＢＡの同人で、仲が悪かったと聞いたものですからね。君たちが、どう思っているかと思ってね」

「問題になりませんよ。笠原なんか、金で、多聞賞を買ったんだから」

と、関は、吐き捨てるように、いった。

「やっぱり、君たちは、笠原文彦が、嫌いなんだ」

「嫌いですよ」

野田は、あっさり、いった。

十津川は、狼児の「地の底から」を取り出して、二人に見せて、

「これは、誰の句集か知っていますか？」

ときいた。

（知らないというかな？）

と、思ったが、二人とも、何のためらいも見せず、

「これは、山下先生が、十代の時に出した句集ですよ」

といった。

「じゃあ、二人とも、持っているんですか？」

「ボクは、ちゃんと持ってる」

「ボクは、友人に貸したら、失《な》くされちゃった」

と、二人はいった。

次に、十津川と亀井は、S大近くの喫茶店で、丸山かおる、安岡麻美の二人に会った。

かおるは、

「この店で、時々、バイトで働いてるの」

といった。

麻美は、初耳だったらしく、この店は、時給いくらかだとか、どんな客が来るのとか、二人の刑事を、そっちのけにして、勝手に喋《しゃべ》り出した。

「ちょっと待て。今は、私たちが、オーナーなんだ」

と、亀井が、二人の会話に割って入った。

「オーナーって？」

かおるが、きく。

「コーヒーとケーキの代金は、私たちが、払っている」

「それって、オーナーじゃなくて、スポンサーでしょう？」

「どっちだっていい。今日は、君たちに、聞きたいことがあるんだよ」

「強盗に襲われた山下先生の奥さんのことや、松山のことを聞くんでしょう？」

麻美が、したり顔で、いう。

「どうして、わかるんだ？」

と、驚く亀井に、十津川が、小声で、

「携帯だよ。さっきの二人が、携帯で、彼女たちに知らせたんだ」

といった。

麻美は、話しながら、片手は、カシャカシャと、携帯のボタンを押している。

「手を止めて、ちゃんと聞いて貰《もら》いたいな」

と、亀井が文句をいった。

「聞いてます」

麻美が、亀井を見て、いった。

「まあ、いいだろう。君たちは、去年の山下先生の死を、どう思ってるんだ？　事故死と思っているのか、それとも、殺されたと思っているのかね？」

「それは、刑事さんに、ききたいわ」

と、かおるがいった。

「と、いうことは、殺されたと思っているんですね」

十津川が、いった。

かおるが、まっすぐ、十津川を見て、

「山下先生が、朝の散歩の途中で、突然、奥多摩へ行って、谷に落ちて、死ぬ筈がないじゃありませんか」

「殺人とすると、犯人は、誰だと思いますか？」

と、十津川はきいた。

「そんなこと、わかりません」

「それを調べるのが、警察でしょう？」

「警察は、本気で、調べる気はないのよ」

「ねえ。どっちなんですか？　警察は、今でも、山下先生は、事故だと思ってるんですか？　それなら、何をいっても仕方がないから」

と、勝手に喋り始めた。

十津川は、二人を、手で制して、

「もしも、山下先生が、殺されたとわかり、その犯人が、わかったら、君たちは、自分たちで、先生の仇《かたき》を討とうと思いますか？」

ときいた。

二人は、顔を見合せた。

「日本は、仇討ちは禁止されているんでしょう」

「許されるんなら、私たちで、仇討ちしますよ」

といった。

十津川は、それで、二人への質問は、止《や》めて、翌日、残りの二人に、会うことにした。

2

大石翔と向井朝香は共に、最高学年になっていた。

大石の方は、すでに学生結婚していた。

それだけに、前の四人よりも、落ち着いて見えた。

「奥さんはどういう人ですか？」

と、十津川はきいてみた。

「同じ学生ですが、S大じゃありません。M大に通っています」

と、大石はいった。

「奥さんも、俳句をやっているんですか？」

「いえ。絵の方をやっています」

と、大石はいった。

十津川は、向井朝香に、視線を移して、

「最近、作った句を、教えてくれませんか」

といった。

朝香は、小さく、首を横にふった。

「最近、作る気になれないんです」

「どうしてです？」

「わかりません」

「山下先生が、亡くなったからですか？」

「さあ。どうでしょう」

朝香が、小さく笑った。

「山下先生の奥さんが、強盗に殴られて、今、入院していますが、ご存知ですか？」

と、十津川は、二人に、きいた。

二人は、黙って、肯《うなず》いた。

「見舞いに行きましたか？」

と、十津川がきくと、大石は、

「行きたいと思うんですが、アルバイトに忙しくて」

といい、朝香は、

「山下先生は、親しくさせて貰いましたけど、奥さんの方はそれほど親しくはありません
から」

といった。

「山下先生は、去年の四月二十日に亡くなっていますね。覚えていますか？」

「ええ」

「一周忌には、皆さんで、何かするつもりですか？」

十津川が、きくと、大石は、朝香を見て、

「一緒に、先生の墓参りをするくらいかなあ」

「誰かが、お金を出し合って、先生の句集を出そうかっていってたけど」

と、朝香がいった。

「山下先生の奥さんのことですが、彼女も、俳句をやるんですかね？」

と、十津川はきいた。

「さあ、どうだったかな？」

大石は、首をかしげ、朝香の方は、

「先生が生きていらっしゃった頃、先生の家で、先生にすすめられて、奥さんも、俳句を

作ってらっしゃったわ。どうしてそんなことを聞くんです？」

と、十津川を見た。

「奥さんは、俳句に興味はないし、作ったことも全くないといっているので、ちょっと、妙な気がしたものですからね」

「それ、変だわ。奥さんは、先生に、俳号をつけて貰って、喜んでたんですよ」

と、朝香がいった。

「何という俳号でした？」

大石も、肯いて、

「確か、魚の名前でしたよ」

「さより」

と、朝香がいった。

（やっぱり、保子は、嘘《うそ》をついていたのか）

と、十津川は思った。

二人が、捜査本部に戻ると、西本が、真剣な表情で、

「警視庁のホームページに、妙なメッセージが、届いています」

と、十津川にいった。

「どんなメッセージだ？」

「これです」

と、西本は、メモを見せた。そこには、次の十七字が、並んでいた。

春雷や　墓石の下に　二匹の蛾《が》　　三人

「カメさん」

と、呼んで、十津川は、それを、亀井にも見せた。

亀井の表情も、険しくなった。

「例の三人ですよ」

「春雷が、鳴って、雨に叩《たた》かれた蛾が二匹、墓石の下で死んでいるという意味だろうね」

と、十津川はいった。

「そうでしょうね」

「三人は、山下教授を殺した犯人は、二人と見ていたんだったな？」

「そうです。小町は、花冷えの中二人が死ぬを見たいと思う、としていますから。共犯を考えているんですよ」

と、亀井はいった。

「こんな句を、警視庁のホームページに送って来たところを見ると、連中は、いよいよ、やる気ということかな？」

「だと思います」

「六人の学生に、事情聴取をしただろう。この、十七字のメッセージは、それに対する反応だと思うかね？」

と、十津川はきいた。

「私は、他に考えられないと思います」

と、亀井が肯く。

「とすると、警察に対する挑戦かな？　自分たちは、近く、山下教授殺しの犯人二人を殺す。邪魔できるものなら、してみろという」

「或《あ》るいは、警察が、山下教授の死を、正式に捜査しないことに対する抗議かも知れません」

と、亀井はいった。

3

警視庁としては、一度、事故死としたものを、急に、殺人事件として、捜査することは、許されない。

事故死とした時の責任が問われるからだ。それに、冷静に見て、殺人だという証拠が出たわけでもないのである。

だから、殺人事件の捜査は、不可能だった。

それにも拘《かか》わらず、予想される殺人事件を、何としてでも、防がなければならないのだ。

片手を縛られたまま、戦う状況といってもいい。

「その時は、間違いなく、迫っていると思います」

と、亀井はいった。

「春雷や　墓石の下に　二匹の蛾、か」

十津川が、呟《つぶや》く。

「その句以外でも彼等は、しきりに、春といっています。復讐《ふくしゅう》が、春に決行されるのは、間違いないと、思いますね」

「春というと、四月一杯か」

「そうですね。五月に入ると、春というより、初夏ですから」

「春の中でも、一番警戒しなければいけないのは、山下教授が亡《な》くなった四月二十日だろうね」

「そう思います。一周忌が、要警戒です。四月二十日前後に、彼等は、動くと思っています」

と、亀井がいう。

「山下教授の墓は、何処《どこ》にあるんだ？」

「永福町の泉山寺です」

「一度、墓参りをしたいな」

と、十津川はいった。

亀井と二人で、出かけた。

永福町駅から、歩いて二十分ぐらいの場所にある寺だった。

高台にある寺で、墓地からの眺めは良かった。

寺の住職に案内されて、山下俊吾の墓を見た。

〈山下家代々之墓〉

という大きな墓石の隣りに、真新しい山下俊吾の墓が、あった。

墓前には、真新しい花が捧《ささ》げられている。

「よく、教え子の方が、お参りにいらっしゃっていますよ。人気のある先生だったんでしような」

と、住職がいった。

「特に、足繁《しげ》く通っている人はいませんか？」

と、十津川はきき、六人の学生の顔写真を、住職に見せた。

住職は、ちらりと見ただけで、

「わかりませんねえ。私が知らない中《うち》に、お花を捧げて行く方もいますから」

といった。

「山下さんの奥さんは、どうですか？　保子さんは、よく、お参りしていますか？」

亀井が、きいた。

「最近は、お見えになりませんが、前は、一週間に一回は見えていましたよ」

「ひとりでですか？　それとも、誰かと一緒にですか？」

「いつも、たいてい、ひとりでお見えですよ」

と、住職はいう。

亀井は、二人だけになると、

「不謹慎かも知れませんが、ふと忠臣蔵を思い出してしまいました」

と、十津川にいった。

「忠臣蔵って、何だい？」

「四十七人が、主君の仇《かたき》を取って、墓前に、吉良《きら》の首を捧げるというやつです」

「まさか、三人はそんなことはしないだろう」

と、十津川は笑った。

「それはそうでしょうが、三人は、心情的に、四十七士みたいな気分になっているんじゃありませんかねえ」

と、亀井はいう。

「復讐が、近づいていると見て、今の住職に頼んで、刑事を一人か二人、この寺に置いて貰《もら》おうかと思うんだがね」

十津川が、いった。

「この墓を見張らせるんですか？」

「復讐の日が、近づけば、三人が揃《そろ》って墓参りに現われるんじゃないかと思ってね。それも、ひっそりと、隠れて墓参りするんじゃないか」

「墓地のどこかに、隠しカメラでも、付けますか？」

「可能なら、それもやりたいね」

と、十津川はいった。

すぐ、十津川は、住職に、頼んでみた。まさか、殺人が予想されるのでとはいえないので、

「実は、山下家の墓から、花が盗まれて困るという話があるので、しばらく、見張りをしたいのです」

と、苦しい話を作った。

住職は、疑いもせずに、構いませんよと、いってくれた。

十津川は、三田村と、北条早苗の二人に、この役を命じた。

夜間用に、赤外線カメラも用意して、山下俊吾の墓に来る人間を、全《すべ》て、隠し撮りをするように命じた。

それで、問題の三人の正体がわかるかどうか、自信はなかったが、出来ることは、何でもやろうと思ったのだ。

それと前後して、入院していた山下保子が、退院して、自宅に帰った。

山下邸では、保子と、通いのお手伝い畑宏子と二人の生活が、また、始まったことになる。

4

四月十日を過ぎると、十津川たちの間に、緊張感が濃くなっていった。

それは、いら立ちといっても良かった。

いぜんとして、犯人と思われる三人の名前が、絞れないこともあった。墓参りには、誰も訪れず、赤外線カメラには、何も映っていなかったのである。

もう一つは、狙《ねら》われる側の人間のことである。

山下保子
笠原文彦

この二人が、現在、マークされていた。

去年四月の山下の死が、殺人事件とすれば、まず、疑われるのは、妻の保子である。

刑事たちの頭の中では、殺人と考えた時に、一つのストーリイが、出来ていた。

山下教授は、五十八歳。それに比べて、保子は、三十代と若い。

若い保子に若い恋人が出来た。自然に、夫がうとましくなる。そして、色と欲（財産）狙いで、二人で、事故に見せかけて、山下を殺してしまったというストーリイである。

恐らく、問題の三人も、同じストーリイを考えているに違いない。

そう考えると、狙われる二人の中の一人は、山下保子と見て間違いないだろう。

ただもう一人が、笠原文彦というのが、ぴったり来ないのである。

保子に、若い恋人が出来て――というストーリイに合わないのだ。

笠原文彦は、死んだ山下と同じ五十代である。

保子と組んで、夫を殺したとは、考えにくいのだ。

「しかし、三人が、わざわざ松山市へ行って復讐を匂《にお》わせる俳句を作って、投稿したのは、審査員の中に笠原文彦がいたからだと思いますが」

と、西本はいった。

「私も同感です。笠原を脅したんだと思います」

と、日下《くさか》も、いった。

「とすると、やはり、三人が狙う相手の一人は、笠原文彦ということになって来ますね」

亀井が、それが結論のように、いった。

「ということは、去年、山下俊吾を殺したのは、笠原と保子の二人というわけか」

十津川は、まだ、半信半疑だった。

彼は、黒板に、山下保子と笠原文彦の名前を、並べて書いた。

「この二人が、男と女の関係になるということは、考えられるかね？」

と、十津川は、刑事たちを見た。

「男と女の関係というのは、奇妙ですから、考えられないことだって、起こり得ますよ」

亀井が、いった。

「山下教授は、人格高潔な大学の先生でしょう。それに対して笠原の方は、金儲《もう》けが上手《うま》くて、何事にも強引で、ちょっと、ワルですよ。二人は、全く、正反対の男と見ていいと思うんです。保子は、ひょっとすると、堅い夫の山下にあき足らなくなって、正反対の笠原文彦に引かれて行ったんじゃありませんかね？　ワルというのは、魅力がありますから」

　と、西本がいった。

「それで、二人は出来てしまったというわけか」

「笠原の方には、ＨＡＫＵＢＡの中での、山下へのライバル意識もあったと思うのです。彼は、金の力で、多聞賞を手に入れましたが、同人の間では、山下の方が、人気も人望もあったと思うのです。ですから、山下への嫉妬《しっと》から、その妻と関係することに奇妙な勝利意識を持ったのかも知れません」

　と、日下がいった。

「しかし、山下を殺したのは？」

　と、十津川がきいた。

「二人の仲を、夫の山下に気付かれたためじゃありませんかね。だから、笠原と保子は、共謀して、奥多摩で、山下を事故に見せかけて、殺したんだと思いますね」

「そのことに、山下の教え子の三人が、気付いて、復讐を、誓ったということになるのかな？」

　十津川が、いった。

　今まで沈黙していた田中刑事が、

「六人の学生は、しばしば、山下教授の自宅を訪れてもいたわけです。だとすれば、笠原の話題になったとき、妻の保子の態度から、二人の仲が、怪しいということを、ひょっとしたら気付いていたんじゃないですかね。だから、山下が、不可解な死を遂げた時、学生たちはとっさに、笠原と保子のことを考えたんだと思います」

続いて、片山刑事が、いった。

「私は、山下教授自身が、親しい学生に、悩みを、打ち明けていたんじゃないかと思いますね」

「悩みというのは、奥さんの浮気のことか？」

と、十津川がきく。

「そうです。山下教授は、妻の浮気を知って、その苦悩を誰かに聞いて貰いたかったと思うのです。それで、信頼している教え子に、ぼそっと、洩《もら》していたんじゃないかと思います。それなら、学生たちは、山下が死んで、笠原と保子の二人を疑うのは、当然だという気がします」

と、片山はいった。

それで、全員の意見は、一致した。

狙われているのは、笠原文彦と山下保子の二人。

狙っているのは、六人の学生の中の三人。

そして、彼等の犯行は、四月二十日前後。

三上刑事部長は、半信半疑の顔で、十津川にきいた。

「君たちは、四月二十日前後に、三人の男女が、山下教授を殺した妻の保子と笠原文彦を殺すと考えているそうだが、それは、しっかりした根拠のあることなのかね？」

「根拠は、俳句です」

と、十津川はいった。

「俳句が、信用できるのか？」

「三人の男女が、一貫して、去年四月二十日の事件を詠《よ》み、復讐を、詠んでいます」

「たかが、十七文字のことだろう。ふざけて作っているとは、思えないのかね？」

と、三上はいう。

「私には、単なる悪ふざけとは、思えないのです。松山市長も、三人の句を読んで、冗談には思えないので、亀井刑事に、調べてくれるように、頼んだんだと思います」

「俳句以外に、根拠はあるのかね？」

「今のところはありません」

「山下保子が、強盗に襲われて入院したことがあったが、あれは、関係ないのかね？」

と、三上がきいた。

「二つの考え方があります。本当に、強盗に襲われたということが一つで、もう一つは、芝居ではないかということです」

と、十津川はいった。

「芝居？」

「先日、お見せした句集です」

「ああ、山下俊吾が、十七歳の時に自費出版したというやつだろう。それに、妙なカードがついていた。それが、どうかしたのか？」

「何者かが、あのカードをつけて、入院している保子に、送りつけたものなんです」

「それで？」

「贈り主は、あの事件を、こう見ているのです。俳句のことで、警察が、ひそかに、去年の事件について調べ始めた。これは、保子も敏感に感じ取ったと思います。そこで、彼女は、先手を打って、自分も、夫と同じように、誰かに狙われていると、警察に思わせようとした。そこで、山下俊吾の句集に、下手な芝居はやめろというカードを入れて、彼女に贈ったというわけです」

「君のいう三人の男女が、贈ったということだな？」

「そうです」

「俳句の他に、この句集が、復讐《ふくしゅう》の証拠だということになってくるね」

と、三上は念を押した。

「今は、これしかありませんが、私は、これだけで、十分だという気もするのです」

と、十津川はいった。

「去年四月の山下俊吾の死を、事故死としてしまった。そのことに、君は後ろめたさを感じていて、それが、冷静に、今回の事を見られなくしているんじゃないだろうね？」

三上が、十津川を見つめた。

「それは、ありません」

「そういい切れるのかね？」

「冷静に考えています」

と、十津川はいった。

「なぜ、私が、こんなことをいうかというとだな。まだ起きていない事件について、君を含めて、何人かの刑事が動いている。本来、警察は、事件が起きてから動くものなんだ。それを考えると、非難されても仕方がないことなんだよ」

と、三上はいった。

「よくわかります」

「それに、入院していた山下保子も退院した。彼女を襲った強盗は、いぜんとして捕まっていない」

「全力を尽くしているんですが」

「この件でも、私は、君にいいたいことがあるんだよ」

と、三上はいった。

「犯人を見つけられないことについては、申しわけなく、責任を感じていますが」

「それについてだがね。君も、君の部下たちも、本当は、強盗犯人を見つけることよりも、四月二十日前後に予想される殺人事件の方に、関心を持っているんじゃないのかね。だから、いつまでたっても、強盗犯人が見つからないんじゃないのか？」

「そんなことは、考えていません」

と、十津川はいった。が、内心、参ったなと思っていた。

正直にいって、十津川の関心も、強盗よりも、四月二十日前後に予想される復讐劇の方に移っている。

「四月が終っても、君の予想する殺人事件が、起きなかったらどうするのかね？」

「私としては、それを、未然に防ぎたいと思っているのです」

と、三上がきいた。

「何かずらして、答えている感じだな」

と、三上はいった。

「では、正直に、お答えします」

十津川は、急に、改まった口調になって、いった。

三上は、眉《まゆ》をひそめて、

「何だ？」

「もし、四月が終っても、予想する復讐劇が起きなかったら、私は、その責任を取らせて頂きます」

と、十津川はいった。

「どういう意味だ？」

三上が、きく。

「私のこれまでの刑事生活の経験からいうと、必ず復讐劇は起きます。もし、起きなかった時は、私の刑事としての勘が駄目ということで、もう刑事として働くことは、出来ません」

と、十津川はいった。

5

男女三人による復讐劇は、必ず始まるだろうという確信は、ある。

その時期も、山下俊吾の一周忌前後と、判断していた。

ただ、どんな形で始まるかまでは、想像がつかないのだ。

そんな十津川の耳に、ＨＡＫＵＢＡが、同人であった山下俊吾を偲《しの》んで四月二十日に、会を開くという知らせが、入って来た。

「主催は、ＨＡＫＵＢＡ同人となっていますが、金のある笠原文彦が、実質的な主催者だそうです」

と、西本がいった。

「笠原文彦が？」

「ＨＡＫＵＢＡの維持費は、今は、笠原が払っていますから、彼が、ＨＡＫＵＢＡのオーナーです」

「偲ぶ会は、何処《どこ》でやるんだ？」

と、亀井がきいた。

「笠原の別荘が、箱根にあり、そこで、開かれるようです」

「どんな連中が、集うことになってるんだ？」

「山下俊吾について語りたい人間は、全《すべ》て歓迎といっています」

「当然、山下の奥さんも、来るんだろうね？」

「保子も出席します。それから、同じＳ大の助教授で、山下の後輩の関根浩司も」

「例の六人のＳ大の学生は、どうなんだ？」

「今のところ、噂《うわさ》では、六人の学生が、偲ぶ会の受付や料理を出すのを、手伝うということです」

と、西本はいった。

「では、六人も、来るのか？」

「そういわれています」

「笠原の別荘の正確な場所は？」

と、十津川がきいた。

「箱根の宮ノ下にあると聞いています」

と、西本はいった。

その偲ぶ会の招待状も、手に入った。

〈われわれＨＡＫＵＢＡの同人一同、前年の春、不慮の死を遂げた同人・山下俊吾君を偲ぶ会を開きたいと思います。

山下俊吾君と、何らかの関係のある人なら、誰でもご自由にご参加下さい。

四月二十日　午後三時より
箱根宮ノ下　笠原別荘にて
主催　ＨＡＫＵＢＡ同人〉

十津川は、それを、ピンで、黒板に止めた。

「問題は、誰が、この偲ぶ会に、参加するかということだ」

と、十津川は、部下の刑事たちに向って、いった。

「笠原文彦は、主催者の一人だし、彼の別荘でやるんですから、間違いなく参加します」

と、亀井がいった。

「山下保子も、参加するんだろうね？　これも、確かなところを知りたいんだがね」

十津川が、いった。

「保子さんに電話したら、もちろん、参加するといっていました。何でも、前日から、別荘に伺うつもりですって」

と、山下の墓の見張りを中止して、帰ってきた、北条早苗がいった。

「前日からか？」

「ええ。会の準備があると思うのでと、いっていました」

「山下の後輩の関根助教授も、参加が、決ったのか？」

「夫婦で、お手伝いにあがるといっています」

と、西本がいった。

「あと、問題は、例の六人のS大の学生なんだが、受付なんかの手伝いをするとか聞いたんだが、それは、間違いないのか？」

「これは、六人の方から、手伝いたいと、関根助教授に、申し出たと聞いています。偲ぶ会が、午後三時からなので、その一時間前に行って、会の準備を手伝いたいともいっているそうです」

と、西本がいった。

「では、六人が、来ることは、確定か？」

「そう考えて、いいと思います」

「何となく、役者が揃《そろ》ったという感じがしますね。少しばかり、不謹慎ですが」

と、亀井がいった。

十津川は、肯《うなず》いて、

「カメさんのいう通りだよ。学生六人の中には、例の男女三人も入っていると見ていい。そして、山下俊吾の死に関係したと思われる妻の保子と、笠原が一緒だ。つまり、狙《ねら》われる者と、狙う者が、四月二十日には、一緒になる。誰が、こんなことを、仕組んだのかな？」

「わかりません。山下俊吾を偲ぶ会は、今年の一月に、もう決っていたそうです」

と、日下がいう。

「その時も、こんな形で、やることになっていたのか？」

「聞いてみましょう」

「笠原には聞くな。他の同人に聞いてみろ」

と、十津川はいった。

日下は、ＨＡＫＵＢＡの同人の一人に、電話をかけて話していたが、電話を終えると、十津川に向って、

「いろいろと、話を聞きました。一月の時点では、偲ぶ会は、同人だけで、新宿の小さな飲み屋に集ることになっていたそうです。その飲み屋は、山下を含めて、同人が、よく集まっていた店だそうです。それが、笠原文彦の提案で、山下俊吾のために、もっと盛大にやろうということになったといっています。それで、いつの間にか、こんな具合になったんだそうです」

「Ｓ大の学生六人に、手伝わせることにしたのは、いつ、誰が、企《たくら》んだんだ？」

と、亀井がきいた。

「笠原の別荘で、やることが、決ってから、笠原が、他の同人に、受付なんかを、若い人に手伝って貰《もら》いたいんだが、適当な人間はいないかと、相談したそうです。そして笠原は、死んだ山下が、Ｓ大の教え子の何人かに、俳句を教えていたこと、その教え子たちを、自宅に呼んだりしていたことを同人たちに話し、あの学生たちに頼んだらどうだろうと、いったそうです。同人たちもそれに同意し、関根助教授に頼んで、学生に話して貰ったとい

っています。六人の教え子も、すぐ同意したと、いうことです」

「関根は、ＨＡＫＵＢＡの同人じゃないだろう？」

と、十津川はきいた。

「同人ではありませんが、山下の後輩の助教授ということで、同人の何人かは、彼のことを、知っていたので、学生の助《すけ》っ人《と》のことは、Ｓ大の助教授である関根に頼んだんだと思います」

と、日下はいった。

「あの六人は、すぐ、オーケイしたのか？　それとも、迷ってから、オーケイしたのか？」

十津川が、きいた。

「私が、電話で聞いた限りでは、山下先生を偲ぶ会のお手伝いならと、一も二もなく、オーケイしたそうです」

と、日下が答えた。

「もう一度、確認したいのだが、偲ぶ会で、Ｓ大の学生、それも、山下が可愛《かわい》がっていた教え子に、手伝って貰うという案を出したのは、笠原文彦だというのは、間違いないのか？」

と、十津川がきいた。

「そういう話です」

と、日下がいった。

「どう思うね？」

十津川は、亀井にいった。

「笠原文彦のことですか？」

「そうだよ。笠原は、松山市がやっている俳句祭りの審査員をやっていた。それを知っていて例の三人が、わざわざ、松山市へ行って、復讐を匂《にお》わせる俳句を同時に投稿した。それは、審査員の笠原に見せるためだった。われわれは、そう考えている」

「その通りです」

「当然、笠原は、この三句を見た筈《はず》だし、それは、自分に対する挑発と、わかったに違いないんだ」

「ええ。そう思います」

「われわれは、捜査していって、この三人が、どうやら、S大の学生で、山下が可愛がっていた俳句好きの教え子の中にいると見当をつけた。笠原だって、そんなことには、気付いている筈だと思う。いってみれば、自分たちを狙っている若者たちなんだ。その学生たちを、なぜ、自分からいい出して、偲ぶ会に招いたのかな？」

と、十津川は首をひねった。

日下も、考え込んでしまっている。西本や、三田村も黙ったままだ。

亀井が、考えながら、

「わざと、六人の学生を、呼ぶようにしたんじゃありませんか？」

といった。

「笠原がか？」

「笠原と、山下保子が、組んで、山下を殺したと、われわれは、考えています。とすると、笠原は、六人の学生たちの中に、自分と、保子を狙う人間がいることはわかっている筈です。笠原にしてみれば、いつ狙われるかわからずに不安でいるよりも、自分の城である別荘に、呼び込んで、何とかしようと考えたのかも知れません」

と、亀井はいう。

「何とかというのは？」

更に、十津川がきく。

「われわれと同じように、笠原も、自分たちを狙う三人が、特定できていないんじゃないでしょうか。六人の中にいるのは、わかっている。そこで、自分の別荘に呼び寄せて、三人を特定しようと考えているのかも知れません」

と、亀井が答える。

「それは、十分に考えられるね。私だって、三人が、誰なのか知りたいからね」

「ええ」

「しかし、これは、危険な賭《か》けだよ」

と、十津川はいった。

「四月二十日に、三人は、復讐を誓っているかも知れないんだ。何しろ、四月二十日は、三人の尊敬する山下の命日だからね。笠原が、三人を特定する前に、殺されてしまうかも知れない。そうした危険は、笠原にだってわかっている筈なんだ。それにも拘《かか》わらず、三人を含めた六人を呼ぼうというのは、何なんだろう？　ちゃんとした勝算があるのだろうか？」

「場所は、笠原の別荘です」

と、西本がいった。

「地の利はあるか」

「それに、人の利もあるかも知れません」

西本が、いう。

「笠原は、もう若くはない。保子は、女だ。それでも、人の利があるといえるかね？」

「笠原の別荘ですから、どんな用心棒も、置いておけると思います。笠原は、サラ金会社の社長です。闇《やみ》の部分との繋《つなが》りがあることも考えられますから」

と、西本はいった。

「なるほどね。そんな物騒な男を、別荘に置いているかも知れないというわけか」

「そうです。運転手とか、書生とかいう名目で、そんな男が、いることも考えられます」

「カメさんは、どう思うね？」

と、十津川はきいた。

「笠原という男については、悪い噂が多いです。こういう男は、保身に長《た》けていて、危険に対して、敏感です。ですから、勝算のないことはやらないと思います。勝算があるから、自分の別荘に、関係者を呼び寄せようとしているんだと思いますね」

と、亀井はいった。

「西本刑事の話については、どうだ？」

十津川が、きく。

「大いに考えられますが、実体が、つかめていません。四月二十日までに、ぜひ、実体をつかみたいと、思います」

と、亀井はいった。

「それは、必ずやって貰いたい」

と、十津川は、いってから、

「四月二十日に、われわれは、どう行動したらいいかを、これから、考えようじゃないか」

といった。

「箱根の笠原の別荘に乗り込めれば、一番いいんですが」

と、三田村がいった。

「山下俊吾を偲ぶ会なんだよ。そこへ、われわれ刑事が、ぞろぞろ出かけていけるわけがないよ。われわれは、全員、山下俊吾に会ったことも、話したこともないんだからな。断わられたら、それで終りだ」

と、十津川はいった。

「私は、何とか、なると思います」

と、いったのは亀井だった。

「私も、山下俊吾には面識はありませんが、松山市の俳句祭りに参加して、向うの都合でですが、特別賞を貰っています。この機会に、審査員だった笠原にお礼をいいたいし、山下俊吾さんの俳句が、好きだったといえば、何とか、偲ぶ会にもぐり込めると思います。もちろん、刑事としてではなく、亀井個人としてですが」

「そうだ。カメさんは、偲ぶ会に行く資格があるんだ」

と、十津川は微笑した。

「もう一人、欲しいですね」

と、亀井がいう。

「君たちの中に、S大の卒業生は、いないのか？」

十津川が、部下の顔を見廻したが、イエスという者は、いなかった。

十津川は、北条早苗に眼を向けて、

「君は、俳句をやったことがあるか？」

「小、中高生の時に、学校で、作らされたことがあるだけです」

と、早苗はいう。

「それでもいい。とにかく、即席で、俳句の季語や、有名な句を、いくつか暗記しなさい」

十津川が、命令した。

早苗は、当惑した顔で、

「それで、どうするんですか？」

「それから、笠原文彦の句集を買ってくるんだ。金で、多聞賞を取ったやつだ。四月二十日には、その句集を持って、笠原の別荘に行き、サインが欲しくて来ましたといえば、中へ入れてくれるだろう。その時、俳句について、全く知らないのでは、怪しまれるからな」

「わかりました」

「カメさんは、刑事だと学生たちや関根助教授には知られているし、男が、二人も行ったら、怪しまれ、警戒されるだろうが、北条刑事なら、何とか、入り込めると思う」

と、十津川はいった。

「われわれは、どうしますか？」

西本が、きいた。

「私たちは、別荘の近くにいて、中に入ったカメさんたちと、連絡を取り合う」

と、十津川はいってから、

「そのためにも、別荘周辺の地図と、別荘自体の平面図が、欲しいね。それが、手に入ったら、綿密な警戒態勢が、取れるからね」

といい添えた。

十津川の指示に従って、北条早苗は、一夜漬けで俳句の勉強を始めた。

西本と日下は、笠原の別荘を建てた建設会社を訪ね、建物の平面図を、手に入れた。

亀井は、捜査本部の周辺を歩き廻り、句を作り始めた。

四月二十日に、笠原の別荘に行った時、最近の句はといわれて、二、三句を披露しないと、いけなくなるだろうと、考えたからだった。

別荘の平面図と、周辺の地図を広げて、十津川は、刑事たちと、打ち合せに入った。

笠原の別荘は、敷地六百坪と広い。

建物は、二階建で、一階と二階に、温泉を引いた風呂《ふろ》がある。

一階の風呂は、総檜《ひのき》造りで、半露天になっていた。

庭は、広く、芝生である。一階ロビーは、三十二畳の広さとあった。多分、ここで、偲ぶ会のパーティが、開かれるのだろう。

そこで、血を流させてはならないと、十津川は、思った。

第六章　花冷えの

1

春は、気象の変化の激しい時期だが、それにしても、今年は、異常だった。

四月上旬から中旬にかけてが見頃の八重桜が、今年は三月末に満開になってしまった。

それで、このまま、春から初夏に入るのかと思っていたら、四月に入って、急に、寒い日が続いた。四月に入って寒の戻りの感じである。

四月二十日は、朝からよく晴れていたが、寒かった。

箱根は、仙石原に、霜がおりたといわれる。

さすがに、昼近くになると、気温もあがったが、風の冷たいのに変りはなかった。

亀井は、珍しく、背広にきちんとネクタイをしめ、ＯＬ風の服装に化粧をした北条早苗と二人、宮ノ下でおりて、笠原の別荘に向ってタクシーに乗った。

「これで、うまくいくんでしょうか？」

早苗は、不安気だった。

凶悪事件の捜査なら、慣れているが、こういうパーティは、苦手なのだ。

「別にうまくいく必要はない。殺人事件を防げれば、それでいいんだ」

と、亀井はいった。

「刑事が、事件を防ぐというのは、ちょっと、矛盾していませんか？　事件を捜査するのが、仕事なのに」

早苗が、笑う。

「いや、殺人を防ぐのも、刑事の大事な仕事だ」

と、亀井はいった。

前方に、笠原の別荘が、見えてきた。

二人は、タクシーをおりた。

亀井は、携帯に向って、

「今、笠原の別荘に着きました。これから、北条刑事と中に入ります」

と伝えた。

十津川たちは、すでに、この別荘周辺に、待機している筈《はず》だった。

別荘の入口には、達筆で、「同人、山下俊吾君を偲《しの》ぶ会会場」と書かれた看板があった。

玄関脇《わき》に、受付のテーブルが出ていて、二十代の若い男女が、受付をしていた。

胸の名札には、「野田」と、「丸山」の名前があった。

問題の六人の学生の中の二人だった。

亀井と、早苗は、そこに置かれた参加者名簿に、筆で自分たちの名前を、書き込んだ。

二人の学生は、何故《なぜ》、刑事である亀井がここに来たのだろうかと、いぶかしげに、そこに書かれた文字を見つめている。

亀井と、早苗は、広間に入って行った。

三十二畳もある広間は、ソファなどが、片付けられ、立食パーティの会場に変っていた。

大きな全面ガラスの向うは、芝生の庭が、広がっている。

同人は、五人しか来ていなかった。やはり、笠原のやり方を心良く思っていない同人もいるのだろう。

笠原が、自分のコネで、呼んだのだろう。テレビの司会で有名な川藤というアナウンサーが来ていて、それが司会を務めることになっていた。

他に、丹羽三郎助という有名な七十五歳の俳人や、その弟子で、美人の三田あやかの顔もあった。

入口には、三十五、六歳の背の高い男がいた。

一人、一人に、応対して、それとなく、名前と、死んだ山下俊吾との関係を聞く。

亀井は、笠原の秘書兼、ボディガードかも知れないと思った。仕草がどことなく、運動選手のように見えたからだ。

亀井は、松山市から、俳句の特別賞に選ばれたメダルを、その男に見せ、

「この時の選者が、笠原先生だったので、一度、お礼を申し上げたいと思いましてね」

といった。

早苗は、用意して来た笠原の句集を見せて、

「俳句を始めたばかりなんですけど、ぜひ、笠原先生のサインを頂きたくて」

と、しおらしく、いった。

男は、笠原を呼んで、二人を、紹介してくれた。

笠原は、亀井の顔を、じっと見て、

「確か、亀井さんは、警視庁の刑事さんでしたね」

と、確認するように、いった。

「そうなんです。荒っぽい仕事をやっていると、どうしても、心をなごませるものが、必要となってくるんです。私は、それを、俳句に求めたんですが、自分でも嫌になるほど、下手くそで」

亀井は、謙虚に、いった。

「いやいや、亀井さんの句は、気持が素直に、出ていて良かったですよ」

と、笠原は、お世辞をいった。

早苗が、笠原の句集を差し出して、サインを頼むと、ポケットから、万年筆を取り出して、さらさらと、サインしたあと、

「失礼だが、何をなさっていらっしゃるのかな？」

ときいた。

「平凡なＯＬですわ」

「亀井さんとは、どんな関係ですか？」

「実は、私の姪《めい》でしてね」

と、亀井がいった。

「では、同じ警視庁にお勤めなんですか？」

と、笠原がきく。

早苗は、笑って、

「私は、建設会社の経理課で働いています」

といった。

その言葉を、笠原が、信じたかどうかは、わからなかった。

山下の妻の保子が、和服姿で、現われた。

胸に名札をつけた四人の学生たちが、立食パーティ用のフランス料理を運んできて、テーブルに置いていく。

亀井は、その名札を、しっかりと読んで、例の六人が全部、揃《そろ》っているのを確認した。

この六人の中に、例の三人の男女がいることは、まず、間違いないだろう。

亀井と、早苗は、同じテーブルに近づいた。

「この部屋に、監視カメラがついています」

と、早苗が、小声で、いった。

「本当か」

「壁にかかっている海辺の景色の版画の少し上です」

と、早苗がいう。

亀井は、ちらりと、眼をやった。なるほど、超小型のカメラが見えた。

少しおくれて、関根夫婦も、姿を現わした。

玄関で、受付をやっていた二人の学生も、広間に入って来た。

広間には、暖房が効いていて、少し暑い。

笠原が、壇上にあがって、あいさつをすることになった。

司会は、アナウンサーの川藤が、当った。

「あの人に司会を頼むと、高いんだろうね」

と、亀井がいう。

「私の友人に、芸能関係で働いている人がいて、有名なアナウンサーに、結婚の司会を頼んだら、百万円でしたって」

「アルバイトが百万円か」

「私が結婚する時は、カメさんにお願いしますわ」

笠原が、あいさつを始めた。

「山下君のS大教授の仕事については、私は、全くといっていいほど知りません。もちろん、優秀な教授であったことは、よく知っていますが、私は、彼と、俳句の道で、知り合い、そのことは、今でも、私は、幸福だったと思っています。正直にいって、私の俳句は、山下君のものに比べて、はるかに、劣っていたと思います。一歩でも、彼に近づこうと努力したことが、結果的に、私に、多聞賞を取らせてくれたのです。私のライバルであり、同時に師でもあった山下君が不慮の死を遂げてから、一年がたちました。この際、彼の秀《すぐ》れた才能、愛すべき性格を、偲ぼうではありませんか」

次に、俳人の丹羽三郎助が、山下俊吾との思い出を語り、最後に、妻の保子が、あいさつした。

2

「夫が亡《な》くなった時、私は、夫が誰かに殺されたのだと思いました。でも、一年たった今、私は、あれは、夫らしい死に方だったのだと思うようになりました。夫は、冷静で、優雅な大学教授でしたが、その一方で、ひどく、エキセントリックなところがありました。その性格に、私は、しばしば、戸惑ったものです。これは、初めて、お話しするのですが、彼は、時々、行先も告げずに、ふらりと、旅行に出かけて、私を驚かせたものです。感情が、爆発することもありました。そんな時の夫は、皆さんが驚くほど、わがままで、手に負えなくなるのです。去年のあの日も、夫は、朝の散歩中に、突然、その感情に支配されたんだと思います。今もいったように、突然、山を歩きたいという欲望に支配されると、もう、あの人は、我慢が出来ないんです。それで、奥多摩に行ってしまい、足を踏み滑らせて、亡くなってしまったんだと思います。夫の表面的な一面しか知らない方にとっては、あの事件は、納得できないことだったのでしょうが、夫のエキセントリックな面を知っている私には、納得できる死だったのです。夫が、死んでから、もう一年になります。夫のために、こんな盛大な偲ぶ会を開いて下さった笠原さんに何といって、お礼を申し上げたらいいのかわかりません。改めて、夫が、良いお友だちを持っていたのだと思いました。ありがとうございました」

と、保子はいった。

彼女は、一年前の夫の死を、間違いなく、事故死だと、決めつけたのだ。

（どういう気持、どういう思惑で、こんなあいさつをしたんだろうか？）

と、亀井は、首をかしげた。

山下を偲んで、献杯することになり、六人の学生が、みんなに、シャンパンや、ビールを配って廻った。

亀井も、ビールにして貰《もら》ったのだが、その時、突然、

「何をするの！」

と、女の叱《しか》りつける声が聞こえた。

和服姿の保子が、学生の安岡麻美を、睨《にら》んでいるのが、見えた。

「すいません。つい、手が滑ってしまって」

と、麻美が、謝っている。

「いいえ。あなたは、私に、わざと、シャンパンを、かけたんだわ」

保子が、声を張りあげた。

なるほど、藤色の無地の着物の胸のあたりが、ぬれているのが見えた。

「それは、誤解です。本当に手が、滑ったんです」

「いいえ。わざとだわ。私の何が憎らしいの？　いってごらんなさい」

「まあ、保子さん、今日はご主人を偲ぶ会なんだから」

と、笠原が、保子に声をかけた。

彼女を抱くようにして、

「奥の化粧室で、汚れを拭《ふ》いて来なさい」

「私が、一緒に」

と、女流俳人の三田あやかが、いった。

二人の女性が、部屋を出て行く。

一方、叱られた安岡麻美の方は、顔を赤くして、庭へ出て行った。

その彼女に、早苗が声をかけた。

「あの部屋は、息が、詰るわね」

「え？」

という顔を麻美が、向けてきた。

「あの奥さんも、あんなに、怒らなくてもいいのにねえ」

と、早苗はいった。

「いいんです。前々から、あの奥さんとは、肌が合わないんですから」

と、麻美はいう。

「どうして肌が合わないの？　あなたの尊敬する山下先生の奥さんでしょう？」

「山下先生は、尊敬してました。でも、奥さんは別です」

「あんなあいさつをしたから、腹が立ったんじゃないの？」

と、早苗はきいた。

「あんなあいさつって、何のことです？」

「ご主人が、去年、不慮の死を遂げたのを、まるで、ご主人の山下さんが、変り者だから、谷に落ちて死んだみたいなことを、いったでしょう。奥さんとしては、いってはいけないことじゃないかと思って」

「あなたは、どういう人なんですか？」

　麻美は警戒するような眼で、早苗を見た。

　早苗は、微笑して、

「私は、ただの俳句好きのＯＬ。亡くなった山下さんの句が好きなんです」

「――」

「実は、去年の秋に、松山へ旅行したんです。あなたもよく知ってると思うけど、松山市って、俳句の盛んなところで、町中に、俳句を投稿するポストがあるの。私も、一句、投稿したんだけど」

「――」

「ああ、そうだ、あなたを何処《どこ》かで見たような気がしてたんだけど、あの時、松山市内で、お会いしたんじゃないかしら？　確か、三人で、いらっしゃってたような気がするんだけど」

　早苗が、いうと、麻美は、きっとした眼になって、

「私は、松山へ行ったことなんかありません！」

と、いって、広間へ戻ってしまった。

早苗も、亀井の傍に戻った。

「向うにいる安岡という女子学生は、間違いなく、例の三人の一人です」

と、小声で、亀井に、いった。

「間違いないか？」

「ええ。間違いありません」

「とすると、あと二人か」

と、亀井はいった。

保子が、化粧を直して、ニコヤカな笑顔で戻って来た。

笠原が、また壇上にあがって、

「ちょっと、聞いて下さい。この会は、俳人山下俊吾君を偲《しの》ぶ会なので、皆さんも、山下君を偲んで、一句、作って下さい」

といった。

さっきの背の高い男が、全員に、短冊と、サインペンを配って廻った。

とたんに保子が、大きな声で、

「困ったわ。私、一度も、俳句って、作ったことがないんです」

「大丈夫ですよ。私が、教えてあげますから」

と、笠原が、ニヤニヤ笑いながら、いった。

早苗は、短冊を手に取ったものの、

「私も、気の利《き》いた俳句なんて、作れません」

と、亀井に、小さな声で、いった。

「こういう時は、下手な句ほど、歓迎されるんだよ。主催者より上手《うま》い句を作ったら睨まれるよ」

と、亀井はいった。

亀井は、短冊とサインペンを手に持ち、苦吟する仕草で、庭に出た。

そこで、ひそかに、外にいる十津川に携帯をかけた。

「例の三人の中《うち》の一人が、わかりました。山下の教え子の安岡麻美です」

「そうか。それで、そちらの空気はどうだ？　なごやかな空気で、山下俊吾を偲んでいるか？」

と、十津川がきく。

「それが、どちらかというと、険悪な空気といっていいかも知れません」

「どうしたんだ？」

「保子が、去年の夫の死を、自業自得《じごうじとく》みたいにいったので、今いった安岡麻美が、手が滑ったふりをして、保子に、シャンパンをかけてしまったのです。それで、一騒ぎありまして」

と、亀井はいった。

「今は、どうなんだ？」

「ひとまず、納まって、今、全員に短冊が配られて、一句、作るようにいわれているんです」

「カメさんの名句が、披露されるわけだな」

「よして下さいよ。短冊は、六人の学生にも配られているんです」

「それが、どうかしたのかね？」

「笠原は、六人の学生に句を作らせて、その中の誰が自分の命を狙《ねら》っている三人なのか、見つけ出そうとしているのかも知れません」

3

主な人たちのあいさつが終って、山下俊吾を偲んでの歓談の場になった。

広間の中に、いくつかの小さな人間の輪が生れ、その輪から輪へ移っていく人もいた。

亀井と、早苗は、分れて、笠原を見張ったり、学生たちを、見張ったりした。

ただ、その間に、渡された短冊に、何か一つ句を作らなければならないのだ。

他の客たちも、近くのテーブルに短冊を置き、杯を交したり、お喋《しゃべ》りしたりしながら、めいめい、句をひねっていた。

亀井は、早々と、短冊に一句書き込んで、笠原と、同人の一人との会話を聞いている時だった。ふいに、

「あッ、それは——」

という保子の声が、隣りのテーブルで起きた。

「それ、私の——」

と、また、保子が、いっている。

その隣りで、関根が、シャンパンを、美味《うま》そうに飲んでいる。

だが、次の瞬間、関根が、呻《うめ》き声をあげて、床に崩れ落ちた。手に持ったシャンパングラスが落下して割れる。

一瞬、その場が、凍りついたようになり、その中で、関根の手足が、小刻みにけいれんしている。

「救急車を呼びなさい！」

と、亀井が叫び、関根の傍に跪《ひざまず》いた。

「おい。どうしたんだ？　大丈夫か？」

亀井が、声をかけるが、関根は、それには答えず、けいれんが、続いている。

早苗が、救急車を呼んだ。

亀井が、関根の身体《からだ》を抱き上げて、なおも、声をかけるのだが、応《こた》えはなく、硬直していく。

苦痛が、その顔に凍りついている。苦しさで嚙《か》みしめた口から、血が滲《にじ》んでいる。

亀井は、口に、指を突っ込んで、飲んだシャンパンを吐き出させようとしたが、関根は、それにも、もう反応しなくなっていた。

早苗も、亀井の傍に膝《ひざ》をついて、

「救急車は呼びました」

「間に合いそうもないな」

「心臓発作には、見えませんけど」

早苗は、小声で、いった。

「多分、毒物死だ」

と、亀井はいった。

トイレに行っていたらしい、関根の妻の洋子が、驚いて、夫に取りすがろうとする。亀井が、それを遮って、

「触らない方がいい」

「どうしてですか？」

「毒を飲んだ形跡があるんですよ」

「どうして、毒なんか――」

「わかりません」

と、いってから、亀井は、早苗に、

「警部たちを、呼べ！」

と叫んだ。

そのあと、亀井は、抱いていた関根の身体を、そっと、床に横たえたあと、

「皆さん。そのまま、動かないで下さい。テーブルの上のものにも、触らないで！」

と、大声でいった。

俳人の丹羽三郎助が、

「何かあったのかね？」

と、甲高い声で、きいた。

「関根さんが、毒物を飲んで重体です」

と、亀井はいった。

「こんな場所で、自殺を図ったのかね？」

「それは、わかりません。とにかく、落ち着いて下さい」

亀井は、怖い眼で、丹羽を睨んだ。

十津川たちが、先に着き、続いて、救急車が、駆《か》けつけた。

入って来た二人の救急隊員は、倒れている関根の脈を診ていたが、

「亡《な》くなっています」

といった。

もう一人の隊員が、

「青酸中毒のようですね」

それでも、関根は救急車で運ばれて行き、妻の洋子が、それに同行していった。

十津川は、騒然とした人々に向って、

「警視庁捜査一課の十津川です。ここで、関根さんが、毒物死を遂げました。殺人の疑いがあるので、これから、われわれの指示に従って下さい」

と指示した。

亀井が、青ざめた顔の保子に向って、

「関根さんが、倒れる直前、何か、叫んでいましたね」

と声をかけた。

「私は、何も――」

「私は、聞いているんです。正直にいって下さい」

「私も、説明して頂きたいですね」

と、十津川もいった。

「私は――」

と、保子がいいよどむ。

「関根さんが飲んだシャンパンは、私のグラスだったんです」

と、保子が声をふるわせた。

「どういうことなんです？」

十津川が、きく。

「シャンパンが、配られたんですけど、俳句を作らなければならないので、そのままにして、考えていたんです。私、俳句が、苦手なので。そうしたら、関根先生も、苦しんでいらっしゃるみたいで、間違えて私のグラスを、手に取って、しまわれたんです。それで、あっと思って――」

「それ、私の――と、叫んだんですね？」

「ええ。でも、こんなことになるなんて――」

保子の顔は、まだ青い。

そういえば、関根や、保子のいたテーブルの上には、関根の書きかけの短冊が、置かれてあった。

その短冊を、十津川が、手に取った。

花冷えの　心に――

と、途中で、筆が、止まっていた。

「心に」のあとは、どんな言葉を続けるつもりだったかは、わからない。

そこで筆を置き、あとを考えようと、シャンパンに、手を伸したのか。

十津川の要請で、鑑識が、やってきた。

まず、床に転がって、割れてしまったシャンパングラスを、丁寧に集め、指紋の検出をし、わずかに残っているシャンパンも、持ち返って、分析することになった。

「シャンパンを配って廻ったのは、誰ですか？」

と、十津川は、全員が、落ち着くのを待ってから、きいた。

間があってから、学生の一人が、手をあげた。

「私です」

と、いったのは、安岡麻美だった。

「君が、配ったのか？」

「私と、向井さんの二人が、シャンパンを配るように、笠原さんに、いわれていたんです。あのテーブルに配ったのは私です」

と、麻美はいった。

向井というのは、もう一人の女子学生の向井朝香のことだった。

「グラスは、何処《どこ》で、用意して、この広間に、運んだんですか？」

と、十津川はきいた。

「キッチンです」

「私と、向井さん、それに、山下先生の奥さん、笠原さんも、時々、顔を出して指示していらっしゃいました。ああ、それから、関根先生の奥さんも」

と、麻美はいった。

「君は、山下保子さんとケンカをしたね？」

亀井が、いった。

麻美は、小さく首を横に振って、

「ケンカじゃありません。手が滑って、奥さんに、シャンパンをかけてしまっただけです」

「しかし、二人はケンカしているように見えたがね。保子さんは、だいぶ、怒っていたようだが」

亀井が、いうと、麻美は、

「奥さん、少し、ヒステリイなんです。私は、何とも感じてません」

といった。

「君が、保子さんに含むことがあって、シャンパンに、毒を入れたということはないのかね？　それを、関根さんが誤って、飲んでしまった――」

十津川が、いった。

「私は、そんなことはしません！」

麻美の声が、大きくなった。

「でも、あなたは、私に向って、山下先生は、尊敬していたけど、奥さんは、嫌いだといっていたわ」

早苗が、麻美に向って、いった。

「本当の気持だから、そういっただけです。でも、私は、毒なんか、シャンパンに入れてません」

と、麻美はいった。

「君の作った俳句を見せてくれないか」

亀井が、いった。

「まだ、出来ていません。いろいろと、お手伝いで、忙しかったので」

と、麻美はいう。

4

関根の運ばれて行った病院から、電話で正式に、死亡が、報告されてきた。

その医者に向って、十津川は、

「使われた毒物は、わかりますか？」

「間違いなく、青酸です」

と、医者は答えた。

配られたシャンパンや、ビールを、飲んだ人もいれば、飲んでいない人もいたが、他に、異常を訴える人はいなかった。

それでも、キッチンに残っている飲み物と、広間で、配られたものは、全《すべ》て、分析することになった。

亀井が、十津川に、

「この部屋には、監視カメラが、付いています」

と教えた。

十津川は、笠原を呼んだ。

「監視カメラは、何処で、見られるんですか？」

と、きくと、笠原は、

「二階の書斎に、モニターテレビがありますが、無駄ですよ」

「無駄というのは？」

「ビデオのスイッチは入れてないからです。それにもともと、あの監視カメラは、別荘に人がいないことが多いので、警備会社に付けて貰《もら》ったんです。ですから、こういう日には、使う気はないんですよ」

と、笠原はいった。

俳人の丹羽三郎助が、同じ俳人の三田あやかと、十津川の傍に来て、

「私たちは、関係がないので、帰らせてくれませんかね。他にも、用があるので」

といった。

「しかし、去年亡くなった山下俊吾さんとは、交友があったんでしょう？」

十津川が、きく。

「そりゃあ、俳句を通じて、会ったことも、話をしたこともあるが」

「じゃあ、もうしわけありませんが、もう少し、ここにいて下さい」

と、十津川は、いってから、関根の書きかけの短冊を二人に見せて、

「この、花冷えの、心に――のあとに、どんな言葉が来るのか、わかりますか？」

ときいた。

丹羽は、三田あやかと顔を見合せてから、

「去年亡くなった山下さんのことを偲《しの》んで、一句ということだったからねえ」

「確か、あの日も、四月にしては、今日と同じように、肌寒い日だったと覚えていますわ」

と、あやかがいった。

「それで、花冷えの――と、したんだろうね」

「次の『心に』というのは、どういうことでしょうか？」

と、十津川がきいた。

「確か、亡くなった関根さんというのは、S大の助教授で、山下さんの後輩だと聞いたんだが」

「そうです」

「それなら尊敬する先輩の突然の死で、心に空洞が出来てしまったような気分だといったことを、句にしようと思ったのかも知れませんね」

と、丹羽はいった。

「なるほど」

十津川は、肯《うなず》いた。が、何かわかったという気はなかった。

もともと、犯人が、狙《ねら》ったのが、山下保子なのだから、偶然、死んでしまった関根の句に、何か意味を求めても、仕方がないのかも知れなかった。

十津川は、地元の神奈川県警に、連絡を取った。神奈川県警だった。

何といっても、ここは神奈川県で、そこで起きた殺人事件の所管は、神奈川県警だったからである。

彼の連絡で、神奈川県警捜査一課の土井という警部が、部下の刑事を連れて、やって来た。

十津川は、土井に、ここで起きた事件について、説明した。

土井は、あっさりと、

「すると、本当に狙われたのは、山下保子で、間違って、関根助教授が、毒殺されてしまった。そして、容疑者は、S大の学生の安岡麻美ということですね」

と、まとめて見せた。

十津川は、苦笑した。

「まあ、そういうことですが、事は、もっと、複雑かも知れません」

といった。

「とにかく、県警としては、安岡麻美から話を聞くことにします。それから、狙われた山下保子さんにも」

土井は、そういって、笠原に、二階の一室を提供させ、二人の女を、そこへ連れて行った。

土井が、彼女たちから、どんな話を聞いているのかわからず、十津川は、しかたなく、庭に出て、煙草《たばこ》に火をつけた。

亀井が、傍にやって来た。

「県警は、事件を簡単に見ているようですね」

少し腹立たしげに、いう。

十津川は、笑って、

「案外、今日の殺人は、簡単な事件なのかも知れないよ」

「そうですかねえ」

亀井は、小首をかしげている。

「カメさんは、安岡麻美は、例の三人の中の一人だと、確信しているんだろう？」

「そうです。間違いないと思います」

「それなら、事件は、簡単なのかも知れないよ。三人は、去年、事故死に見せかけて殺された恩師山下教授の仇《かたき》を討つことを誓っていた。命日に当る四月二十日前後に、行動に出る可能性が高いと見られていた。それに、山下を殺したのは、妻の保子と、笠原の二人と思われていた。今日、この別荘に、二人とも来ている。三人は、いいチャンスだと思っていた。三人の中《うち》の一人の安岡麻美は、客に飲物を配る役だった。そこで、保子のシャンパングラスに、用意してきた青酸を混入して、保子に渡した。ところが、隣りにいた関根が、間違えて、それを飲んで、死んでしまった。これが、今日、この別荘で起きたことの全てじゃないのか」

「それは、そうなんですが」

「そう考えると、至極、単純なことになってしまうじゃないか」

と、十津川は、また、笑った。

「しかし、あと二人います」

と、亀井はいった。

「そうだな。安岡麻美は、捕まったが、あと二人、残っているんだったな」

「そうなんです」

と、亀井は、広間の方に、眼をやった。

部屋の片隅に、麻美以外の五人の学生が、ひとかたまりになっているのが見えた。

あの五人の中の二人は、殺意を秘めて、ここに来ているのだろうか。

「そろそろ、戻ろうか」

と、十津川が、促して、二人は、広間に戻ると、関根の書きかけの短冊が、消えていた。

5

十津川が、探していると、早苗が、見つけて、

「これじゃありませんか」

と差し出した。

なるほど「花冷えの――」の文字が見える。

「ああ、そうだ」

と、十津川は手に取ったが、そのあと、

「あれ？」

と声に出した。

花冷えの　心に――

まで書いてあったのだが、それに続く文字が並んでいるのだ。しかも、筆跡が、そこだけ違っていた。

花冷えの　心に咲きし　悪の華

これが、全文だった。明らかに、「咲きし　悪の華」の方は、誰かが書き加えたのだ。

誰が、やったのか？

ただ単に、いたずらで書き加えたのか。それとも、何か意味があるのか？

十津川は、それを、亀井に見せた。

亀井も、同じように、「あれ？」と、声に出し、

「書き加えたのは、警部ですか？」

「私は、俳句は、苦手だよ」

と、十津川は笑った。

「それにしても、誰が、やったんですかね？　鑑識に、指紋を採らせましょうか？」

亀井がいうのを、十津川は、手で制する恰好《かっこう》をして、

「書き加えたからといって、それは、罪にならないし、関根殺しの犯人の証拠にもならないよ」

「それは、そうですが」

「それより、この俳句の意味を知りたいね。それと、関根は最初、何と書こうとしたのかもだ」

と、十津川はいった。

「短冊が配られて、笠原が、山下さんの一周忌ですから、彼を偲ぶ句を作って下さいと、いったんです。ですから、関根が、どんな句を作ろうとしたかは、だいたい想像がつきます。今日は、冷えて寒いですからね。それで、花冷えの――と、持ってきたんだと思いま

す」

「なるほどね」

「そのあと、心に——としていますから、心にしみるとでも書きたかったんじゃないかな。あとは、関根は、山下を尊敬していたといいますから、それらしい言葉で、結んだんじゃありませんか。例えば、花冷えの　心にしみる　先達の声とか」

「いいねえ。上手《うま》いものだ」

「からかわないで下さい」

「では、誰かが、加筆した句の方は、どういう意味だろう？」

と、十津川はきいた。

「これが、簡単そうで、難しいんです」

「なぜだ？」

「もともとは、関根の句ですからね。加筆した人間が、自分の句として作ったのか、或《ある》いは、関根の句として作ったのかによって、大きく意味が変わってきます」

「そうなんだよ」

と、十津川は、いきなり、亀井の肩を強く叩《たた》いた。

「私はね、加筆した人間は、この短冊が、死んだ関根のものだと知っていたと思う。それに、その人間も、自分の短冊を持っていたと思っている。だから、これは、加筆者の心情を書いたものではあり得ない。それは、自分の短冊に書くだろうからね」

「かも知れません」

「となるとだ。これは、死んだ関根の気持になって作った句ということになってくる」

「ええ」

「もっと、大雑把にいえば、関根が作った句といってもいい。それもだ、カメさんがいったように、もっともらしく、山下を偲んで作った句ではなく、関根の本音はこうなんだということで、関根のことをよく知る人間が作ったものだということになる」

「そう考えると、この句の意味は、面白いことになってきますよ」

亀井も、急に、熱が、入ってきた。

「そうなんだよ。これが、関根の本音だというのか、これが関根の正体だということで、この句が作られたんだと、私は思っている」

「また、そのことを、われわれに、知らせようと思っているのかも知れませんね」

「いいことをいうよ。カメさんのいう通りだと私も思う。そこで、この句だがね」

と、十津川は、改めて、短冊に眼をやった。

「この悪の華というのは、亡《な》くなった山下俊吾のこととは考えられない。なぜなら、山下は、殺人事件の被害者なんだからね。とすると、この句は、今日、山下を偲んで作られたのではあるが、一年前の事件のことを、詠《よ》んでいるんじゃないか」

「かも知れませんね。去年の四月二十日、山下が死んだ時も、花冷えだったようですから」

亀井も、肯く。

「と、するとだ。今もいったように、この句は、誰かが、関根の気持を代弁して作ったものだということになっているから、こうなってくる。山下が死んだ、いや、殺された、あの花冷えの日は、心にというのは、自分の心、関根の心にという意味になる」

「そうです」

「関根の心に、悪の華が咲いたという意味にとっていいんじゃないかね」

十津川は、手帳を取り出して、それを、書き直した。

〈花冷えのあの日、私の心に、悪の華が咲いていた〉

「もっと、断定的にいえば、関根は、去年の山下俊吾殺しに、関係していたということになってくる」

と、十津川はいった。

6

二人は、また、庭に出た。

十津川は、テラスに置かれた木製の椅子《いす》に腰を下し、煙草に火をつけた。

亀井は、向い合って腰を下したが、煙草は吸わないので、こちらは、缶ビールを開けた。

「缶ビールなら安心です」

と、亀井は笑ってから、

「関根助教授のことは、全く考えていませんでした」

「私もだよ。山下を殺したのは、妻の保子と、笠原の二人だと、断定していたからね。それに、関根も、加わるのだろうか？」

十津川の表情には、自信が見えなかった。

「この句は、関根自身が、作ったものじゃありませんしね」

と、亀井も、慎重に、いった。

「二つのことが、考えられるな。関根が、山下殺しに関係があるケースと、関係ないケースだ」

「関根が、シロだとすると、簡単ですね。誰かが、途中までしか書かれていない関根の短冊を見つけて、いたずらをしたことになります」

「そうだな」

「とすれば、この句も、問題になりません。問題なのは、関根が、去年の山下殺しについて、クロの場合です」

「その場合は、こういうことが、考えられるだろう。誰か、関根が、犯人の一人だということを知っている人間がいて、関根が毒死し、書きかけの短冊があるのを見て、とっさに、書き加えた。私は、山下殺しの犯人の一人ですと、自ら認めるような句にしておいたということになってくる」

「そう考えると、犯人は、自然に限定されて来ますね。例の三人の中にいることになります」

「安岡麻美は、今、県警の刑事に、拘束されているから、あとの二人の中《うち》の一人ということになるんだが、どうもそう簡単には、いかないな」

十津川は、眉《まゆ》をひそめた。

「そうなんです。関根が、犯人の一人だったとすると、山下殺しの犯人は、二人ではなく、三人いることになります。例の三人は、俳句の上で、終始、山下を殺したのは、二人としていますから、それはどういうことになるんでしょうか？」

亀井も、顔をしかめている。

「二匹の蛾《が》とか、二人の死が楽しいみたいな書き方をしているからね」

「三人が、わざと、二人が犯人みたいな句を作って、われわれを、油断させておいて、関根を殺したのか。或いは、主犯格は二人で、関根は、その共犯の位置にいたということも考えられます」

「しかし、関根は、先輩で、自分が、助教授になるのを助けてくれた山下を尊敬していたと、思っていたんだがね」

「私も、それらしい話を聞いています。関根本人も、そういっていましたから」

と、亀井はいった。

「あれは、嘘《うそ》で、本当は、山下を恨んでいたのかな。そこだ」

と、十津川は、ひとりで、肯いて、亀井に、

「至急、誰かを、東京にやって、山下と、関根のことを良く知っている関係者に、当らせてくれ。二人の本当の関係を知りたいからね」

といった。

亀井がすぐ、西本と日下の二人を呼んで、東京に、向わせた。

その直後に、笠原が、庭に出て来て、

「何かあったんですか？」

と、十津川にきいた。

「実は、東京で、殺人事件が起きましてね、急いで、部下の二人を、向わせたんです」

と、十津川はいった。

「それは、大変ですね。いやな世の中になったものです。やたらに、殺人事件が起きる」

笠原は、渋面を作った。

十津川は、そんな笠原に、関根の短冊を見せた。

「これは、毒死した関根さんが書いたものですが、どういう意味の句でしょうか？」

そんな質問をしたのは、笠原がどんな答をするか、興味があったからである。もし、関根が、山下殺しに関係していたとすれば、笠原と共犯関係にあると思われるからだった。

笠原は、短冊に眼をやって、一瞬、険しい眼つきになった。が、すぐ、穏やかな眼に戻った。

「これは、筆跡が、二人になっていますね。関根さんが、作った句じゃないんじゃありませんか」

と、十津川にいった。

十津川も、微笑して、

「わかりますか？」

「そりゃあ、わかりますよ。花冷えの　心に——までと、あととが、別人が書いています」

「私としては、それで、かえって、興味を感じましてね。誰が、何のために、死んだ関根さんの句に加筆して完成させたのか、それに、興味があるんですよ」

十津川がいうと、笠原は、

「では、誰が、こんないたずらをしたのか、向うにいる一人一人に、聞いてみましょう」

といった。

「そんなことで、犯人が、名乗り出ますか？　私は、無理だと思いますがね」

十津川は、やんわりと、いった。

「自白しなくても、顔色を見ていれば、わかりますよ」

「それで、犯人が、わかったら、どうされるつもりですか？」

「もちろん、叱《しか》りつけますよ。山下君の一周忌で、彼を偲《しの》ぶ集いなんです。そんな場所で、いたずらは、許せませんからね。ぜひ、私に、犯人探しをやらせて頂きたい」

と、笠原はいった。

「ここは、笠原さんの別荘だから、お好きになさって結構ですが、その前に、この句の意味を教えて頂けませんか」

と、十津川はいった。

「こんないたずらの句の意味をどうして、お知りになりたいんですか？」

笠原が、眉をひそめて、十津川を見る。

「私は、俳句は、苦手なんですが、ちょっと見ただけでも、意味深に思える言葉が並んでいるので、ぜひ、意味が知りたくなりましてね。ぜひ、解説して頂きたいのです」

と、十津川は食い下がった。

笠原は面倒くさそうに、

「まあ、文字通りに考えればいいんですよ。つまりですね、花冷えのこの時期に、時々、詰らないことを考えてしまうといった意味です。春は、もやもやが起きますから」

「しかし、亡くなった山下さんを偲んで、句を作ることになっていたわけでしょう。となると、この句も、そんな句ではないかと思うんですが」

「この句は、誰かが、いたずらで、作ったものですからねえ。もともと取り合うべきものじゃないでしょう」

と、笠原はいった。

「しかし、花冷えの　心に――までは、関根さんの字ですよねえ」

「そう思います」

「とすると、加筆した人間にも、これが、関根さんが、書きかけたものだと判《わか》るはずですよ。ただ単に、意味もなく、いたずらしたとは、思えないんですがねえ」

十津川は、意地悪く、続けた。

笠原の顔に、次第に、いら立ちが、見えてきた。

「十津川さんは、どうして、そんなに、このいたずらの句に、拘《こだ》わるんですか？」

と、笠原はきく。

「何しろ、関根さんは、毒死していますからね。いたずらした人間も、そのことを知っていて、加筆したわけですよ。関心を持つのは、当然でしょう」

「関根さんは、間違えて、毒を飲んだんですよ」

と、笠原はいった。

「本当は、狙《ねら》われたのは、山下保子さんだということですか？」

「誰も、それは、わかっている筈《はず》ですよ。それに、犯人もわかっているじゃありませんか」

と、笠原はいった。

「安岡麻美という女子大生のことですか？」

「そうです。彼女しか、シャンパンに、毒を入れることは、出来なかったんですからね。とにかく、私は、山下君の一周忌のパーティの主催者として、こんないたずらをする人間は、許すことが出来ないのですよ」

笠原は、びっくりするような大声を出し、問題の短冊を持って、広間に、引き返して行った。

それを見送ってから、亀井が、十津川の傍にやって来て、

「どうなりました？」

「笠原は、犯人探しに夢中だよ」

と、十津川は、苦笑して見せた。

「例の短冊を持って行ったんですね」

「そうだ。犯人は、必ず見つけると、いっている」

「それは、その人間が自分も狙うと、思っているからじゃありませんかね。自分が可愛《かわい》いんですよ」

と、亀井は、皮肉ないい方をした。

「他には、考えられないね」

「それをわかっていて、あの短冊を、笠原に、渡してしまわれたんですか？」

と、亀井がきく。

「私としては、加筆した犯人の意図を知りたいんだよ」

「意図ですか？」

「勘ぐれば、この犯人は、あの短冊を、パーティに参加している全員に、見せたいと、思っているんじゃないのかね」

と、十津川がいう。

「何のためにですか？」

「この犯人は、明らかに、関根が、去年の山下の死に関係している、犯人の一人だと、思っている。だが、他の人たちは、関根は関係ないと、思っていた。山下を先輩として尊敬しているんだと信じている。犯人はそんな人々の先入主を引っ繰り返そうと思って、短冊に加筆したんじゃないか。そう考えたんで、私は、笠原に短冊を渡したんだよ」

「私は、まだ、関根が、山下俊吾殺しの犯人の一人だとは、とても、信じられないんですが」

「私だって、同じだが、少くとも一人は、関根が犯人だと、信じている人間が、いるわけだよ」

と、十津川はいった。

「もし、関根が山下殺しの犯人の一人だとすると、彼は、間違って、毒を飲んだにしろ、当然の報いを受けたということになってきませんか？」

と、亀井がいった。

第七章　テープは語る

1

十津川の携帯に、西本から連絡が入った。

「今、関根と、大学生時代の悪友という男に、会いました。最近は、関根の方が、会うのを避けていたそうです。それだけに、関根の正体が聞けました」

と、西本はいう。

「関根は、よく、S大でのことで、彼にこぼしていたそうです。関根は、口先では、先輩の山下俊吾を尊敬しているようなことをいっていましたが、悪友には、全く、違うことを、口にしていたようなのです」

「関根はどんな文句を、いってたんだ？」

「関根は、どうも、山下が、教授から、学長にまで出世していくと、読んでいたらしいのです。そうすれば、自分も、引きあげられて、教授になれる。そして、将来は、S大の学長にもなれるんじゃないかと、期待していた。それなのに、山下は、野心がなくて、教授で終ってもいいと思い、俳句なんかに、凝《こ》っている。そのことに、腹を立てていたらしいのです。山下のことを、もっと野心家だと思っていたのにと、悪友に、クソミソにいっていたそうです」

と、西本はいった。

「つまり、本当は、山下教授を、バカにしていたということか？」

「そうらしいのです。先輩の山下にくっついていけば、自分の将来は、教授―学長と、エリートコースを進めると思っていたのに、これが、うまくいかなくなったので、山下に、腹を立てていたということじゃないかと思います」

と、西本がいう。

「山下が、邪魔になっていたということかね？」

「こういうことだと思うのです。これは、悪友の意見ですが、関根は、先輩の山下の引きで、助教授になった。その時は、大いに感謝していたわけです。このまま、山下について行こうと思った。そして、学内には、派閥があって、関根は、山下の子分と見られてしまった。これで、山下が、どんどん学内で出世していけばいいんですが、山下は、本当は、野心家ではなくて、地位や名誉よりも、俳句を愛するような人物だった。関根にしてみれば、約束が違うじゃないかという気持になっていたようなのです」

「約束が、違うか」

「山下の子分だと、学内で見られていると、別の派閥に行くのが、難しい。といって、簡単に、山下を捨ててしまえば人格を疑われる。それで、いらいらして、悪友に、山下のことを、めちゃくちゃ、悪くいっていたそうなんです」

「そうなら、山下俊吾が死んで、ほっとしていたわけだな？」

「そうですね。これからは平気で、S大の他の派閥に入れますからね」

「とにかく、関根が、山下を先輩として、尊敬しているというのは、嘘《うそ》だったわけだな？」

「そうです。嘘です」

と、西本はいった。

十津川が、携帯を切ったとき、笠原が、近づいて来て、

「ちょっと、二階に来てくれませんか」

と、声をかけてきた。

十津川は、亀井と二人で、二階にあがっていくと、そこに、例の背の高い青年がいた。

「私の秘書です」

と、笠原は改めて、紹介してから、

「ちゃんと、映っていたか？」

と、秘書にきいた。

「バッチリです」

「じゃあ、刑事さんにも、見て頂こう」

と、笠原はいった。

「何のことです？」

十津川が、きいた。

「下の広間に、監視カメラがついていることは、ご存知でしたね？」

「知っていますが、テープは、回っていなかったんでしょう？」

「実は、テープは、回っていたんです」

「なぜ、嘘を？」

「パーティに出席した方々に、不快な思いをさせてはいけないので、嘘をついたんです。ただ、殺人事件が、起きてしまったので、この男に、テープを調べさせていたんです。もし、テープに、犯人と思われる人物が映っていたりしたら、すぐ報告するように、いっておいたんです。そうしたら、映っていましたというので、十津川さんにも、見て貰《もら》いたくなったんです」

笠原は、いっきに、まくし立てた。

「本当に、犯人が、映っているんですか？」

十津川は、首をかしげていた。

笠原の秘書は、ニッコリして、

「犯行自体は映っていませんが、犯行計画は、映っています」

といった。

「それを、お見せして」

笠原が、促した。

書斎のビデオに、秘書は、テープを入れて、再生ボタンを押した。

早押しボタンを押して、画面を動かしていたが、

「ここです」

と、普通のスピードに戻した。

例の手伝いの学生の中《うち》、三人が、部屋の片隅で、話し合っている場面が、映る。

安岡麻美
向井朝香
大石　翔

の三人である。

「この中の安岡麻美は、山下保子さんに、青酸入りのシャンパンを飲ませようとし、誤っ

て関根助教授を殺害した容疑で、県警に事情を聞かれています」

笠原が、いう。

「それは、知っています」

十津川は、怒ったように、いった。そんなことは、わかっているのだ。

「この三人の会話が、どうかしたんですか？　声も録《と》れているんですか？」

と、亀井がきいた。

「声は、入っていませんが、この秘書は、唇が読めるんですよ」

笠原が、自慢げに、いった。

「それで？」

「この三人が、どんな会話をしているのか、教えてくれ」

と、笠原がいう。

秘書は、画面の動きをスローにしておいて、喋《しゃべ》った。

安岡麻美「笠原って奴《やつ》、何を考えているんだろうね。山下先生を偲《しの》ぶ会なんていったって、本当に、先生の死を悲しんでいる人間なんか、一人もいないんだから」

向井朝香「奥さんの保子さんも、神妙な顔をしてるけど、山下先生が死んで、ほっとしてるのは、見え見えだわ」

大石翔「見え見えっていえば、関根助教授の顔も、シラジラしいな。彼が本当は、山下先生を、邪魔者扱いしていたことは、みんな知ってるんだ」

安岡麻美「私ね、シャクに障《さわ》るから、このパーティに、用意してきたものがあるのよ」

向井朝香「なに、なに？」

安岡麻美「それをね。シャンパンに混ぜて、山下保子に飲ましてやろうかと思ってるの。きっと、面白いことになるわよ」

大石翔「笠原と、関根の二人にも、天誅《てんちゅう》を加えてやらなきゃなあ。皆で、寄ってたかって、山下先生を殺したんだから」

安岡麻美「大丈夫よ。必ず、天罰が下るから。ね、そうでしょう？（と笑う）」

「その会話は、正しいんですか？」

十津川は、半信半疑で、きいた。

笠原は、ニヤッと、笑って、

「警察の仕事を奪ってしまうようで、申しわけないんですが、彼は、読唇術《どくしんじゅつ》のプロなんです。間違いは、ありません」

と、断定するように、いった。

十津川と、亀井は、顔を見合せた。

「この三人だったんですかね？」

亀井が、小声で、きく。

三人というのは、俳句で、山下の死を悼《いた》んでいた三人のことである。

「かも知れないな」

「読唇術は、ホンモノなんでしょうか？」

「まさか、あとで嘘とわかるようなことは、いわないだろう」

二人の会話に、笠原が割って入って来て、

「県警に話してもいいんですが、十津川さんに、お聞きしたいんですよ。この三人の中の安岡麻美は、すでに拘束されていますから、残りの二人ですが、どうしたらいいと思いますか？」

ときく。

勝ち誇ったようないい方だった。

2

十津川と、亀井は、広間におりて行って、県警の刑事と、話をした。

県警は、すでに、安岡麻美について、事情聴取をしている。

「問題のビデオテープは、証拠品として、預ります。そこに映っている二人の男女学生は、連行して行って、事情を聴くつもりです」

と、県警の刑事はいい、強引に、二人の学生を、連行することに決めた。

安岡麻美を含めた三人に、事情聴取をするのだと、いった。

笠原は、ニッコリして、

「ぜひ、ここで起きた殺人事件を、解明して下さい。私も、協力を惜しみませんよ」

といい、続けて、

「偲ぶ会ですが、続けてよろしいですか？」

ときく。

「われわれが引き揚げたら、どうぞ、自由にやって下さい」

と、県警の刑事が、答えた。

県警のパトカーが、引き揚げて行く。

六人の学生の中、三人が連行されてしまった。

ＨＡＫＵＢＡの同人の中には、気分が、なえてしまって、帰るという者も出て来たが、主催者の笠原ひとりが、意気軒昂《けんこう》としていた。

「お騒がせしましたが、邪悪な心を持った若者三人が、いなくなって、この場の空気も、きれいになりました。これから、本当に、山下クンを偲ぶ会に入りたいと思っています」

と、あいさつした。

「いったい、何があったのか、説明してくれませんか」

ＨＡＫＵＢＡの同人の一人が、きいた。

「偲ぶ会に集ったお一人が、毒殺されてしまい、その容疑者が、拘束されました」

「それは、見たからわかっていますが、他の二人の学生も、連れて行かれたのは、どうしてなんですか？」

「実は、その二人も、共犯という疑いが生じたので、県警が、連れて行ったのです」

「私には、信じられないが」

「それは、私も同様です。まさか、Ｓ大の学生、それも、山下クンの教え子の中に、殺人容疑者が、三人もいたというのは、私にも信じられませんでした。しかし、事実なのです。証拠もあり、その証拠は、警察に、提出してあります」

と、笠原はいった。

「なぜ、あの三人の学生は、殺人を企《たくら》んだんですか？」

他のＨＡＫＵＢＡ同人が、きいた。

「よくわかりませんが、私は、こんな風に、推測しています。あの三人の学生は山下クンを尊敬していた。それが、余りにも強かったために、去年の四月二十日に、山下クンが死んだ時、事故死ではなく、誰かに殺されたと、考えてしまったんだと思うのです。その思い込みが、妄想にまで発展して、山下クンは、奥さんに殺されたと、思い込んでしまったわけです。三人は、しめし合せて、山下先生の仇《かたき》を討とうと考え、青酸を用意し、三人の一人、安岡麻美が、山下保子さんに配るシャンパンの中に、それを混入したのです。ところが、そのシャンパンを間違えて、関根クンが飲んで、死んでしまったわけです」

「容疑者三人が、県警に連行されたということで、事件は、解決したと見ていいんですね？」

「もちろんです。関根クンは、気の毒なことをしましたが、これで、全《すべ》てが、解決したわけです。安心して、このあとは、歓談して頂きたいと思います」

笠原は、ご機嫌だった。

彼にしてみれば、例の俳句の三人が、いったい誰なのか、気になって仕方がなかった筈《はず》である。

多分、そのために、自分の別荘で、山下俊吾を偲ぶ会を開き、会場の広間に、監視カメラを付けておいたに違いないと、十津川は、思った。

読唇術の出来る男を、秘書にしたのも、そのせいだろう。

そして、まんまと、三人の男女を摘発した。

十津川は、去年四月の山下俊吾殺しについて、次の図式を考えていた。

○犯人　笠原＋山下保子　シンパ　関根

この中《うち》、笠原と、保子の二人を、安岡麻美、向井朝香、大石翔の三人は、殺そうと計画していたのではないか。

彼等が、俳句で詠《よ》んだ、「二匹の蛾《が》」である。

まず、山下保子を、毒殺しようと考え、安岡麻美が、青酸をシャンパンに混ぜて、保子の前に置いた。

ところが、関根が死に、保子は、ぴんぴんしている。

三人は、残念だったろうが、逆に、笠原にしてみれば、してやったりと思った筈である。

笠原も、保子も、いくつかの俳句で、三人の男女が、自分たちを山下の仇として、狙《ねら》っているのを知っていた。

戦々恐々としていたに違いない。

十津川たちと同様、三人が、何処《どこ》の誰か、見つけようとしていたに違いない。

多分、山下を慕う六人の学生の中にいるだろうと、考えていただろうと思う。

そこで、今日のパーティに、六人の学生を、呼んだのだ。

そして、まんまと、三人を見つけ出し、殺人容疑者として県警に、引き渡した。

「不思議な気分ですよ」

と、亀井が、十津川に、小声で、いった。

「事の成り行きがか？」

「そうです。毒殺事件の容疑者三人が、捕まって、本来なら、ほっとすべきなんでしょうが、今回に限っては、そんな気分になれないのです。正直にいうと、残念な気がしているんです」

と、亀井はいった。

「確かに、私も、そんな気分がしているんだ」

「警部もですか」

「どんな理由があるにせよ、仇討ちとか、私刑は、絶対に許されるものじゃない。それは、わかっているし、三人が、殺人をやろうとしたら、絶対に、止めてやるつもりだった。しかしね。こんな風になって、笠原と、山下保子が、ニヤニヤ笑っているのを見ると、どうしても、納得できないものを感じてしまうんだよ。何かおかしいと思ってしまう」

と、十津川はいった。

「私も同じです。私としては、三人に、殺人をさせてはならない。その代りに、何とかして、笠原たちに、去年の山下殺しを、白状させたいと、思っていたんです。そうすれば、正義が行われたということで、三人も、納得するんじゃないかと思っていました」

亀井も、いった。

二人とも、納得できる事の成り行きではなかった。

あの三人にしたら、もっと、不満足だったろう。
時間だけがたっていき、笠原が、
「そろそろ、この会も、お開きにしたいと思います」
と、あいさつを始めた。
すでに、午後八時を廻っていた。
十津川と、亀井は、敗北感をかみしめながら、腰をあげた。
笠原が、保子と並んで、客を一人ずつ、送り出す。
（このあと、二人で、祝杯をあげる気なのか？）
十津川は、そんな眼で、二人を見つめた。

3

十津川と亀井は、東京へ帰る前に、小田原署に寄った。
神奈川県警の土井警部に、寄るようにいわれていたからである。
〈箱根別荘毒殺事件捜査本部〉
の看板が、早々とかけられていた。

土井は、意気軒昂としている。十津川を迎えて、口も滑らかに、

「今、県下に住む、ベテランの聾《ろう》学校教師に、来て貰《もら》っています。笠原氏から提供を受けた監視カメラのテープの解析のためです」

「あの別荘では、笠原氏の秘書が、三人の学生の唇を読んだんですが」

「ええ。その解析結果も提出して貰っています。しかし、われわれとしては、そのまま鵜《う》呑《の》みには出来ません。何しろ、殺人事件ですからね。もし、あの秘書の読唇術が間違っていたら、誤認逮捕になりかねません。それで、慎重を期したわけです」

と、土井はいった。

二人が、そんな話をしている時、五十代後半の女性が、二階から降りて来た。

それが、土井のいっていたベテラン教師だった。

「谷口先生」

と、土井が声をかけて、

「すみましたか？」

「簡単なお仕事でしたので、時間は、かかりませんでした。これが、あのテープにあった三人の会話です」

谷口教師は、原稿を、土井に渡した。

「簡単な仕事という意味は、どういうことですか？」

と、十津川はきいてみた。

「三人とも、きちんと口を開いて、話しているので、唇を読み易《やす》いということです」

谷口は、微笑して、いった。

「監視カメラに、背を向けていたら、唇は、読めませんね？」

「ええ」

「とすると、三人とも、監視カメラの方を向いて、話していたわけですね」

「だから、私は、三人の唇を読めたんですよ」

谷口教師は、ちょっと、眉《まゆ》を寄せた。わかりきったことを、なぜ聞くのかといった表情だった。

土井警部の方は、渡された原稿に眼を通して、嬉《うれ》しそうだった。

「どうも、ご苦労さまでした」

と、礼をいって、谷口教師を送り出してから、

「これで、はっきりしました。あの三人の学生が、しめし合せて、山下保子の殺害を企て、それが、計算違いで、関根助教授を殺してしまったことは、間違いありません」

「その原稿を見せてくれませんか」

十津川は、土井から、見せて貰った。谷口教師が、テープの映像を見ながら、書きつけたものだった。

そこに書かれていた三人の学生の会話は、笠原の秘書が聞かせてくれたものと、全く同じだった。

「全く同じですね」

と、十津川がいうと、土井は、笑って、

「同じテープから、会話を起こしたんだから、当然でしょう」

といった。

「しかし、素人《しろうと》の私から見ると、唇の開き方なんか、みな同じに見えますがねえ」

「谷口教師は、聾学校で、三十年近く教鞭《きょうべん》を執って来られた方で、プロですよ」

「笠原の秘書は、どうなんですかね？」

「あとから、確認したところ、読唇術について、数年にわたって、勉強したそうですから、彼も、プロなんですよ。プロが見れば、簡単に読み取れるんじゃありませんか」

と、土井はいった。

「例のビデオテープをダビングして、貸して頂けませんか。われわれも、もう一度、見てみたいので」

十津川がいうと、土井は、

「この事件は、合同捜査になると思うので、喜んで、お渡しします。それに、警視庁の専門家に鑑定して頂きたいものがあるのですよ」

といった。

土井が持って来たのは、原稿用紙に書かれた三つの俳句だった。

三つといっても、全て、同じ句である。

——心に咲きし　悪の華

とあった。

それが、違う筆跡で三つ書かれていた。

「例の短冊の句ですね」

「死んだ関根助教授の短冊に書かれてあった句ですよ。何者かが、書き加えた。その犯人は、あの三人の学生の一人だと思っているのです。それで、三人に、これを書かせました。ただ、うちの県警の優秀な筆跡鑑定人が、最近、病死してしまったのですよ。それで、十津川さんのところで、鑑定をお願いしようかと思いましてね」

と、土井はいった。

「わかりました」

と、十津川はいった。

十津川と亀井は、ダビングして貰ったビデオテープと、関根の短冊を持って、東京に戻った。

翌日の新聞は、箱根の別荘の事件を、大きく取り上げ、テレビも報道した。

〈神奈川県警は、容疑者として、三人の学生を逮捕し、取り調べを進めている〉

と、新聞は書いていた。

十津川が、興味を持ったのは、当事者二人の談話だった。

〈主人の一周忌に、こんな痛ましい事件が起きて、残念でたまりません。今は、何も話したくありません〉

これは、山下保子の談話だった。

笠原の談話は、もっとはっきりしていた。

〈容疑者の学生たちは、私と保子さんの関係を、何か誤解しているとしか考えられない。私は、山下クンとは、俳句を通じての好敵手で、尊敬し合っていた。彼が亡《な》くなったあと、保子さんの相談相手になっているだけで、何らやましいことはない。もちろん、こ

れからも、いつでも、彼女の相談相手になっていくつもりでいる〉

堂々としているといえば、その通りだったが、十津川の耳に、こんな噂《うわさ》も聞こえてきた。

笠原が、保子と二人で、東北の温泉に、お忍びで旅行したのを写真に撮られ、笠原は、二百万円で、ネガごと買い取ったという噂だった。

この噂を、十津川に教えてくれたのは、大学の同窓で、中央新聞の記者をしている田口だった。

「正直にいって、今のところ、真相は、わからないんだ。ガセネタかも知れない。しかし、噂があることは、間違いないんだ」

と、田口は、電話で、いった。

「二百万円か」

「その金額だけが、ひとり歩きしているといってもいいんだよ。おかげで、笠原のことを、ほめる人間もいる」

「ほめる？」

「ああ、親友の未亡人と、堂々と、温泉旅行に行き、それを知られると、ポンと二百万円の大金を払ったということでね。まあ、週刊誌ネタだから、うちの新聞は追いかけたりしないがね」

と、田口はいった。

「それは、いつのことなんだ？」

「山下俊吾が死んで一ヶ月くらいかな。笠原もだが、奥さんも、よくやるね」

「それで、教え子たちが、怒ったのかな」

と、十津川は呟《つぶや》いた。

捜査会議で、三上本部長が、合同捜査が決った神奈川県警のこんな話を十津川たちに伝えた。

「県警は、どうも、逮捕した三人の学生が、あっさりと自供すると思っていたらしい。それが、今、手こずっていると聞いた」

と、話し、続けて、

「県警は、三人の学生の中の安岡麻美が、山下保子のシャンパングラスに、青酸を混入して渡したと考えていたらしい。ところが、彼女は、頑強に、青酸カリを混入したことを否定しているという」

「しかし、山下保子が飲む筈《はず》だったシャンパングラスに青酸が混入されていたことは、間違いありません」

と、十津川はいった。

「安岡麻美は、こういってるそうだ。青酸は、山下保子自身が自分のグラスに入れ、間違えられたふりをして、関根に飲ませたんだと」

「保子が、関根を殺す動機は、何なんです？」

　十津川は、きいた。

「それについて、安岡麻美は、こういっているらしい。保子と、笠原が関係していることは、みんな知っていたが、保子は関根にも、色目を使っていた。ところが関根に拒絶されたので、自尊心が傷ついた保子は、あの別荘での一周忌に、関根の毒殺を企《たくら》んだとだな、一応、筋は通っているんだ」

　三上が、いう。

「それは、嘘《うそ》ですよ。保子と関根の関係はわかりませんが、あんな場所で、殺すとは、考えられません」

　と、十津川はいった。

「しかし、県警としては、安岡麻美が、否定する限り、彼女がどうやって、青酸カリを手に入れたか、その入手経路も明らかにしなければならないと思うね。それが、大変だ」

「例の三人の学生の会話は、どうなんですか？　県警は、これさえあれば、三人の容疑は、証明されたようなものだといっていますが」

　と、十津川はいった。

4

三上は、黒板に書かれた三人の学生の会話に眼をやった。

「確かに、刺戟《しげき》的な会話だがね。このことについて、三人は、こう県警に弁明しているそうだ。確かに、私たちは、山下先生が、事故死じゃなく、殺されたんだと思っている。だから、笠原や、保子や、関根が寄ってたかって、先生を殺したと話したことは認めるが、それは、心理的に殺したといっているのだと、弁明しているらしい」

「あとは、安岡麻美の言葉として、『シャンパンに混ぜて、山下保子に飲ませてやる』とありますが、その言葉について、彼女は県警で、何と弁明しているんですか？」

と、亀井がきいた。

「それについて、麻美は、目薬のことをいっているんだと、弁明したそうだ」

と、三上はいってから、

「県警の本部長にいわれたんだが、君に頼んだ、筆跡鑑定の結果が、わかり次第、知らせてくれということだよ」

「その件は、科研の鈴木先生に頼んであります。明日中に、答を貰《もら》えると思っています」

と、十津川はいった。

翌日の午後、十津川と亀井は、科学警察研究所に、鈴木という筆跡鑑定の専門家を訪ねた。

日本一の鑑定家といわれる六十歳の人間である。

鈴木は、三人の学生が書いた原稿と、関根助教授の短冊を、机の上に並べて、十津川たちを待っていた。

四人の書いた文字の筆勢や、形などについて、詳しく説明したあと、

「結論としてはだね、この短冊の文字と、こちらの原稿用紙に書かれた三人の文字とは、どれも、一致しないということになるね」

と明言した。

「本当に、一人も一致しませんか？」

十津川が、首をかしげて、きいた。

「ああ、どの筆跡も、短冊の字とは、一致しない」

「参ったな」

と、十津川は呟いた。

「一致するものがあった方が、良かったのかね？」

と、鈴木が笑う。

「状況証拠ですが、一致すれば、捜査は、間違いなく、進展します」

「そりゃ、残念だったね。だが、嘘はつけんので悪《あ》しからず」

と、鈴木はいった。

その帰り、十津川たちは、科研の近くの喫茶店に寄った。

まず、携帯を使って、神奈川県警の土井に、筆跡が一致しなかったことを知らせた。

「必ず一致すると思っていたのに、残念です」

と、土井はいった。電話を通して、その落胆ぶりが、伝わってくるようだった。

二人は、コーヒーを飲んだ。

亀井も、疲れたような顔で、

「少しばかり、予想が狂いましたね」

といい、コーヒーを、かき廻した。

「大いに狂ったよ」

と、十津川はいった。

「しかし、私は、あの三人の学生が、犯人だという確信は、変りませんよ」

亀井は、自分にいい聞かせるように、いった。

「その点は、同感だ」

と、十津川はいった。

「短冊の筆跡とは、一致しませんでしたが、松山の投稿句の筆跡とは、一致するんじゃありませんか」

　亀井が、いった。

　十津川は、手帳を広げた。

○花冷えの中　二人が死ぬを　見たいと思う　　小町
○桜《さくら》樹《ぎ》を削り　怨念《おんねん》という字を　何度書きたるか　　赤鬼
○春風に　血の匂《にお》いを嗅《か》ぎし　二十才《はたち》の時　　青二才

　これが、去年の十月、松山市内の俳句ポストに投じられた句である。

「この三句の筆跡と、あの三人の筆跡が一致しても、彼等が犯人という証拠にはならないよ。あくまでも、状況証拠でしかない」

　と、十津川はいった。

「わかっています」

「去年の十月に、一緒に、松山、道後に旅行し、松山市内で句を作り、ポストに入れたとしても、それが、直ちに犯罪というわけじゃない。もともと、三人は、俳句の愛好会に入っているんだからね」

「それも、わかっていますが、筆跡が一致すれば、彼等が、犯人だという確信は、より強く持つことが出来ます」

と、亀井はいった。

十津川は、店内が禁煙でないことを確めてから、煙草《たばこ》に火をつけた。

「実は、私は、もっと他に、気になっていることがあるんだよ」

と、十津川は、一服してから、いった。

「どんなことでしょうか？」

亀井が、きく。

「例のビデオテープのことなんだ。監視カメラがとらえた」

と、十津川はいった。

「あれは、確固とした状況証拠の一つですよ」

「そうなんだがね」

「どこか、おかしいところが、ありますか？」

「少くとも、殺人計画を話しているんだよ。普通なら、もっと、こそこそとするものじゃないだろうか？」

と、十津川はいった。

5

「それに、笠原の秘書と聾《ろう》学校教師の二人が、三人の学生の会話を、唇を読むことで、ほとんど、違《たが》わずに、再現して見せたことも、私には、不思議でならないんだよ」

と、十津川はいった。

「それは、読唇術《どくしんじゅつ》の二人が、優秀だったということにはなりませんか？」

亀井がいう。

「それもあるが、やはり、三人の喋《しゃべ》り方にあるんじゃないかと思うんだよ」

「三人は、あの部屋に監視カメラがあるのを、知らなかったんじゃありませんか？　だから、平気で、カメラに映ってしまっていたんだと思いますが」

「かも知れないが、三人の学生の口元は、読み易《やす》かったといっていただろう。つまり、大きく口を開けて、喋っていたということになる。内緒話をしていたという感じがないんだがね」

「三人の学生は、自分たちを、正義の士と思っているわけでしょう。挑戦的です。だから、自分たちの会話を聞かれても構わないくらいのつもりで、話してたんじゃありませんかね」

と、亀井はいった。

「まあ、そんな風に考えるより仕方がないのかな」

「まだ、納得できませんか？」

「ああ。ただ、理由が、わからないので、困っているんだ」

と、十津川はいった。

彼自身、自分の疑問に、自信が、持てないのである。

疑問を持たなくてもいいことに、悩んでいるのかも知れないとも思うのだ。

現に、神奈川県警の土井警部は、全く、そんな疑問は、持っていないと、いっていた。

「とにかく、三人の学生の会話がわかったんですから、状況証拠としては、大いに、価値があると、思っていますよ」

と、土井は、嬉《うれ》しそうだった。

もう一つ、県警が、注目したのは、松山市の例の三句である。

土井も、十津川と同じように、この三句は、あの学生三人が作り、投稿したものだと考え、これも、状況証拠の一つにしようとしていた。

筆跡鑑定の結果、思った通り、筆跡は、合致した。

小　町——向井朝香
赤　鬼——大石翔

青二才――安岡麻美

この三人である。

土井は、この結果に、大いに満足した。

そして、神奈川県警は、三人の学生を、殺人容疑で、送検することに決めた。

この決定は、もちろん、警視庁の十津川にも、知らされた。


「地検も同意してくれました。これなら、検事も、公判で勝てると、見ています」

と、捜査本部で土井はいった。

「三人は、どうしています?」

と、十津川はきいてみた。

「ふてくされていますよ。自分たちは、起訴はされないと、タカを、くくっていたんじゃありませんかね。あわてて、弁護士に、連絡していますよ」

「どんな弁護士を、連中は、頼んでいるんですか?」

「同じ大学の先輩の水本という弁護士です」

「水本ですか?」

「三十七歳の若い弁護士です。さっき会いました」

「感じはどうでした？」

「若いから、やたらに張り切っている感じでしたね。私が、被告人だったら、あんな若造には、依頼しませんがね。殺人容疑なんだから」

と、土井はいった。

「何か、聞いていると、あの三人に、同情しているみたいな感じがしますね」

十津川は、つい、そんないい方をしてしまった。

それほど、土井の言葉は、自信にあふれていて、三人の学生に、むしろ同情しているような感じを受けたからである。

「そう聞こえましたか」

「聞こえましたが」

「実は、ここに来て、あの三人に同情しているんですよ」

と、土井はいった。続けて、

「送検の手続をしてから、考えているんです。あのパーティで、山下保子が狙《ねら》われ、間違って関根助教授が、死にました。使われたのは、青酸カリです。この事実は、誰にも、消せません」

「その通りで、亀井刑事と、北条早苗刑事が目撃しています」

と、十津川はいった。

「公判では、その二人に検事側の証人になって貰うことになると、思います」

　土井がいう。

「喜んで、協力させて頂きますよ」

「そして、あの会場の中に、真犯人がいることも間違いないんです。青酸カリが、ひとりでに飛んできて、山下保子の飲もうとしたシャンパンの中に、入る筈《はず》がないんですから」

「なるほど」

「検事も、われわれの作った調書を見て、三人の被告以外に、犯人がいないことは、明らかだといっていますよ」

「そうですか」

「これで、事件は、実質的に、私の手を離れてしまったわけですが、そうなると、おかしなもので、あの三人に対して、同情の念が、わいて来たのです」

「どんな風にですか？」

「去年の十月に、松山市内で、あの三人は、俳句を投稿しているわけです。十津川さんがいわれた通り、その時から、自分たちの尊敬する山下教授が、事故死ではなく、殺されたのだという激しい思い込みがあったのが、わかります」

「それが、先日のパーティまで続いていたということですね」

「そうですよ。若さゆえの思い込みは、悲劇ですが、同情せざるを得ない面もあると、思うようになっています。自分の二十代の時のことを考えても、今から見ると、滑稽《こっけい》なほど、ひとりで、思い込んで、突っ走ったりじていましたからね」

「土井さんにも、そんな時があったんですか」

「ええ。十津川さんにだって、あったんじゃありませんか？」

と、土井がきく。

「そうですね。今になると、冷汗が出るようなこともありますよ」

十津川が、苦笑しながら、答える。

「私は、三人が、刑務所に入って、しばらくしたら、きっと、自分たちが、どんなに間違っていたか、どんなに間違った思い込みをしていたか、気付くのではないかと思っているんです。少し遅かったんですがね」

と、土井はいった。

「なるほど」

「ところで、三人に狙われた山下保子と、もう一人の笠原は、今、どうしていますか？」

と、土井がきいた。

「笠原は、旅行中です。山下保子は、昨日まで、自宅にいましたが、今日は、留守です」

と、十津川はいった。

「それは、どういうことですか？」

「二人は、多分、今夜あたり、旅行先で一緒になると思っています」

6

「それは、どういうことですか？」

　もう一度、土井がきく。

「以前、笠原と山下保子が、お忍びで、東北の温泉に行ったところを写真に撮られ、そのネガを、二百万円で、笠原が買ったという噂《うわさ》があるんですよ」

「いつのことです？」

「山下俊吾が死んで、一ヶ月後くらいだそうです」

「そりゃあ、ひどいな」

　と、土井の声が、大きくなった。

「この話は、事実かどうかわかりませんが、噂が出るということは、何か、それらしいことがあったのではないかと思うのです」

「そうでしょう。そのことが、あの三人の学生を、刺戟《しげき》したのかも知れませんね」

　と、土井はいった。

「私も、そう思っています。若者というのは、純粋ですからね。これでは、あまりにも死んだ山下教授が可哀《かわい》そうだと思い、保子と笠原を、憎むようになったのではないかと思いますね」

「これで、三人の動機の裏付けが、また一つ見つかりましたよ。それにしても、男と女の仲というのは、わかりませんね。笠原と保子がね」

「私は、こう思っているんですよ」

と、十津川は、慎重に、自分の考えを伝えた。

「保子にとって、夫の山下は、S大の教授で、俳句も作る教養人で、他人眼《はため》には、申し分のない夫だった。だが、そのことに、彼女は、不満だったんじゃありませんかね。あまりにも申し分ないというのは、退屈でもありますからね」

「その点笠原の方は、仕事上やり手で、名誉だって、金で手にしています。押しの強い男で、夫の山下とは、正反対の人間だった。そこに、魅《ひ》かれていったということですか？」

と、土井がきく。

「そうじゃないかと思っているんですが」

「わかります。それで、今回、また、二人は、何処《どこ》かの温泉地で、会っているんですかね」

「私は、そう見ています」

「それにしても、呑気《のんき》というか、図々《ずうずう》しいというか、驚きましたね。自分たちが、関係した殺人事件の裁判がこれから始まろうとしている時に」

と、土井はいった。

「今だからこそ、安心して、デイトを楽しんでいるんじゃありませんかね」

十津川が、いった。

「今だからこそですか」

「二人は、自分たちが、狙われているのを知っていました。特に、笠原がね」

「そうでしょうね。あの三人の句は、二人を殺すことを匂《にお》わせているし、句の選を、笠原がしていたわけですからね」

「しかし、笠原も、保子も、その三人が、誰なのか、わからなかったと思います。それが、不安になっていた。今、犯人三人が、誰かわかって、逮捕されていますからね。世間体さえ気にしなければ、今は、安心して、二人で、温泉旅行を楽しめるわけです」

と、十津川はいった。

「つまり、二人が勝ち、三人が負けたということですか？」

土井がきく。

「そうなりますね。まあ、若い三人に比べて、笠原の方が、タヌキだったということかも知れません」

「ひょっとすると、笠原と保子は、三人をあぶり出すために、あのパーティを、開いたのかも知れませんね」

「その可能性は、大いにありますよ」

と、十津川はいった。

翌日、笠原と、山下保子の二人を、南紀白浜で見かけたという噂が、十津川の耳に聞こえてきた。

それを教えてくれたのは中央新聞の田口だった。

新聞社傍の喫茶店で、会うと、田口は、

「うちの白浜支局が、知らせてきたんだ。笠原が、年不相応の派手な恰好《かっこう》で、女と一緒に、白浜の観光地を歩いていたというんだ。女は、多分、山下保子だといっている」

と、笑いながらいった。

「二人だということは、間違いないのか？」

「あのパーティ以来、二人とも、ちょっとした有名人だからね。まず、見間違えることはないと思うよ」

「君のところの新聞で、記事にするのか？」

と、十津川はきいた。

「いや、新聞は、そうしたプライバシイは、のせないよ。事件に関係がない限りはね」

と、田口は、いってから、

「女性週刊誌のNにのるかも知れないぞ」

「どうしてだ？」

「うちの支局の話だと、Nの記者の姿を、白浜で見かけたというんだよ。その記者は、もと、中央新聞にいた人間でね。噂をきいて、笠原と保子の二人を、尾行しているんだと思う。二人とも、今が旬《しゅん》のターゲットだからね」

　と、田口は笑った。

「そのことに、笠原と保子の方は、気付いているのかね？」

　十津川は、ぶぜんとしてきいた。

「どうかな。二人とも、ルンルン気分に見えたから、東京では用心していたかも知れないが、白浜へ来てからは、全く、不用心だったんじゃないかね」

　といった。

　田口の話は、現実となって、あらわれた。

　女性週刊誌Nが、二人の記事を、大きくのせたのだ。

〈裁判横目に、二人は、ルンルン気分！〉

〈もう、夫のことは忘れましたと、山下保子さん〉

〈笠原氏曰《いわ》く「私は恋の勝者でもありたい」〉

そんな言葉が、並んでいた。

しかも、二人が、手をつないで、白浜の海岸を歩いている姿が、バッチリ写真に撮られているのだ。

あまりにも、不用心だった。だから、十津川は、逆のことを考え、それを、亀井に、いった。

「そんな写真を撮られるのを、むしろ、期待していたんじゃないのかね」

「笠原がですか？」

「ああ。恋の勝者でありたいと、いってるくらいだからね」

と、十津川はいった。

「保子の方だって、満更じゃないみたいですね。いやなら、手をつないだりはしないでしょうから」

亀井が、眉《まゆ》をひそめていう。

「カメさんは、腹が立っているみたいだな」

「ええ。腹を立ててますよ。今回のことで、去年の四月に亡《な》くなった山下教授のことを調べましたが、調べれば、調べるほど、立派な人だということがわかってきました。教授としても立派だし、学生にもしたわれていた。それだけに、笠原と保子の二人に腹が立つんですよ。あまりにも、これでは、死んだ山下教授が、可哀そうですよ」

　と、亀井はいった。

「まあ、そうだがね」

「違いますか？」

「立派な人、必ずしも、いい夫とは限らない。立派すぎて、保子にとっては、固苦しすぎたのかも知れないからね」

「いつもの警部らしくありませんね」

　亀井は、不満気に、いった。

「もちろん、私だって、この記事には、腹が立った。ただ、私は、山下保子に会っている。入院している時にね」

「私も、会っています」

「あの時は、可愛《かわい》らしい女性に見えたんだよ。あんな女性が、夫を裏切るようなことをするのは、よほどのことだ。だから、ひょっとして、他人《ひと》にはいえない不満が、夫の山下にあったんじゃないかと思ってね」

　と、十津川はいった。

「それは、同情のしすぎだと思いますよ」

「そうかな」

「第一、あの入院そのものが、彼女の芝居だと、私は、思っています」

「芝居か」

「あの頃、保子と、笠原の二人は、自分たちを狙《ねら》う人間が誰なのか、必死で、探していたんだと思います。そこで、保子は、自分が、狙われたという芝居をして、入院したんです。それを警察が調べてくれれば、自分たちを狙う三人の若者が、あぶり出されてくるんじゃないかと、期待したんだと思いますよ。そんな時なら、精一杯、可愛い女を演じますよ」

と、亀井はいった。

「なるほどね。芝居だったとすると、笠原も、それを知っていたと考えられるな」

「二人の合作芝居かも知れませんよ」

と、亀井は手厳しかった。

女性週刊誌のNが取りあげた二人を、テレビのワイドショーも、追いかけた。

それも、山下保子の方を主として狙うのは、いかにも、ワイドショーらしかった。

白浜のホテルのロビーでつかまった保子は、リポーターの質問に、次のように答えていた。

――今、幸せですか？

「ええ、皆さんに追いかけられなければ、なおさら、ハッピーなんですけど」

――今、警察に捕まった三人の学生のことを、どう思われますか？　あなたの命を狙ったといわれているんですが。

「もし、それが本当だとしても、三人を、恨む気持はありません。若い時の、間違った思い込みというのは、よくあることですから」

――もし、証人として呼ばれたら、公判に出られますか？

「はい、出るつもりです」

第八章　公　判

1

三人に関する裁判は、事件の二ヶ月後の六月二十日から始まった。

検事は、ベテランで、弁護士は、若い水本である。

十津川たちも、この公判は、注目した。

あの事件の捜査に当った当事者だし、亀井と、北条早苗の二人は、検察側証人として、呼ばれることになっていたからである。

「どうしても、あの三人に同情したくなりますね」

と、亀井は、十津川に、いった。

「その気持はわかるが、証人として呼ばれたら、冷静に、正確に、証言してくれ」

と、十津川はいった。

中央新聞の田口が、会いたいと、いってきた。

新宿駅ビル内の喫茶店で会った。

「例の事件のことで、意見をいえといわれたら、ノーだよ。私は、当事者だからね」

と、十津川は、まず、釘《くぎ》をさした。

「裁判についての意見は、聞かないよ。おれが知りたいのは、庄《しょう》司《じ》弘《ひろし》という男のことなんだ」

「庄司？」

と、いってから、

「ああ、笠原の秘書のことか」

「秘書兼用心棒だ」

田口は、吐き捨てるように、いった。

「何を怒ってるんだ？」

「昨日、カメラマンを連れて、笠原に、インタビューをしに行ったんだ。今回の事件についての当事者の一人として感想を聞こうと思ってね。カメラマンが、カメラを構えた瞬間、あの秘書が、いきなり、カメラマンの手をはたいたんだ。カメラは、吹っ飛ぶし、叩《たた》かれた手首が、はれてしまってね」

「なぜ、秘書は、そんなことをしたんだ？」

「社長は、写真を撮られるのが、嫌いだからだといっていた」

「肝心の笠原は、どういってるんだ？」

「ニヤニヤ笑って、おれには、申しわけない、この男は、私のことを心配してやったことなので、許してやって欲しいといっていたな。こわれたカメラの代金は払ってくれたが、カメラマンは、怒っているよ」

「そりゃあ、そうだろう」

「ところで、秘書に殴られたカメラマンの手首だが、骨折してしまっているんだ」

「骨折？」

「あの秘書は、明らかに、カラテをやってるね。それもかなりの腕だ」

「そういえば、庄司弘のことを調べたことがあるんだ。読唇術《どくしんじゅつ》の出来る秘書ということでね。調べていくと、庄司は、N大の空手部に所属していて、全国大会にも出ていることがわかった。カラテ三段だ。N大を卒業後、ボクサーになって、八回戦までいっている。親戚《しんせき》に、聾者《ろうしゃ》の姪《めい》がいたので、読唇術を習って、彼女の相手をしていた」

「いい奴《やつ》じゃないか」

「ああ。だが、金のために、笠原の用心棒になった」

「金のためって？」

「ボクサーをやめたあと、彼は、飲食店を始めたが、うまくいかず、五百万の借金が出来てしまった。仕方なく、店の中のテーブル、椅子《いす》、調理器材などを、売り払うことにした。

それを買い取ったのが、サラ金のほかに笠原が経営しているリサイクルショップだったんだ。その買い取り値段があまりにも安かったので、庄司は、社長の笠原に会いに行って、もっと高く引き取ってくれと頼んだ。丁度、その時、笠原は、用心棒を探していた」

「そんな関係なのか」

「ああ。その時から、庄司は、笠原の用心棒になった」

「なるほどね」

「笠原は、彼の五百万円の借金を払ってくれた上に、高給で、秘書として傭《やと》ってくれた。その上、彼にとって、笠原は、理想の実業家だったんだな。それで、すっかり、笠原に参ってしまい、笠原のためなら、何でもするくらい傾倒するようになったんだ」

「そうだろう。殴られたカメラマンも、あの男は笠原を守るためなら、人殺しでも平気でするんじゃないかといっていた。そんな気迫を感じたそうだ」

「と、すると、笠原を狙《ねら》うのは、命がけだな」

と、十津川はいった。

「いつも、彼は、影みたいに、笠原の傍にいるんじゃないのかね」

田口が、いう。

十津川は、保子と、東北の温泉を楽しんでいたという笠原のことを考えた。

この温泉旅行の時も、庄司は、一緒だったのだろうか。

「あの男は、どのくらい強いんだ？」

と、田口がきいた。

「私は、彼の属しているカラテのM会に行って、聞いてみたことがある。その時の話だと、相手が素人《しろうと》なら、十人が、一斉にかかっていっても、庄司に叩き伏せられてしまうだろうということだった」

「そのくらいの強さか」

「そうらしい」

「うちのカメラマンも、怒りに委《まか》せて、飛びかかっていかなくて、よかったな」

と、田口は笑った。

翌日、十津川は亀井を連れて、笠原に会いに出かけた。

彼のサラ金の社長室だった。

やはり、秘書の庄司が、べったりと、笠原の傍にいた。

社長室で、十津川たちが、笠原と会っている時、庄司は、隣りの部屋に控えていた。

(忠実な番犬だな)

と、十津川は思った。

「もう事件は、裁判に移ってしまいましたよ。それでも、何か、聞きたいことがあるんですか？」

と、笠原はきいた。

十津川は、笑って、

「もう、何もお聞きすることは、ありませんよ。ただ、笠原さんが、その後、どうされているかと思いましてね」

と、いった。

笠原も、笑った。

「ごらんの通り、元気ですよ」

「あの三人の学生が、逮捕され、起訴されて、笠原さんも、一安心でしょうね？」

亀井が、いった。

「ああ、あの三人のことですか。これは、新聞記者にもいったんですが、可哀《かわい》そうな若者だと思っていますよ。思い込みの悲劇ですね。私と、保子さんが、山下クンを殺したものと思い込んで、まず、彼女を毒殺しようとしたんですからね。本当に、可哀そうだと思っているんですよ」

と、笠原はいった。

「しかし、あの三人が、松山市で、あなたと、保子さんを殺すといった俳句を作って、投稿した時、びっくりされたでしょうね」

十津川が、いった。

「松山市の俳句というのは、何のことです？」

「笠原さんが、選者の一人になっていた松山市の俳句のことですよ。あの三人が、去年の十月に、それぞれ、東京の小町、赤鬼、青二才といった俳号を使って、山下教授の復讐《ふくしゅう》を匂《にお》わせる句を作って、投稿した。あなたが、選者になっているのを知っていて、挑発したんですよ。松山市長は心配になって、丁度、投稿していた亀井刑事に相談したんです。当然、あなたも、この三句を見て、びっくりした筈《はず》です」

　十津川が、いうと、笠原は、

「今いったように、誤解だと思っていましたから、それほど、びっくりもしませんでしたよ」

　と、いった。

「それは、違うでしょう？　今年の一月に、その三つの句が、わかると、あなたは急に、腕の立つ用心棒を探し始めている。そして、庄司弘というカラテと、ボクシングの腕の立つ青年を傭ったんだ。五百万円の借金も代りに払ってやってね」

「それは、少し違いますよ。庄司は、彼の方から、助けてくれといってきたので、秘書にしただけのことですよ。それも、カラテの腕ではなく、秘書としての頭の回転の早さを買ったんです」

　と、笠原はいった。

2

「しかし、それまで、T大出の優秀な秘書がいたんじゃなかったですか。それを馘《くび》にして、庄司を秘書にしたんじゃなかったんですか」

十津川は、意地悪く、追及した。

「あのT大出の秘書は、他の仕事をやりたいというので、残念だったが、希望どおりにさせてやっただけですよ。今の庄司クンは、その直後に採用しただけのことです」

と、笠原はいった。

「それにしても、庄司という人は、カラテ三段、ボクシングもやっていたことがあるというから、安心でしょう」

十津川は、笑いながら、いった。

笠原は、それを、皮肉と受け取ったのか、きっとした顔になって、

「彼は、秘書としての才能があるので、傭ったんで、カラテがどうのというのとは、関係ありませんよ」

「実は、私の友人が、新聞記者でしてね。あなたに取材に行ったら、秘書の人に、カメラマンがいきなり腕を叩かれて、カメラはこわすし、手首は、骨折したしで、ひどい目にあったといっていましたが」

十津川がいうと、笠原は、小さく手を振って、

「あれは、本当に、申しわけなかったと思っています。まあ、秘書が、私のことを考えすぎて、つい手を出してしまったということで、許してやって下さい」

と、いった。

「秘書の人と話させてくれませんか」

十津川が、いった。

「まさか、逮捕するんじゃないでしょうね？」

笠原の顔色が、変った。

「被害者のカメラマンが、告訴していないし、逮捕するということは、ありません。ただ、カメラマンを殴った時の精神状態を知りたいだけです」

と、十津川はいった。

別室で、秘書と、合わせて貰《もら》った。

十津川は、田口記者のことを口にして、なぜ、カメラマンを殴ったかを聞いてみた。

「君が、そんな怒りやすい人間には、見えないんだよ。むしろ冷静な人間に見えるんだ。そこが、どうにも不思議でね」

と、十津川はいった。

「困りましたね」

と、庄司は、苦笑してから、

「ボクは、すぐ、キレるような人間じゃありません。それにカラテを修行したボクの手は凶器ですから、人を殴ることは出来ないと思っています。ただ、ボクは、笠原社長には、恩義があります。事業に失敗して、絶望的になっているときに助けて頂きました。その笠原社長が、ボクに、いったんですよ。自分は、誤解から、命を狙われている。だから、いつも傍にいて、守って欲しいと。先日も、新聞記者さんが、カメラマンを連れて、見えたんですが、ボクとしては、ひょっとして、相手が、記者を装《よそお》って、社長を襲うのではないかと、心配したんです。そんな気持でいるところへ、カメラマンが、いきなりカメラを突き出してきたので、つい反射的に、カメラマンの手をはたいてしまったんです。本当に、申しわけないことをしたと思っています」

「笠原さんの秘書になったのは、いつですか？」

と、十津川はきいた。

「今年の二月からです」

と、庄司はいった。

時期的には、ぴったり合うと、思った。今年の一月に、松山市の投稿句のことが問題になり、笠原は、保子と共に、自分が、狙われているのを知ったと思われる。

その直後に、用心棒兼秘書として、庄司を傭ったのだ。

「プライベイトの時も、笠原社長の身辺警護をしているんですか？」

と、亀井がきいた。

「もちろんです。それが、ボクの仕事ですから」

「ざっくばらんなことを聞きますが、笠原社長が、女性と二人で、温泉旅行に出かけた時も、あなたは、ついて行ってるんですか？」

亀井が、続けて、きく。

「そうしています。なるべく、邪魔にならないようにはしていますが、そうした温泉旅行の時ほど、狙われやすいものですから」

と、庄司はいった。

「いつまで、笠原社長のガードを続けるつもりなんですか？」

と、十津川はきいた。

「それは、笠原社長が、もういいといわれるまで、しっかりと、ガードさせて頂くつもりでいます」

庄司は、きっぱりと、いった。

「しかし、例のパーティで、S大の学生三人が逮捕され、起訴されましたね。あの三人は、明らかに、笠原さんと、山下保子を狙っていたと思われるんです。そのことを、彼等は、隠していませんからね。これで、笠原さんも、ほっとしたんじゃありませんか？」

と、十津川はきいた。

庄司は、肯《うなず》いて、

「ええ。あのパーティは、ボクが、笠原社長に勧めて、やって貰ったんです。それまで、社長を狙っている人間の正体がつかめませんでしたからね。それで、ボクは、犯人をあぶり出したらどうですかと、進言したんです」

と、いった。

少し得意気でもあった。

「あの監視カメラも、あなたのアイデアですか？」

「そうです。ボクの読唇術の力が、生かせると思ったんです。その考えも、社長は、採用してくれました」

「それが、成功したんだ」

「そうです」

「それで、三人の犯人を、あぶり出すことに成功したわけだが、それでもなお、笠原さんが、まだ、用心深くしているのは、なぜなんだろう？　何か聞いていませんか？」

十津川が、きいた。

「社長は、用心深い性格なんですよ。それにあの裁判の結果が心配なんじゃありませんか。もし、証拠不十分で、あの三人が釈放されてしまったら、また、怯《おび》えなければなりませんから」

　と、庄司はいった。

「裁判の結果が、心配ですか」

「そうです」

「しかし、あの三人が犯人であることは、まず間違いないと思いますがね」

　と、十津川はいった。

「ボクも、そう思っています。ただ、裁判というのは、わかりませんから」

　と、庄司は、慎重ないい方をしたあとで、

「それでも、笠原社長の様子は、ずいぶん違ってきています。ボクが、採用された頃は、いつも、ピリピリされていたし、ちょっとしたことにも、反応していましたが、あの三人が、逮捕されてからは、ピリピリする部分が少くなりましたし、全《すべ》てに、明るくなりましたよ。ボクにも、ありがとうと、いって下さっています」

「そうでしょうね」

　十津川は、肯き、庄司への質問を、止《や》めた。

（あの三人は、この用心棒の存在をどう見ていたんだろう？）

　と、十津川は思った。

　あの学生三人が、束になってかかっても、この男には、勝てないだろう。

とすると、どうやって、笠原社長と、山下保子を殺せると、考えていたのだろうか？

それで、罠《わな》とわかっているのに、あのパーティに参加し、まず、山下保子のシャンパンに、青酸を入れたのだろうか？

そう考えると、三人にとっても、捨身の攻撃だったことになるのではないのか。

多分、あのパーティで、三人は、保子と、笠原の二人を殺すつもりだったに違いない。

保子は、毒殺するつもりだったとして、笠原の方は、どうやって、殺すつもりだったのだろうか？

3

弁護側は、水本弁護士に加えて、同じような若手を二人、加えた。

二人とも、S大の卒業生である。

名前は、柏木信、女性の森中恵子だった。

検察側も、主任検事の小杉明以下三人が、公判に、当ることになった。

公判一日目。

すでに、梅雨に入っていて、朝から、小雨だった。

それでも、朝から、傍聴券を求めて、多数の人々が、列を作っていた。

この事件が、ワイドショー的な興味を感じさせたことが、その理由といえるだろう。

大学教授の妻の不倫
教え子たちの復讐
パーティでの殺人
監視カメラ

と、大衆の興味を引きそうな条件が、揃《そろ》っていた。

公判で、まず、検察側が、起訴状朗読に入った。

被告席の三人を、ちらりと、見やってから、小杉が強い口調で、朗読する。

「被告人、大石翔、安岡麻美、向井朝香の三人は、去年四月二十日に、奥多摩で事故死した恩師山下俊吾教授は、事故死ではなく、笠原文彦氏と、山下教授夫人の保子氏の二人が、殺したと思い込み、時代がかった復讐を考えたのです。三人は、自分たちの意志を確認し、同時に、笠原氏を脅したが、そのために、松山市が主催する俳句祭に、それぞれ一句ずつ、俳句を投稿しました。この三句が、三人の作った俳句であることは、すでに、筆跡鑑定によって、証明されており、被告人自身も認めています。この三句を見れば、明らかなように、この時、去年の十月から復讐を考え、笠原氏と、山下夫人の二人を殺そうと考えていたことは、明らかです。この俳句祭の審査員の中に、笠原氏が入っていることを考えると、彼を、脅したことも、はっきりしています。

　さて、勝手な思い込みで、笠原氏と、山下保子氏の殺害を考えた被告人たちは、山下教授の一周忌の今年の四月二十日に、それを実行に移しました。その日、笠原文彦氏は、俳句の同人誌ＨＡＫＵＢＡ主催で、同人だった山下教授を偲《しの》ぶパーティを開きました。

　それに便乗して、三人は、復讐計画を、実行に移したのです。三人は、他の三人の学生と一緒にこのパーティを手伝うことになっていました。

　三人の中《うち》の一人、安岡麻美は、このパーティで、参加者に、シャンパンを配る役であることを利用し、山下夫人に配るシャンパンの中に、青酸カリを、入れたのです。

　ところが、このシャンパンを、同パーティに参加していたＳ大の関根浩司助教授が、間違えて、飲んでしまい、死亡しました。

　三人は、山下夫人の死亡で、パーティが、大混乱する、その混乱に乗じて、笠原氏も殺すつもりだったと、考えられます。

　しかし、思ってもみなかった関根助教授の死に、三人は、あわててしまったのです。その上、たまたま、同パーティには、警視庁捜査一課の刑事、亀井定夫と、北条早苗の二人が参加していました。この二人は、刑事として来ていたのではなく、俳句を愛する一人の人間として出席していたのです。

　二人は、事件が起きると同時に、刑事としての立場で、動いたのです。そのため、三人は、混乱に乗じて、笠原氏を殺すチャンスを失ってしまったのです。

もう一つ、三人にとって、不運なことがありました。それは、パーティ会場に、監視カメラがあったことです。そのカメラには三人が会話している様子が映っている。被告の三人が、以上の事柄によって、笠原文彦氏と、山下夫人二人の殺害を計画し、実行に移そうとしたことは、明らかであります。それが、偶然によって、関根助教授の殺害になってしまいましたが、三人の罪は、まぬかれないと、考えます」

このあと、監視カメラのテープが、法廷内で、上映された。

検察側証人として、読唇術《どくしんじゅつ》の専門家が呼ばれ、テープに映っていた三人の被告人の会話を、声に出して、解読した。

その話し方が、単調なだけに、かえって、三人の会話が、生々しく聞こえた。

次に、検察側証人として、亀井が、呼ばれた。

十津川は、傍聴席にいて、亀井の証言を聞いた。

検事の質問と、亀井の証言は、次のようなものだった。

「あなたが、松山市へ行った時のことを話して下さい」

「去年、たまたま、松山市に行ったとき、市が、俳句を募集しているのを知ったのです。私も、俳句に興味を持っていたので、投稿してみました」

「ここに、『子殺しの母にも涙春へんろ』という句がありますが、その時、投稿した句ですか？」

「そうです。お恥しい」

「この時、山下俊吾教授のことを知っていましたか？」

「いや、全く知りませんでした」

「三人の被告によって、復讐《ふくしゅう》計画が進行していることは、どうですか？」

「知りません。第一、三人の被告人のことは、四月二十日の事件の少し前に、知ったわけですから」

「それで、どうなりました？」

「今年になって、私の投稿した俳句が特別賞になったという知らせがあって、びっくりしました。それで、松山市に来るようにといわれて、出かけ、市長さんと秘書の方に会いました」

「それから、どうなりましたか？」

「市長と、秘書の方は、おめでとうといって下さったんですが、そのあと、あなたが、刑事とわかったので、ぜひ、相談にのって貰《もら》いたいことがあるといって、例の三つの俳句を見せられたのです」

「起訴状にある俳句ですね？」

「そうです。この三つの句は、同じ十月に、松山市内で、投稿されたものだが、句は揃って、不気味なものを感じさせる。もし、これが、殺人の予告だったら、大変なので、調べて貰えないかというのです」

「それで、どうしました？」

「私にも、この三句が冗談なのか真剣なのか、単なる脅しなのか、恐しい復讐予告なのか、わかりませんでした。そこで、少人数で、一応、調べてみることになったのです」

「それで、何かわかりましたか？」

「山下というS大の教授が、去年の四月二十日に、奥多摩で事故死していて、山下教授は、俳句好きで、ＨＡＫＵＢＡという句誌の同人に属しており、教え子に六人の俳句好きの学生がいることが、わかりました。更に、山下教授の事故死に対しては、殺人ではないのかという噂《うわさ》があったこと、山下夫人の保子さんの浮気の噂なども耳に入って来ました。しかし、問題の三句の主が誰かは、わかりませんでした」

「四月二十日の山下教授を偲ぶ会に、参加しましたね？」

「はい」

「なぜ、参加したんですか？」

「さきほど、検事さんは、私が、刑事としてではなく、俳句好きの人間として参加したといわれましたが、半分は本当ですが、半分は違います」

「それを説明して下さい」

「四月二十日に、山下教授を偲ぶ会が、箱根の笠原氏の別荘で、開かれると聞いて、半分は、確かに、俳句好きのためでしたが、あとの半分は、何か起きるのではないかという刑事としての関心です」

「パーティが、始まってから、関根助教授が、倒れるところを、目撃されたわけですね？」

「その通りです」

「その時のことを、詳しく話してくれませんか」

「乾杯ということになって、全員に、シャンパンやビールが、配られました」

「それを配ったのは、誰ですか？」

「被告人三人を含む、S大学の学生六人です」

「そのうちシャンパンを配ったのは、誰ですか？」

「被告席にいる安岡麻美クンと向井朝香クンです」

「彼女たちが、シャンパングラスに、シャンパンを注いで廻ったのですか？」

「違います。すでに、シャンパンが注がれているグラスを、配って廻ったのです」

「それから、何が、起きましたか？」

「隣りのテーブル付近で、突然、『あッ、それは――』という女性の声が、聞こえました。続いて、『それ、私の――』ともいっていました。次の瞬間、同じくそのテーブルの周囲にいた関根助教授が、倒れるのが、見えました。何が起きたかわからないままに、私は、関根助教授を抱き起こしました。苦悶《くもん》の表情で、身体《からだ》が、小きざみに、けいれんしていました」

「それから、どうしたのですか？」

「とにかく、救急車を、呼ぶようにいいました」

「なぜ、そんなことになったのか、わかりましたか？」

「関根助教授が、毒物を飲んだらしいことは、わかりました。救急車が来て、捜査が始まったのです」

4

続いて、十津川が、検察側の証人として呼ばれた。

「あなたは、あらかじめ、別荘の近くに、部下の刑事たちと待機していたといいますが、なぜ、そんなことになっていたのですか？」

「亀井刑事もいいましたように、このパーティで何か起こるのではないかという不安があったので、いつでも、駆《か》けつけられるように、別荘の近くに、待機していたのです。もちろん、何も起きないことも考えられるので、別荘のオーナーの笠原氏にも、神奈川県警にも、連絡しませんでした」

「亀井刑事の連絡を受けて、別荘に駈けつけたんですね？」

「その通りです」

「それから、どうしました？」

「殺人か、自殺かはわかりませんでしたが、とにかく、人が死んだことは、間違いありません。救急車が来ましたが、救急隊員は、首を横にふっていましたから、毒物死、それも、青酸死だろうと思いました。そこで、すぐ神奈川県警に連絡を取り、パーティの参加者から、話を聞きました」

「その時、一番マークしたのは、誰ですか？」

「山下保子さんです」

「それは、なぜですか？」

「亀井刑事の話で、関根助教授が飲んだシャンパンは、実は、山下保子さんが飲む筈《はず》だったと、聞いたからです」

「それで、山下保子から、何を聞いたのですか？」

「第一に聞いたのは、毒の入っていたと思われるシャンパングラスのことです。そのグラスは、本来、山下保子さんに配られたものではなかったのかということでした。それに対して、彼女は、こう答えました。配られたシャンパンを、すぐには口をつけず、同じテーブルの人と、話をしていた。その時、隣りにいた関根助教授が、間違えて、彼女のシャンパングラスに、手を伸ばしていたんだそうです。それで、あわてて、そのグラスは私のですといったんだが、その時は、もう、関根助教授が、グラスを口に運んでいて、次の瞬間、呻《うめ》き声をあげて、床に転倒してしまったそうです」

「そのまま、亡《な》くなったということですね？」

「そうです」

「その後、すぐに、山下保子さんに、シャンパンを配ったのは誰かと確認したところ、安岡麻美が、手を挙げました」

「もし、これが、殺人事件だとすると、本当に狙《ねら》われたのは、山下保子さんということになりませんか？」

「私は、そう思いました」

「ありがとうございました」

次に、神奈川県警の土井警部が、証人席に立った。

「あなたが、現場に着いて、すぐやったことを話して下さい」

「先に着いていた警視庁の十津川警部や、主催者で、別荘の持主の笠原氏などから話を聞いて、何が起きたかを、把握することでした」

「それで、何がわかりましたか？」

「被告人の安岡麻美が配ったシャンパンを飲んで、参加者の一人が、死んだことは、間違いないとわかりましたが、安岡麻美自身は、シャンパンに、青酸を入れたことを否定していました」

「それで、どうしたんですか？」

「証拠なしに、安岡麻美を逮捕は出来ません。困っている時、オーナーの笠原氏が撮影した、監視カメラのことを、十津川警部から知らされたのです。そこで、パーティの様子を撮ったテープを見てみました。特に、安岡麻美が、映っているシーンをです」

「それで、何が、わかりましたか？」

「興味があったのは、安岡麻美を含めた被告人三人が、かたまって、何か喋《しゃべ》っているシーンでした。ただ、このテープには、音が、入っていなかったので、三人が、何を喋っているのかわかりませんでした。これでは、何の証拠にもならないと落胆したんですが、笠原氏の秘書が、読唇術に秀《ひい》でていることを十津川警部が教えてくれたので三人の被告人の会話を、読んで貰いました」

「それで、三人を逮捕するきっかけが、つかめたわけですね」

「すでに、この法廷で、明らかにされた通りの会話を、三人の被告人が、交わしていることがわかったのです。ただ、笠原氏の秘書一人だけの読唇術では、証拠として不十分なので、読唇術の専門家にテープの鑑定を頼みました。その結果、全く同じ会話だと、確認されたので、改めて、事情聴取をしていた、三人の被告人を、逮捕しました」

「被告人三人の会話によって、何がわかりましたか？」

「三人が、去年四月の山下教授の事故死について、強い偏見を持っていることがわかります。あれは、殺人であって、犯人は、山下夫人と、笠原氏の二人である。二人は、不倫をしており、邪魔になった夫、山下教授を、事故死に見せかけて殺したのだと、かたくなに信じているのです。そして、自分たちで、仇《かたき》を討ってやろうと決めていたわけです。特に、安岡麻美は、用意してきた青酸を、山下夫人のシャンパンに入れて飲ましてやるつもりだと広言しています」

この時、初めて、水本弁護士が反対尋問《じんもん》に立った。それまで、全く、反対尋問をして来なかったのである。県警の土井警部に対して、

「テープの中で、安岡被告は、用意して来たものがある。それを、シャンパンに混ぜて、山下保子に飲ましてやろうかと思っている。と、いっているのであって、青酸カリを、用意して来て、それを、山下保子のシャンパンに混ぜるとは、一言もいっていないのではありませんか？」

「しかし、山下夫人のシャンパンに入っていたのは、青酸カリだったのです。そのことと、安岡被告人の言葉を、重ね会わせて考えれば、シャンパンに混ぜたものが、青酸カリであ

ることは、間違いないのです」

「裁判長」

「何ですか？」

「これは、殺人事件の裁判であって、被告人には、殺人容疑が、かけられているのです。一つの証言が、被告人の運命を左右してしまうのです。ですから、証人には、事実だけをいい、推測で物をいわないように注意して頂きたいのです」

「証言は、事実だけを答えるように」

「わかりました」

「では、弁護人は、質問を続けて下さい」

「証人に、もう一度、伺います。テープでわかった会話で、安岡被告は、正確に、何と、いっていたのですか？」

「私は、シャクに障《さわ》るから、このパーティに、用意して来たものがある。それをシャンパンに混ぜて、山下保子に飲ませてやろうかと思っている。きっと面白いことになる。そういったのです」

「青酸カリを用意して来て、それを、シャンパンに混ぜて飲ませるとは、一言もいっていないのですね？」

「それは、いっていませんが、しかし――」

「それで、結構です」

5

十津川の眼には、公判は、検察側が、有利に展開しているように見えた。

身びいきではなく、すでに、三人の被告人の有罪は、決っているように思えるのだ。

二回目には、山下保子が、検察側の証人として、出廷し、注目を浴びた。

保子は、忠告されたのか、地味な服装をしていた。化粧も控え目だった。

検事が、質問する。

「パーティの日、あなたが飲む筈のシャンパンを運んできたのは、誰ですか？」

「安岡麻美さんです」

と、保子が答える。

「間違いありませんね？」

「間違いありません」

「関根助教授は、間違えて、あなたが飲む筈だったシャンパンを飲んで、死んだんですね？」

「そうです」

「安岡麻美に、命を狙われることに、心当りは、ありますか？」

「多分、彼女と、あと二人の被告人は、私が、笠原さんと不倫をしていて、そのために、夫の山下が邪魔になって、事故死に見せかけて殺したと思い込んでいるんでしょう。それで、パーティの日、私に、青酸入りのシャンパンを飲ませようとしたんだと思います」

「あなたは、夫の山下さんの存命中、笠原さんと、不倫をしたんですか？」

「とんでもありません。私は、そんな女じゃありません」

「あなたが、強盗と思われる人間に、深夜、自宅で殴られて負傷し、入院したことがありましたね？」

「はい」

「犯人の顔は、見ましたか？」

「いえ。見ていません」

「入院中に、あなたは、この本を贈られましたね？」

検事は、山下が若い時に書いた句集を示して、きいた。

「はい。そうです」

「この句集は、どんな本ですか？」

「後から知りましたが、夫の山下が、十代の時に出版した句集です」

「それを知った時、どう思いました？」

「私は、俳句に関心がありませんから、誰かが、皮肉のつもりで、贈ったのだろうと思いました」

「贈り主は想像がつきますか？」

「わかりませんが、この句集を持っている人は、限られていると思います」

「この句集には、カードが添えられていましたね？」

「え？」

「これが、そのカードですか？」

「わかりません」

「裁判長。このカードを証拠品として、提出致します」

「証人に伺いますが、このカードには、下手な芝居をするなとありますが、これは、どういうことか、わかりますか？」

「想像はつきます」

「それを話して下さい」

「今もいいましたように、私が、不倫をし、夫を殺したと思い込んでいる人たちがいるのです。その人たちは、私が、強盗に襲われて入院したのも、自分を被害者に見せかける芝居に見えたんだと思います」

「芝居ですか？」

「いいえ。実際に襲われました」

「あなたにしてみたら、全《すべ》て、今いった人たちによる嫌がらせに思えるんでしょうね？」

「はい」

「嫌がらせの電話もあったとか聞きましたが、事実ですか？」

「無言電話は、やたらにありました。ひどい時は、一日に、二百回近くでした」

「四月二十日のパーティのあとも、無言電話は続いていますか？」

「いいえ。全くありません」

「全く、無くなったんですね？」

「そうです。ほっとしています」

　代って、水本弁護士が、反対尋問に入った。

「去年の四月二十日に、ご主人が、奥多摩で亡くなった日、あなたは、何処《どこ》におられましたか？」

　と、水本弁護士がきき、保子が答える。

「自宅にいました」

「それを証明できますか？」

「いたんです」

「しかし、証明はできない？」

「ええ。でも――」

「ご主人との仲はどうでしたか？」

「主人は、私を愛してくれていましたし、私も、主人を愛していました」

「それなのに、不倫の噂《うわさ》があるのは、なぜでしょう？」

「わかりません。そうとしかいえません」

「笠原文彦さんとの関係がいわれていますが、なぜ、笠原さんの名前が、出ると思いますか？」

「笠原さんは、主人のお友だちで、俳句の同人として一緒に、同人誌ＨＡＫＵＢＡをやっていらっしゃいます。それで、しばしば、私たちの自宅にお見えになっていたからじゃありませんか」

「被告人三人は、あなたと、笠原さんの間に不倫があったといっていますが、不倫関係はあったんですか？」

「とんでもありません」

「では、全て、根も葉もないことだというのですね？」

「はい」

「ご主人が亡くなったあと、笠原さんと関係が出来たということは、ありませんか？」

「ございません」

「しかし、最近、笠原さんと、よく、旅行に行ってらっしゃいますね。東北の温泉にも、和歌山の南紀白浜にも。これは、事実じゃありませんか？」

「――」

「答えられませんか？」

「私が、気を滅《め》入《い》らせているので、笠原さんが、気晴らしに、温泉旅行に、誘って下さったんです」

「目的は、何であれ、あなたは、一緒に、笠原さんと、旅行に行かれたんですね？」

「はい」

「ご主人が亡くなってから、まだ、一年二ヶ月しかたっていないことは、知っていますよね？」

「はい」

「それなのに、笠原さんと二人だけで、温泉旅行というのは、不謹慎だとは、思わなかったんですか？」

「私と、笠原さんの二人だけじゃありません」

「他に誰が一緒だったんですか？」

「笠原さんの秘書の方が一緒でした」

「では、三人で、旅行にということですか？」

「はい」

「ホテルに泊る時、まさか、同じ部屋に、その秘書の人も一緒だったんじゃないでしょうね？」

「別室です」

「あなたと、笠原さんは、どうなんです？」

「もちろん、別室に泊りました」

「しかし、隣りの部屋だったんじゃありませんか？　どうなんですか？」

「それは、ホテルの方が、勝手に、隣りの部屋にしただけです」

「ホテルが、勝手にね」

「そうです」

「温泉旅行は、本当は、秘書の人が一緒でなくて、笠原さんと二人だけならいいなと、思っていたんじゃありませんか？」

「――」

「どうなんですか？　本当の気持をいってくれませんか」

「異議あり。本件とは無関係な質問です」

と、検事がいった。

「認めます」

「わかりました。次は、笠原文彦さんを、証人として呼びたいと思います」

6

「笠原文彦さんですね？」

「そうです」

「山下保子さんとの関係をいって下さい」

「亡《な》くなった山下クンとは、俳句仲間で、ＨＡＫＵＢＡの同人仲間です」

「私が聞いているのは、山下保子さんとの関係なんですがね？」

「直接の関係はありませんよ。友人の奥さんということだけです」

「しかし、あなたと、山下保子さんは、不倫関係にあったという噂がありますが、それについては、どう思いますか？」

「全く根も葉もないことです」

「被告人の三人は、あなたと、保子さんが、不倫関係にあって、山下教授を殺したのではないかと考えていますが、それについては、どう思いますか？」

「全く心外です。また、思い込みの怖さというのを、つくづく、感じています」

「被告の三人は、ご存知ですね？」

「Ｓ大の学生で、山下クンの教え子だということは、知っていますが、一人一人について、詳しく知っているわけじゃありません」

「山下保子さんとの不倫は、あったんですか？」

「そんなものは、ありませんよ」

「山下さんが、亡くなってからは、どうなんですか？」

「仲良くやっていますよ」

「仲良くというのは、山下保子さんと一緒に、温泉旅行に行くことですか？」

「それは、たまたま、彼女が落ち込んでいたので、気晴らしに温泉に誘っただけのことです」

「では、これから、仲良くするために、温泉旅行の他に、どんなことを考えておられるんですか？」

「別に具体的なことを考えているわけじゃありません。彼女は、いい人だし、いろいろと、誤解を受けているので、守ってあげたいと思っているだけです」

「彼女と、結婚してもいいと考えておられるんですか？」

「そこまでは、考えていませんよ。そんなことは、今日の裁判とは、関係ないでしょう」

「では、もっと、具体的なことをお聞きしましょう。また、彼女と、温泉旅行に行くつもりですか？」

「そうですね。行くかも知れませんね。彼女にも私にも、何のやましいところもありませんから」

「彼女も、それを喜んでいるからですか？」

「それは、わかりません」

「しかし、嫌なら、一緒に旅行にはいかないでしょ？」

「何をいいたいんですか？」

「二人で、温泉旅行に行かれた時、被告人の三人が、捕まって良かった、ほっとしたと話し合っていたんじゃありませんか？」

「異議あり。本件とは無関係な質問です」

と、検事がいった。

「異議を認めます」

「次に、被告の安岡麻美を呼びたいと思います」

と、水本弁護士はいった。

法廷が、一層、緊張する。麻美は、落ち着いた表情で、席に着いた。

「安岡麻美さんは、S大の学生ですね？」

「はい」

「亡くなった山下教授の教え子ですね？」

「そうです」

「山下教授から、俳句も習っていたんですね？」

「そうです」

「去年の四月二十日、山下さんが、奥多摩で事故死したと聞いた時は、どう思いました？」

「信じられませんでした。朝の散歩中に、行方不明になった先生が、なぜ奥多摩で死んでいたのか不思議でした」

「それで、どう考えたんですか？」

「これは、事故死ではなく、何者かに、谷に突き落とされて、殺されたのだと思いました」

「被告席にいる大石翔、向井朝香の友人も、同じ考えだったんですか？」

「そうです」

「その時、具体的に、犯人を考えましたか？」

「考えました」

「誰が、犯人だと思ったんですか？」

「奥さんの保子さんと、笠原文彦さんです」

「なぜ、そう考えたんですか？」

「私たちは、よく、山下先生の自宅に呼ばれていました。だから、自然にわかったんです。奥さんは、不倫をしていて、その相手は、笠原文彦さんだとです。人のいい山下先生は、奥さんと、笠原さんのことを、少しも、疑っていらっしゃらなかった。それで、私たちは心配していました。そうしたら、去年の四月二十日、あんな事件が起きたんです。その時、パッと、閃《ひらめ》きました。ああ、これは、不倫している二人が、邪魔になった山下先生を、事故に見せかけて、殺したんだと」

「なぜ、それを、警察にいわなかったんですか？」

「証拠がないし、警察は、事故死ということに決めてしまったんですから」

「あなたは、他の二人の被告人と、去年の十月に、松山に行きましたね？」

「はい」

「松山市で何をしたか、いって下さい」

「松山は、俳句の町です。高浜虚子などと関係があり、市をあげて、俳句を募集したりしています。それに、笠原文彦さんが、審査員の一人になっているのがわかって、私たちは、自分たちの気持を俳句に託して、応募しようと思ったのです」

「検察側が証拠として提出している三句は、あなたたちが作って、投稿した句ですね？」

「そうです。私たちの作った句です」

「その句に、どんな思いを籠めたんですか？」

「去年四月の山下先生の死は、殺人なんだという思いを籠めました」

「血の匂《にお》いとか、怨念《おんねん》とか、二人が死ぬを見たいとか、穏やかではない言葉が並んでいますが、それは、いつか、笠原文彦さんと、山下保子さんの二人を殺してやるぞという思いを句にしたんですか？」

「違います」

「では、どんな思いを籠めたんですか？」

「この三句を、審査員の笠原文彦さんが見て、山下保子さんと共に、山下先生を殺したことを後悔してくれたらいいと思ったのです。殺すということとは、違います」

「四月二十日のパーティの時のことを聞きます。あなたが、シャンパンを、配ったんですね？」

「はい。それが、役目ですから」

「山下保子さんのシャンパンも、あなたが配ったんですね？」

「はい。そうです」

「その中に、青酸カリを、入れませんでしたか？」

「そんなことはしていません」

「しかし、あなたは、他の二人の被告人との会話の中で、山下保子さんのシャンパンに、面白いものを入れて、びっくりさせてやると、いっていますね。本当に、そういったんですか？」

「いいました」

「しかし、青酸は、入れていないというんですか？」

「はい」

「では、その会話が何なのか、説明して下さい」

「パーティでは、シャンパンを配る担当になっていましたから、奥さんのシャンパンに、何か、びっくりするようなものを混ぜて、おどろかせてやろうと思ったんです」

「なぜ、そんなことを、考えたんですか？」

「私たちは、奥さんと、笠原さんが、共謀して、山下先生を殺したと、思っているからです」

「それで、何を、入れようとしたんですか？」

「目薬です」

「目薬？」

「はい、シャンパンに似た色の目薬です」

「なぜ、目薬を考えたんです？」

「よく、映画なんかにあるじゃないですか、悪い男が、女性に、目薬を入れた酒を飲ませて、正体をなくさせてしまうという話が。私は、奥さんが、そんな風になったら、面白いと、思ったんです」

「それで、実際に、山下保子さんに配るシャンパンに、目薬を入れたんですか？」

「いいえ、入れませんでした」

「どうしてですか？」

「いざとなると、私には、そんなことが出来ないのが、わかりました」

「その目薬は、どうしたんですか？」

「あの別荘の庭に捨てました」

第九章　疑惑の根

1

十津川は、神奈川県警の土井警部に電話をかけた。

「笠原文彦の箱根の別荘ですが、もう一度、庭を調べる予定はありますか？」

と、きくと、土井は、

「公判での安岡麻美の証言ですね。目薬の容器を庭に捨てたというやつでしょう」

「そうですが」

「今のところ、探す予定はありません」

「なぜですか？」

「多分、容器は見つかると思いますよ。その容器には、安岡麻美の指紋がついているでしょう。しかし、それは、彼女の無実の証明にはなりません。ちょっと頭のいい犯人なら、目薬の容器と、青酸カリの両方を持って、パーティに行くでしょうからね。そして、庭に目薬の容器を捨てておいて、裁判の時、自分は、青酸カリなんか持っていなくて、シャンパンに、目薬を入れるつもりだった。庭に容器が落ちているのが、証拠だというでしょうからね。ですから、目薬の容器を探すのは、何の意味もないんです」

と、土井はいった。

「では、私の方で、勝手に、調べてよろしいですか？」

と、十津川はきいた。

「どうぞ、ご自由に。意味がないと思いますがね」

土井が、いった。

それでも、十津川は、亀井たち五人を連れて、笠原の別荘に出かけた。

別荘の入口には、二人の警官が、ガードのために立っていた。裁判の進行状況によっては、現場の再調査ということがあるからだろう。

十津川たちは、広間に面した庭へ入り、一斉に探し始めた。

かなり広い庭である。塀に沿って、常緑樹が植えられ、芝が、きれいだった。

小さな池もある。

その池にも、素足になって入っていき、底を調べた。

目薬の容器は、なかなか見つからなかったが、一時間半くらいたった時、三田村刑事が、庭に掘られた細い溝の中から、やっと、一つの小さな容器を見つけた。

S製薬のビタミン入りという黄色い液体の薬だった。

東京に帰り、すぐ、指紋の検出に取りかかった。

案の定、その容器についていた指紋は、安岡麻美のものだった。

「この結果を、どうするつもりですか？」

と、亀井がきいた。

「一応、裁判の参考資料として、報告しておくよ」

と、十津川はいった。

「しかし、県警の土井警部がいうように、あまり、意味がありませんね」

と、亀井がいった。

「それは、わかっている」

「弁護側も、これを、無実の証明として、法廷に提出することはないと思いますよ。かえって、被告人に不利に解釈されかねませんからね。結局、目薬の件は、両方から、無視されるんじゃありませんか」

「そうだろうね」

「それにも拘《かか》わらず、なぜ、探したんですか？」

亀井が、不思議そうに、きく。

「安岡麻美が、企《たくら》んだにしろ、事実をいっているかどうか、それを知りたかったんだよ」

と、十津川はいった。

「警部は、何か、今回の事件について、疑問を持っていらっしゃるんじゃありませんか?」

北条早苗が、きいた。

十津川は、彼女に眼を向けて、

「どうして、そう思うんだ?」

「何かいらいらしていらっしゃるように見えます。本件は、すでに、私たちの手を離れて、検事の手に移っているのに、警部が、いらいらしていらっしゃるのは、捜査に、疑問を持っているからとしか考えられません」

と、早苗はいった。

「それはないだろう」

と、いったのは、亀井だった。

「殺人事件があって、容疑者は逮捕され、すでに、君がいうように、本件は、われわれの手を離れたんだ。どうして、疑問を持たなければ、ならないんだ?」

「ちょっと待ってくれ。カメさん」

と、十津川が、口を挟んだ。

「何でしょうか?」

「われわれにとって、終った事件でも、まだ、裁判は進行しているんだ。気になっても仕方がないよ」

「どこが、気になるんですか？」

亀井が、きいた。

「そうだな」

と、十津川は、考えてから、

「この俳句のことが、気になるんだ」

彼は、メモを、亀井に見せた。

疲れ果て　花冷えの朝　訃報《ふほう》聞く

乙女

「これは、松山で亡《な》くなった乙女こと鹿島さとみが作った俳句でしょう」

と、亀井がいった。

「他の三句と同じ感じじゃないか。この句の存在は、捜査でわかっていたはずなのに、裁判で、検察側も弁護側も、なぜ、この句と作者の女性のことを、問題にしないんだろうか？」

と、十津川はいった。

「それは、今回の殺人事件と、無関係と、双方とも思っているからじゃありませんか。笠原の別荘で、殺人事件が起きた時、この句の作者は、すでに、松山で死んでしまっていますから」

と、亀井はいった。

「だがね、今回の殺人事件の根には、去年四月の山下教授の死があった。そのことは、検察側も、弁護側も知っている。この乙女という女性の死も、山下教授の死と繋《つな》がっていると、思うんだよ。この句の『訃報』というのは、明らかに、山下教授の死の知らせだよ」

「それは、わかります」

「それなら、彼女の事件も、取り上げるべきだと、思うのだよ」

「しかし、われわれも、捜査で、この女性の問題を、真剣に取り上げていませんでしたが」

と、亀井がいった。

「それは、あの別荘での殺人で、捜査が、一つの区切りになってしまったからだよ。殺人が起きて、容疑者が逮捕されて、一巻の終りになった。これ以上、捜査は続けられない。捜査本部が、解散してしまったわけだからね。別荘の事件がなければ、われわれは、まだ、暗中模索していて、鹿島さとみの死のことも、山下教授の死のことも、だらだらとだが、調べ続けていたと思うよ」

「しかし、今は、裁判のことしか、問題提起はできませんよ。その中の疑問なら、捜査は許されると思います。目薬を探すのも、裁判に関係があるから、刑事部長の許可が、出たんだと思っています」

亀井が、常識的な考えを、口にした。

確かに、その通りだった。今、許可が出るのは、進行中の裁判に関係する疑問についてだけである。そのことは、十津川にも、よくわかっていた。

2

「では、裁判に関係する疑問を一つ話してみるよ」

と、十津川はいい、メモに、また、一つの句を書いて、亀井たちに見せた。

それは、毒死した関根助教授の短冊に書かれていた俳句だった。

花冷えの　心に咲きし　悪の華

この句の「心に――」の下は、何者かが、関根の死んだあとに、書き加えたものであることは、わかっている。

「その犯人は、今、被告人席の三人の中《うち》の一人だと思われた。関根が、亡くなった山下教授のことを、快く思っていなかったことを知っていた三人の一人が、意地の悪い句にしたと考えたからだよ。だが、科研の鈴木筆跡鑑定人は、三人の筆跡ではないと断定した。とすると、いったい誰が、書き加えたのかということが、謎《なぞ》のままだ」

　と、十津川はいった。

「犯人は、あの日、あのパーティに参加していた人間の中にいたことは、間違いないんです。それは、今、警部がいわれたように、関根をよく思っていない人間だと思われます。となると、被告人席の三人の他の三人の学生じゃありませんか」

　と、亀井がいった。

　あの時、六人のS大の学生が、パーティの手伝いに来ていた。いずれも、山下教授の俳句の弟子である。当然、関根をよく思っていなかったろう。

　被告人三人の他にいたのは、野田公一、関真一郎、丸山かおるの三人と、名前も、わかっている。

「この三人の筆跡鑑定をしてみたいと、思うのだがね」

　と、十津川はいった。

「やってみましょう」

　亀井が、肯《うなず》き、刑事たちは、この三人の学生に会い、同じ文句「心に咲きし　悪の華」を書いて貰《もら》ってきた。

それを、鈴木鑑定人に、調べて貰った。

その結果は、十津川の考えたものとは、違っていた。短冊の文字と同じ筆跡のものはなかったという答えだったのだ。

一方、法廷では、検察側は、被告人の一人、向井朝香を、席に立たせていた。

検事が、問題にしたのは、警視庁のホームページに送られてきた俳句だった。

春雷や　墓石の下に　二匹の蛾《が》　　三人

「この句を、警視庁のホームページに送ったのは、君たち被告人三人じゃないのかね？」

と、検事はきいた。

否定するかと思われたが、意外にも、向井朝香は、あっさりと、

「そうです。私たち三人が、メッセージとして、警視庁のホームページに送りました」

と、認めた。

「どんな目的で、この句を、警視庁のホームページに送りつけたのかね？」

「その前に、警視庁の刑事さんが、私たちに話を聞きに来たんです。私たちが、山下先生の死を、殺しと思い込んで、その仇《かたき》討ちでもするんじゃないかと心配したんでしょうね。

その事情聴取に対するご返事のつもりで、送ったんです」

と、朝香は答える。

「この句の中の二匹の蛾というのは、笠原文彦氏と、山下保子さんのことじゃないのかね？」

「そう受け取ってもらっても結構です」

朝香は、検事をバカにしたように、小さく笑った。

検事は、むっとした顔で、

「墓というのは、山下教授の墓のことだね？」

「そう考えてもらっても構いません」

朝香は、また、笑った。

被告人席の麻美と、大石も、同じように、笑っている。

検事の顔が、一層、険しくなった。

「と、いうことは、君たちは、恩師の死を、殺人と思い込んでいるわけだから、その仇討ちに、笠原氏と、山下保子さんを殺して、恩師の墓前に、報告するつもりで、こんな句を、警視庁に送りつけたんだな？」

「違います」

朝香は、しらッとした顔で、いった。

「違う？　じゃあ、何のつもりで、この句を、警視庁のホームページに送りつけたのかね？」

「これは、写生句なんです。三人で、多磨霊園へ遊びに行ったら、突然、春雷が鳴って、ザアッと、降りこめられてしまいました。そのあと、ふと、近くのお墓を見たら、墓石の傍で、二匹の蛾が死んでいたんです。それを句にしただけですわ」

と、朝香はいった。

「そんな句を、どうして、警視庁のホームページに送ったのかね？」

検事が、怒りを抑えた顔で、きく。

「それは、事情聴取をした刑事さんが、あまりにも私たちのことを危険視しているので、ちょっと、からかってあげようと思ったんです。平凡な写生句を送っても、きっと、深読みするだろうと思いましてね」

と、朝香は答えた。

「しかし、君は、さっき、二匹の蛾というのは、笠原氏と、山下保子さんのことじゃないかと聞いたとき、そう思ってもいいと、いったんじゃないのかね？」

「深読みするのは、その人の勝手ですから」

と、朝香は、また、小さく笑った。

裁判長が、見かねたように、

「被告人は、もっと真面目《まじめ》に答えなさい」

と、注意したが、朝香は、

「私は、真面目に答えているつもりですけど」

と、平気でいい返した。

十津川は、このやり取りを、あとから聞いた。

彼は、向井朝香の答えを、不真面目とは思わなかった。

彼は、別のことを、考えていた。

今回の事件には、常に、十七文字が絡《から》んでいるという意識を強くしたのだった。

十津川は、自然に、乙女こと鹿島さとみのことを考えた。

彼女のことは、橋本が、調べてくれたのである。

それによれば鹿島さとみは、去年の四月二十七日に、道後温泉に行き、二十八日に、あの「疲れ果て　花冷えの朝　訃報聞く」の句を松山市で、投稿し、同日の夜、松山観光港で、溺死体《できしたい》になっている。

その年の四月二十五日に、山下教授が、奥多摩で、死体で見つかっている。

鹿島さとみという二十二歳のOLが、俳句を通して、五十八歳の山下教授に、ほのかな恋心を持っていたとすると、彼女の松山行は、傷心の旅だったということになる。

そして、松山市で、句を投稿してから、傷心の余り、海で自殺したのか、それとも、彼女が何かを知っていたために、殺されたのか。

亀井たちは、乙女こと鹿島さとみの句のことや、死のことは、去年のことだし、今年の四月二十日のパーティの事件とは、無関係だから、再捜査する必要はないといっているが、

十津川は、どうしても、納得できないのである。

鹿島さとみについて、まだ、調べたいことが、いくらでもあった。

彼女と、山下教授の関係。

彼女と、安岡麻美たち三人との関係。

彼女の死は、自殺、事故死、殺人のいずれなのだろうか。

そうしたことを、この際、しっかりと、調べてみたいと思うのだ。

だが、すでに、捜査本部は、解散していて、裁判を補強することでしか、再捜査は、許可されそうもなかった。

十津川は、そこで、もう一度、警視庁ＯＢで、いまは探偵をしている橋本に頼むことにした。

橋本に会い、調査依頼について話すと、

「鹿島さとみが死んだのは、去年の四月のことで、今の裁判の事件とは、ほぼ丸一年もたっていますが」

と、彼はいった。

「わかっているが、私は、どうしても、二つの事件の間に何か関係があるような気がして仕方がないんだよ」

と、十津川はいった。

「わかりました。すぐ、鹿島さとみという女性について、もう一度、調べてみます」

と、橋本はいった。

そのあとで、橋本は、

「裁判の行方は、どうですか？」

と、十津川にきいた。

「私の眼にも、検察側有利と映っているのだがね。不思議なのは、三人の被告人が、いやに落ち着き払っていることなんだよ」

「決定的な証拠がないからと、安心しているんじゃありませんか」

「私が、不思議なのは、そのことじゃないんだ。彼等は、明らかに、恩師の山下は殺されたのだと思い、犯人の笠原と、山下保子に復讐しようと考えている」

「ええ」

「二人とも、まだ死んでいないどころか、二人で、温泉旅行を楽しんでいるんだ。それなのに、なぜ、あんなに、落ち着き払っているのか、それが、不思議なんだよ」

3

検察側は、三人の被告人を追い詰めようとしていた。

S大の同窓生を、次々に証人として呼び、去年の四月に、山下教授が死んだあと、三人の被告人たちが、どう変ったかを、実証しようとした。

小谷という男子学生は、こんな話をした。

「安岡麻美被告と、仲が良かったんですか？」

と、検事がきいた。

「そうです」

「ガールフレンドでしたか？」

「ボクは、そう思っていました」

「去年の四月、山下教授が亡《な》くなってから、彼女は、変りましたか？」

「ずいぶん変りました」

「それを詳しく話して下さい」

「山下先生が亡くなったという知らせは、みんなにとって、ショックでした。それから、一週間くらいして、彼女と、会いました。その間、彼女は、学校に顔を見せていなかったんです。会うなり、いきなり、ボクに向って、山下先生は、殺されたんだって、いうんですよ。怖い顔でです。ボクは、事故死ということをニュースで知っていたので、思い込みで、そんなことというものじゃないといったんです」

「そうしたら、彼女は、何といったんですか？」

「バカって、怒鳴られましたよ」

「他にも、何かありましたか？」

「このことがあってから、キャンパスで会っても、そっぽを向かれましたよ。十月になって、急に向うから、声をかけて来ましてね。警察に、再捜査の嘆願書を出すので、賛成してくれというのです。ボクは、いいました。警察は、事故死と断定したんだから、ボクたちが、いくらいっても、再捜査はしないよ、とです。そうしたら、ただ、再捜査をしてくれといっても、警察が動かないことは、わかっている。だから、あれは、殺人で、犯人の名前も、はっきり書いた嘆願書を出すつもりだというんです」

「誰が、殺したといったんですか？」

「山下先生の奥さんと、笠原という山下先生の俳句のライバルだというのです。二人は、先生の眼を盗み不倫関係になり、邪魔になった先生を、事故に見せかけて殺したというんです」

「それで、あなたは、どうしたんですか？」

「ボクは、証拠もなく、そんな風に決めつけるのは、よくないといいましたよ。そうしたら、以来、今日まで、口を利《き》いて貰えなくなりました」

「今、被告人を見て、どう思いますか？」

「純粋さは、いいと思いますが、思い込みは、いけないと思いました」

次に呼ばれたのは、塚原という男子学生だった。

「あなたは、被告人の大石翔とは、友人でしたね？」

と、検事がきいた。

「そうです。野鳥を観察する同好会の仲間でもあります」

と、塚原がいう。

「二人で、旅行されたこともあったようですね？」

「夏休みに、二人で、丹頂鶴《たんちょうづる》の観察に、二週間、泊りがけで、釧路湿原に行ったこともあります」

「その頃、被告人を、どう思っていましたか？」

「一言でいえば、いい奴《やつ》だなと思っていました。頭が良く、勇気もあるし、何よりも、ボクに比べて、大人だと思っていました」

「去年の四月、山下教授が亡くなってから、被告人は、変りましたか？」

「別人になってしまいました」

「具体的に話して下さい」

「何か悩んでいるのは、わかっていましたが、旅行に誘っても、断わられました。それが、今年になって、いきなり、おれは、仇《かたき》を討つというんです。びっくりして、何のことだと聞くと、山下先生は、奥さんと、笠原という男の二人に殺されたとわかった。だから、ボクたちがその仇を討つんだというんです。冷静なあいつが、すっかり、変ってしまっているんですよ。きっと、あの三人で、舞いあがってしまったと思います。思い込みです」

「笠原さんと、山下保子さんの二人が、山下教授を殺したといっているが、被告人は、何か、証拠があるといっていましたか？」

「どうして、そう思うのかと聞きました。ボクも、山下先生は、好きでしたからね。ところが、大石は、とにかく、あの二人が殺したに決っている、の一点張りなんです。とてもついていけないと思いました」

「つまり、何の証拠もなく、笠原さんと、山下保子さんの二人が、山下教授を殺したといい、その仇を討つんだと、息巻いていたわけですね？」

「そうです」

三人目の証人は、S大の学生ではなく、卒業生で、現在議員秘書をしている吉野貴子だった。

「あなたの現在の職業を、いって下さい」

と、まず、検事が、いった。

「現在、民生党の目黒代議士の秘書をしております。S大の卒業生です」

「被告人の向井朝香とは、どんな関係ですか？」

「先の総選挙の時、彼女が、学生アルバイトで、目黒代議士の事務所に働きに来たんです。その時、同じS大の人間ということで、親しくなりました。彼女も、卒業後は、私のように、政治家の秘書をやりたいと、いっていました」

「去年の四月以降、それが、変りましたか？」

「変りました。別人に見えました」

「あなたは、去年の四月二十日に、山下教授が亡くなったのは、知っていましたか？」

「ニュースで、知っていました」

「その上で、被告人に、会ったんですね？」

「はい。私としては、被告人に、山下先生は、事故死と聞いていましたから、そのあと、彼女に会って、その変りように、びっくりしたんです」

「それは、いつのことですか？」

「去年の十月末だったと思います」

「山下教授の死から、六ヶ月たっていたわけですね？」

「はい」

「何処《どこ》で、会ったんですか？」

「新宿の喫茶店です」

「彼女の方から、会いたいと、いって来たんですか？」

「そうです。電話があって、相談したいことがあるから、ぜひ、会って下さいと、いうのです」

「会った時の被告人の様子は、どうでしたか？」

「いきなり、目黒代議士に頼んで下さいというんです。何をときくと、山下先生は、殺され、犯人は、奥さんと、不倫相手の笠原という男だというのです。だから警察に、再捜査をして貰いたい。目黒代議士にも、警視庁に、圧力をかけて欲しいというのです」

「それを聞いて、どう思いましたか？」

「びっくりしましたわ」

「それで、どう答えたんですか？」

「山下先生の死は、事故死と決ったんだから、いくら政治家が、話しても、警察は、動くものじゃないと、いいました」

「そうしたら、被告人は、何といいましたか？」

「怒りましたよ。もう先輩には頼まない。自分たちで、山下先生の仇を取るからいいといいました。私は、心配になって、バカなことはするなと、注意したんですけど、こんなことになってしまって」

「自分たちで、山下先生の仇を討つと、いったんですね？　自分が、ではなく、自分たちと？」

「そうです。そういっていました」

4

裁判の進行を横眼で見ながら、十津川と亀井は、自分たちに出来ることを、地道に進めていた。

去年、松山で死んだ、乙女こと鹿島さとみの調査は、橋本に委《まか》せてしまっている。このことは、上司の三上刑事部長にも、本多一課長にも、神奈川県警の土井警部にも、話していない。

今のところ、鹿島さとみの死が、今回の裁判に、何らかの関係があるという証拠は、何一つ、見つかっていなかったからである。

十津川が、引っかかっていたのは、短冊に書かれた句のことだった。

花冷えの　心に咲きし　悪の華

の意味であり、書いた人間の特定だった。

青酸死した関根は、「花冷えの心に」まで書いて、絶命したことは、わかっている。

そのあとを、誰が、何のために書いたのか、十津川は、それを知りたいのだ。

最初、十津川は、被告人三人の誰かが、混乱の中で、書いたに違いないと、信じていた。

彼等の考えでは、山下保子が、笠原文彦と組んで、邪魔になった夫の山下教授を殺した。

関根も、先輩の山下のことを、快く思っていなかったことは、わかっている。

その関根は、パーティで、巻添えを食って、死んでしまった。

三人にすれば、いい気味だといったところだろう。関根は、短冊を貰い、そこに、もっともらしく、先輩を偲《しの》ぶ思いを書くつもりだった筈《はず》である。

花冷えの　心に咲きし　畏兄《いけい》の言

そんなところだったのではないか。それが、途中で、筆が止まっていたのは、本当は、尊敬もしていなくて、山下が、早く消えてくれればいいと思っていたので、内心、忸怩《じくじ》たるものが、あったからではないのか。

手を止め、考えごとをしながら、間違えて、保子のシャンパンに手を伸ばして、死んでしまった。

被告人の三人にしてみれば、ターゲットは、外してしまったが、関根の死は、ザマアミロといったところだったに違いないのである。

だから、三人は、床に落ちていた関根の短冊を拾いあげ、皮肉を籠《こ》めて、書き加えたと、十津川は、考えたのだ。

去年の四月、花冷えの日、山下教授の死を知って、関根が、本当は、快哉《かいさい》を叫んでしまったという意味で、「心に咲きし　悪の華」と、書き加えたに違いないのである。

ところが、十津川の推理は、間違っていた。

被告人の三人は、筆跡が違うという結果が、出てしまった。

そこで、十津川は、残る三人のＳ大の学生の中に、該当者がいるのではないかと、考えた。

彼等は、逮捕されてもいないし、裁判の被告人でもない。

しかし、安岡麻美と同じ、山下教授の教え子である。

当然、同じ気持を、関根に対しても、持っていたに違いないと、思ったからである。

十津川は、この三人に頼んで、同じ文句を書いて貰い、筆跡鑑定人に渡した。が、これも、十津川の期待に反した結果になった。

三人の中に、該当者はいなかったのだ。

（しかし、あの日、パーティに参加した人間の中に、該当者はいる筈）

という確信は、変らなかった。

パーティの席で、突然、関根が死亡したあと、あの別荘に入ったのは、警察だけで、無関係の外部の人間が、侵入した形跡はない。

警察の人間の最大の関心事は、現場保存だから、警察関係者が、あの短冊に、いたずらする筈はなかった。

残るのは、山下教授を偲んで集った人たちである。

例えば、山下が、同人になっていた俳句の同人誌ＨＡＫＵＢＡの連中だ。

彼等は、もちろん、今回の事件に、関係は、ないだろう。

ただ、彼等には、いたずら心があったのではないか。

たまたま、事件に巻き込まれた。床に、落ちている関根の短冊を見つける。

普通の人間なら、そのままにしておくだろう。だが、彼等は、俳人である。書きかけの短冊を見ている中《うち》に、つい、それに、何か書き加えたいという気持になったとしても、おかしくはないと、十津川は、思った。

この俳人の中には、特別ゲストとして呼ばれた丹羽三郎助もいるし、彼が同行して来た美人の女流俳人三田あやかもいた。

この二人も、除外するわけにはいかなかったから、十津川は、全《すべ》ての俳人の筆跡を調べることにした。

これが、簡単ではなかった。

直接、俳人本人に会って、あの句の通りに書いて貰えば、一番いいのだが、拒否されるケースも多かった。

「もう事件は、裁判になっているし、第一、私は、事件には、無関係ですよ」

と、いう者もいるし、

「私は、そんなバカないたずらはしない」

と、怒る者もいた。

「もし、私が、この短冊に書き加えた当人だとしても、それが事件と、どう関係してくるんですか？　何も変らんでしょう？　起訴されている犯人が、釈放でもされて、代りに、私が、捕まるんですか？」

と、絡《から》んでくる人もいた。

それでも、十津川は、何とか、全員の筆跡を集めようと、努力した。

ある俳人に、拒否された場合は、彼と親しい人間に会い、彼から来た手紙を見せて貰うことにした。

ありがたいことに、俳人たちは、いろいろな場所で、色紙を書いていたから、筆跡を集めるのは、そう難しいことではなかった。

パーティに参加したＨＡＫＵＢＡの同人や、俳人たちの筆跡が集まり、十津川は、それを、筆跡鑑定に廻した。

専門家の鈴木が、それを、一つずつ鑑定していく。

結果、同一筆跡は、見つからなかった。

残るのは、笠原文彦と、秘書で、ボディガードの青年、それに、山下保子の三人になった。

「この三人の可能性は、ないんじゃありませんか」

と、亀井がいった。彼は、付け加えて、

「何しろ、この三人は、山下教授を殺したと思われる側の人間ですからね。自分たちに不利になるようなことは、まず、しないと思います」

「その通りだが、あとは、この三人しか残っていないんだよ」

と、十津川はいった。

「それは、そうですが」

「まさか、警察関係者の中に、該当者がいるなんて、思っているんじゃないだろうね」

と、十津川はいった。

あの時、別荘にいた警察関係者は、十津川たちと、県警の人間である。

県警の捜査一課の刑事たちと、鑑識の連中が、来ていた。

まさか、この中に、俳句好きの人間がいて、いたずら心で、落ちていた短冊に、書き込んで、ほくそ笑んでいたなどということはないだろう。

「とにかく、笠原たち三人の筆跡を集めて、鑑定する」

と、十津川はいった。

笠原文彦の自宅を二人で訪ねた。

秘書の庄司弘が、現われた。

「笠原さんは、いませんよ」

と、庄司はいった。

「わかっていますよ、旅行中でしょう」

と、十津川は笑い、

「今回、あなたは、同行しないんですか？」

「笠原さんが、もう、来なくていいと、おっしゃったんですよ」

と、庄司は、ニヤッと笑った。

「じゃあ、山下保子さんと、二人だけの旅行ですか」

「ボクは、もう邪魔というわけですよ。ところで今日は、何のご用ですか？」

「笠原さんが、書いたものがあったら、お借りしたい。それに、山下保子さんからの手紙があったら、それも、見せて欲しい」

と、十津川はいった。

5

橋本豊は、道後温泉にいた。

去年の四月二十七日に、鹿島さとみが泊ったR旅館にである。

彼女は、翌二十八日、「疲れ果て　花冷えの朝　訃報聞く」の句を投稿し、そのあと、同日の夜、松山観光港で溺死している。

十津川は、この女性の死と、今回の事件の関係を知りたいと、いっていた。

橋本の役目は、その疑問の解明である。

彼は、四月二十七日、何の目的で、鹿島さとみが、道後に来たのだろうかと、まず、考えた。

彼女が、尊敬する山下教授が、不可解な死を遂げ、四月二十五日には、それが、明らかになっている。

さとみが、作った句は、山下教授の死を嘆くものであることは、はっきりしている。

しかし、なぜ、わざわざ、松山へ来て、投稿したのだろうか？

今、裁判で、被告人になっている三人の学生も、松山で投稿しているが、それは、笠原文彦が、審査員の一人になっていたので、彼への挑戦状的な意味が、あった筈である。

鹿島さとみも、同じ気持だったのだろうか？

しかし、それにしては、彼女の句には、挑戦的な感じは、ない。

だが、彼女は、松山へ来ていた。

（誰かに、会うつもりだったのではないのか？）

と、橋本は思った。

彼は、去年の四月二十七日、彼女の世話をした旅館の仲居に会った。

「あのお客さんは、松山市役所の電話番号を調べていらっしゃいましたよ」

と、仲居はいった。

「市役所の何処《どこ》にかけようとしていたんですかね？」

「松山市が毎年、俳句のお祭りみたいなことをやるでしょう。市役所の何という部署がやっているのか、知りたいみたいに、おっしゃってましたけど」

と、仲居はいった。

（やっぱりか）

と、思い、橋本は、翌日、松山へ行き、前に話を聞いた松山市長の秘書室長、松崎に会うことにした。

松崎は、橋本に向って、裁判が、どうなるのか知りたがった。

「市長も、裁判の行方には、大変、興味を持っておられるんです」

と、いう。

「その裁判の参考に、松山港で死んだ鹿島さとみさんのことで、お聞きしたいことがありましてね」

「しかし、彼女は、今回の事件には、関係ないでしょう。去年の四月に死んでいるんですから」

と、松崎はいう。

「それは、わかっているんですが、念には念を入れたいので」

「今回は、何を知りたいんです？」

「去年の四月二十七日に、彼女は、道後に泊っているんですが、仲居さんの話では、ここでやっている俳句祭りのことを知りたがっていたというんです。松山市の何処の課で、やっているかと。それで、市役所に電話をかけて来たのではないかと、思いましてね」

と、橋本がいうと、松崎は、あっさりと、

「ええ。電話がありましたよ」

と、いった。

「彼女は、何を知りたがったんですか？」

「選考委員のことでしたよ。途中で、一人、審査員が変りましてね」

「笠原文彦さんに、変ったんでしょう」

「ええ、松山出身の笠原先生に、変ったんです。それで、鹿島さとみさんは、笠原先生が、今日、こちらに来ている筈だが、ぜひ、お会いしたいので、泊っているホテルを教えてくれといわれたんです」

　と、松崎はいう。

「その時、笠原さんが、松山へ来ていたんですか？」

「ええ。お見えになっていました」

「何というホテルに泊っていたんですか？」

「Ｇホテルです」

　と、松崎はいった。

「そのことを、彼女に教えたんですか？」

「笠原先生の弟子だといわれたものですからね。ただ、そのあとのことは、知りません」

　と、松崎はいった。

　橋本は、Ｇホテルに、足を向けた。

　フロントで、十津川の名刺を使って、話を聞いた。

「去年の四月二十八日に、ここに、笠原文彦さんが、泊っていましたね」

「それは、市長さんの紹介で、泊って頂いたんです。四月二十七日と、二十八日です」

　と、フロント係はいった。

「その笠原さんに、二十八日に、女の人から、電話があった筈ですが」

と、橋本はいった。

「電話は、覚えています。確か、午前十時半頃、若い女の方から、電話が入りました」

「そのあと、どうなったかわかりませんか？」

と、橋本がきいた。

「その日の午後四時半頃、笠原さんを訪ねて――」

「彼女が、来たんですね？」

「いいえ。男の方が、訪ねて来たんです」

「男の人？」

「ええ。四十代の男の方です」

「名前は？」

「お名前はわかりません。フロントへ来て、笠原さんを呼んでくれといわれました。お名前はと聞きましたら、東京から来たといってくれればわかるとおっしゃったんですよ。笠原さんと、その男の人は、ロビーの隅で、何か話をしていらっしゃいましたよ」

と、フロント係はいった。

「そのあとは？」

「男の人は、ホテルを出て行かれて、それだけです」

「笠原さんは、その日、外出は、しなかったんですか？」

「ええ。夜の十時頃には、ルームサービスをとっていらっしゃいますから、外出はなさらなかった筈です」

と、フロント係はいった。

「笠原さんを、二十八日の午後四時半頃に訪ねて来た男の人ですがね、四十代といいましたね？」

「ええ」

「どんな感じの男でした？」

「サングラスをかけて、スニーカーと、ジャンパーという恰好でした」

「ラフな服装ということですか？」

「ええ。でも、態度は、ラフじゃありませんでしたよ。インテリの感じでしたね」

と、フロント係はいった。

「インテリですか」

「私のよく知っている方に、感じが似ていました」

「どんな人にですか？」

「E大学の先生にですよ」

と、フロント係はいった。

「大学の先生？」

橋本は、S大助教授の関根の名前を、思い出した。

確か、彼は、四十代の筈《はず》である。

「その人は、どんな顔をしていたか、覚えていませんか?」

「何しろ、一年前ですし、サングラスをかけていたので」

「しかし、お客の顔を覚えるのも、あなたの仕事でしょう」

「それは、そうなんですが――」

と、フロント係は苦笑した。

橋本は、関根の顔を思い出しながら、

「細面で、なかなかの二枚目。唇がうすく、身長は一七五センチくらい――」

と、いった。

フロント係は、肯《うなず》いて、

「そんな感じの方でした」

「笠原さんとは、どんな話をしたのか、わかりませんかね?」

「それは、わかりません」

「じゃあ、笠原さんに対して、どんな態度だったか、教えて下さい」

と、橋本はいった。

「そうですねえ。笠原さんが、威張っていましたね。何か、松山へ呼びつけたという感じがしましたよ」

と、フロント係はいった。

「それで、東京から、来たといっていたんですね」

「そうでしょうね」

6

「ロビーのどの辺で、二人は、話していたんですか？」

橋本は、ロビーを見廻した。

「向うに、大きな風景画が、かかっているでしょう。その下あたりで、他に誰もいませんでしたよ」

と、フロント係は、指さして見せた。

「何を二人が話していたのかわかればいいんだが」

橋本が、いうと、フロント係は、笑って、

「ここからじゃあ、とても、聞こえませんよ」

「仕草はどう？　それは、見えたんじゃないの？」

と、橋本はきいた。

「男の人が、しきりに、腕時計を見ていましたよ」

「腕時計をね」

「笠原さんも、腕時計を見ていたから、何かの時間の打ち合せをしていたんじゃありませんかね」

「しかし、笠原さんは、二十八日は、全く、ホテルを出なかったんでしょう？」

「そうです」

と、フロント係は肯いた。

とすると、二人は、何の時間を打ち合せていたのだろうか？

「同じ日の午前十時半頃に、若い女の人から、笠原さんに、電話が、あったといいましたね？」

と、橋本はいった。

「ええ、そうです」

「その後、若い女性が、笠原さんを訪ねて来たことは、ありませんでしたか？」

「ありません」

と、フロント係はいう。

橋本は、一つの想像をしてみた。

鹿島さとみは、笠原が、松山に来ているのを知って、彼が、泊っていたGホテルに、二十八日の午前十時半頃に、電話した。

「お会いしたい」

と、いったのではないのか。

笠原は、すぐには、会うとはいわず、夕方、午後六時頃に、松山観光港で、会うと、約束したのではないのか？

そのあと、笠原は、東京の関根に電話をかけ、すぐ、松山へ来てくれと、告げる。

関根は、空路、松山へ飛んで来た。

そして、Ｇホテルへ来る。それが、午後四時半頃ということだ。

笠原は、私の代りに、君が、松山観光港で、鹿島さとみに、会って来てくれと、頼む。

笠原自身は、ホテルから、一歩も出ず、ルームサービスを注文もしている。明らかなアリバイ作りではないのか。

こう考えると、笠原は、男に、松山観光港へ行き、鹿島さとみを殺すように、頼んだということが、考えられてくる。

だから、自分は、アリバイ作りをした。

この推理は、間違っているだろうか？

現実は、二十八日の夜、松山観光港で、鹿島さとみは、溺死しているのだ。

問題は、動機である。

これも、今は推測するより仕方がなかった。

鹿島さとみは、亡《な》くなった山下教授を、尊敬していた。

ひょっとすると、山下を愛していたのかも知れない。

と、すると、三人の被告人と同じように、山下の死は、事故ではなく、殺人だと思っていたことが、考えられる。

殺したのは、笠原と思っていたのではないか。笠原と山下保子である。

さとみは、笠原が、松山に来ているのを知って、会いたいと思ったのではないか。

だから、二十八日に、Gホテルに泊っていた笠原に電話をかけた。

「あなたが、山下先生を殺したのは、わかっている」

ぐらいのことは、いったかも知れない。

山下と親しかった彼女は、生前の山下から、笠原のことを、いろいろと聞いていたとも考えられるのだ。

あわてた笠原は、会う時刻を、遅らせておいて、東京から、関根を呼び寄せた。

山下保子ではなかったのだ。

(なぜ、山下保子ではなかったのだろうか?)

橋本は、また、考え込んだ。

(彼女は、女で、力が弱いから、関根にしたのだろうか?)

しかし、殺す相手も、女である。油断を見すまして、背後から、海へ突き落してしまえばいいのだから、山下保子でも、出来た筈ではないか。

それなのに、笠原は、わざわざ、東京から、関根を呼んだのは、なぜなのだろうか？

第一、関根が、なぜ、簡単に、電話で呼ばれて、東京から、飛んで来たのだろうか？

関根は、いやしくも、S大の助教授である。四十代の野心家でもあった。最初、先輩の山下に対して、尊敬の念を抱いていたのに、あとで、邪魔になったのは、山下が、自分の出世のさまたげになって来たからだと思われる。

それだけの野心家だったのだ。

その関根が、なぜという疑問が、つきまとって離れない。

橋本は、Gホテルを出ると、去年の四月二十八日に、鹿島さとみが、辿《たど》ったと思われるルートを、歩いてみることにした。

彼女は、二十七日に、道後温泉に泊り、翌二十八日に、まず、松山市役所に電話をかけ、笠原文彦の泊っているホテルを教えて貰《もら》った。

そして、年前十時半頃、Gホテルに電話をかけ、笠原と話をしている。

多分、会いたいと、告げたのだろう。

笠原は、オーケイをしておいて、すぐ、東京から、関根を呼び寄せた。

橋本は、港の方向に向って、ゆっくり、歩いて行った。

歩きながら、考える。

鹿島さとみは、このあと、松山市内で、俳句を投稿している。

どんな気持で、彼女は、あんな句を、投稿したのだろうか？

自分の命が、狙《ねら》われるのではないかという不安が、あったのだろうか。

その不安があったので、自分が、松山へ来たという証拠を残しておこうと思ったのかも知れない。とすれば、鹿島さとみは、遺言のつもりで、あの俳句を作ったのかも知れなかった。

彼女は、そのあと、夜になってから、笠原に指定された場所へ出かけたのだろう。

それが、松山観光港だったのか。それとも、市内の何処《どこ》かで、そこから、港へ連れて行かれたのかは、わからない。

彼女は、笠原に会うつもりだったのに、指定場所へ来たのは、関根だった。

橋本は、港へ着いた。

今日は、まだ、明るかった。彼は、岸壁に腰を下し、瀬戸内海に、眼をやった。

だが、海の向うを見つめていた。そこにあるのは、去年の四月二十八日に、ここで死んだ、若い女のことである。

関根が、東京から飛んで来て、笠原の代りに、鹿島さとみに会い、この港で、溺死させた。

その間に、何の迷いもなかったように見える。

多分、笠原から、鹿島さとみの口封じを頼まれ、迷わずに、ここで、溺死させたに違いない。

関根は、いやしくも、大学の助教授である。それが、何の迷いもなく、人を殺せるものだろうか？

橋本の頭に、一つの言葉が、浮んでいた。

（再犯）

という言葉である。

関根は人を殺すのは、初めてではなかったのではないのか。

同じ年の四月二十日に、山下教授が、奥多摩で亡くなっている。

事故死ということになっているが、事故死に見せかけた殺人だったのではないかと、十津川は、見ているようだった。

この件で、山下を殺したのは、関根ではなかったのだろうか。

第十章　朧《おぼろ》夜《よ》の、最後の

1

科研から、筆跡鑑定の結果が出たという電話があって、十津川は、亀井と、急行した。

鑑定人の鈴木に会う。

「ようやく、一致する筆跡が、あったよ」

と、鈴木はいい、自分で淹れたコーヒーを、二人に、ご馳走《ちそう》してくれた。

十津川は、一口、コーヒーを飲んでから、

「それで、誰の筆跡だったんですか？」

「山下保子」

鈴木が、ぶっきら棒にいった。

十津川が、受けたショックは、大きかった。

「本当に、山下保子の筆跡なんですか？」

と、きいてしまった。

「こんなことで、嘘《うそ》をついても、仕方がないだろう！」

鈴木が、大きな声を出した。職人気質《かたぎ》の鈴木は、自分の鑑定を疑うような言葉に、カチンと来たのだろう。

「すぐ、山下邸に行こう！」

と、十津川は、亀井に、いった。

パトカーに飛び乗って、山下邸へ急いだ。車の中で、亀井が、

「どうなってるんです？」

と、わめく感じで、きく。

「われわれが、すっかり、騙《だま》されてたってことさ」

十津川が、いった。

「誰にです？」

「あの三人と、山下保子にだよ」

「あの三人って、誰です？」

「今、裁判中の被告人三人に決っているじゃないか！」

十津川の声も、ぶっきら棒になってくる。

山下邸に着いた。

インタホーンを鳴らすと、留守番のお手伝いが、顔を出した。

二人は、警察手帳を示して、中に入った。

「今、保子さんは、何処《どこ》にいるか、わかりませんか？」

十津川が、お手伝いに、きく。

「私は、ただの留守番ですから」

と、相手はいう。

「いつ、帰ってくるかもわかりませんか？」

「一週間くらいしたらとは、聞いてますけど――」

「昨日、今日と、保子さんから、電話はかかって来ませんでしたか？」

「ありません。私も、夜は、自分の家に帰ってますから」

と、頼りなかった。

「部屋を見せて貰いますよ」

十津川は、いい、部屋の一つ一つを調べていった。

行先を書いたものがあればと、思ったのだが、どの部屋にも、それらしいものは、見つからなかった。

二階にあがる。

去年亡《な》くなった山下教授が、使っていた書斎は、そのままになっていた。

十津川と、亀井は、最後に、その部屋に入った。

「この部屋は？」

と、お手伝いにきくと、

「奥様から、入るなといわれています」

と、いう。

十津川は、なおさら、この部屋に興味を持った。

大きな机が置かれている。

山下教授が使っていた机だろう。本棚も、書物で一杯だった。

机の上には、山下が、愛用していたらしいパイプが、よく磨かれて、置いてあった。

その他、机の上には、封筒が、一通、置かれていた。

十津川は、手袋をはめた手で、その封筒を取って、中身を調べた。

便箋《びんせん》が、一枚入っていた。

その便箋には、俳句らしきものが、書いてあった。

　　朧夜の　最後の一撃　桃の花

この筆跡は、例の短冊の文字によく似ていた。

恐らく、山下保子の書いたものだろう。

「どういう意味でしょう？」

と、亀井がきく。

「カメさんの方が、俳句に詳しいだろう」

「詳しいといっても、朧夜と、桃が、春の季語だということぐらいしかわかりません」

と、亀井はいった。

「じゃあ、この句の問題は、『最後の一撃』というところか」

「誰かを、殺すということでしょうか？」

「ああ。ターゲットは、笠原だよ」

と、十津川はいった。

「とすると、この句は、笠原文彦を、殺すぞという、われわれに対する予告でしょうか？」

「われわれが、あわてて、家宅捜索をすることを見越して、この句を残しておいたんだよ」

十津川は、いまいましげに、いった。

「しかし、場所が、わかりません。保子は、何処で、笠原を殺すつもりなんでしょう？」

亀井の顔も、険しくなっていた。

「ヒントは、桃の花だけだ。これじゃあ、何処か、わかる筈がない！」

十津川は、吐き捨てるように、いった。

彼は、笠原文彦の秘書、兼ボディガードの庄司の携帯に電話をかけた。

「笠原さんが、今、何処にいるかわかりますか？」

と、十津川がきいた。

「いや。わかりません。社長は、温泉好きですから、今頃、ゆっくりされていると思いますが」

相手は、呑気《のんき》に、いう。

「何処の温泉だ？」

思わず、十津川の声が、荒くなってくる。

「わかりません」

「どうして、一緒に行かなかったんだ？　いつもは、ボディガードとして、ベッタリくっついているだろうが」

「それは、この間もいいましたが、社長が、もう、来なくてもいい、二人だけで楽しみたいと、いわれたので、遠慮したんです。いいじゃありませんか、社長も男なんですから」

（バカ！）

と、怒鳴りたくなるのを、十津川は、ぐッとおさえて、

「今、何処にいるんだ？」

「自宅マンションですが」

「すぐ、笠原邸へ行ってくれ」

「しかし、まだ、社長は、帰っていませんよ」

「いいかね、笠原邸へ行ったら、家中を引っかき廻してでも、どこの温泉へ行ったのか見つけるんだ。わかったら、すぐ、私の携帯にかけてくれ」

「社長の身に何かあるんですか？」

「死ぬかも知れん。早く、笠原邸へ行ってくれ！」

と、十津川は怒鳴った。

2

二人は、次に、三人の被告人が収監されている神奈川県の拘置所に、車を飛ばした。

拘置所で、三人の被告人と順番に面会した。

十津川は、大石翔と向かい合うなり、

「彼女は、今、何処だ？」

と、きいた。

「彼女って、誰のことです？」

大石が、恍《とぼ》けた顔できく。

「山下保子だよ。君たちの仲間の！」

と、十津川が、語気を荒げた。

ニヤッと、笑って、

「もう、間に合いませんよ」

と、大石がいった。

「君たちは、山下保子に、殺人を犯させて、平気なのか？」

十津川が、睨《にら》む。

「それが、あの人の望みなんです」

「わかったようなことをいうな！」

亀井が、怒鳴った。

大石が、笑って、

「刑事さん、そんなに、かっかしないで下さいよ。もうすぐ、全《すべ》てが、終るんですから」

と、いう。

「それを、君たちは、黙って、見ているのか？」

向井朝香も、同じような反応だった。

「私たちは、こうして、ここに勾留《こうりゅう》されているんですよ。何が、出来ます？」

朝香が、切り返してくる。

「だから、今、彼女が、笠原文彦と何処にいるのか、それを教えてくれればいいんだ。君たちの間で、全て、計算されているんだろう？」

「さあ、どうでしょうか」

「バカにするのか！」

と、亀井が怒る。

十津川は、山下邸から持って来た俳句を、朝香に見せた。

「これは、山下保子が、書き残しておいたものだ。最後の一撃というのは、笠原を殺すということじゃないのかね？」

「警察は、そんな風に、お考えになるんですか？」

朝香が、バカにしたように、笑った。

勝ち誇っているのだ。

「君たちは、そんなに、山下保子に、人殺しをさせたいのか？」

十津川が、睨んだ。

「覚悟の上の殺人なんですよ。すんでしまったことは、もう元には戻りません」

朝香が、生まじめに、いった。

その言葉で、十津川は、「そうか」と、思った。

次に、十津川は、安岡麻美に会った。

「関根助教授は、最初から狙《ねら》われていたんだな。君とは関係なかったんだ」

と、十津川は、麻美を見つめた。

「君が配ったシャンパンには、青酸なんか、最初から入ってなかったんだ。そうなんだろう？」

「だから、いってるじゃありませんか、私は何も入れてないって。それなのに、警察と、検事が、勝手に、私が、青酸を入れたシャンパンを、山下保子さんに渡した、それを、関根先生が、間違えて飲んでしまったと、決めつけてしまったんですよ」

「いや、君たちが、われわれに、そう考えるように仕向けたんだ。本当は、山下保子が、関根助教授のグラスに、ひそかに青酸を混入したのにね。そうしておいて、彼女は、関根が飲む寸前、『あッ、それは――』と、声を出して、さも、自分のグラスを、関根が間違えて飲んだように思わせたんだ」

「遅いんですよ」

と、麻美がいった。

「さぞ、君たちも、山下保子も、われわれのことを、笑っていたんだろうね」

「いいえ」

と、麻美はいい、

「私たちも、保子さんも、正直にいって、真相を気付かれるのではないかと思って、はらはらしていたんですよ」

と、付け加えた。

「君たちの作った俳句の『二匹の蛾《が》』というのは、山下保子と、笠原文彦二人のことじゃなくて、関根助教授と、笠原文彦のことだったんだな？」

「そうですよ。勝手に間違えたのは、刑事さんたちですよ」

と、麻美がいう。

「しかし、保子さんが、あんな態度だったから、てっきり、彼女は、笠原といい仲で、邪魔になった夫を殺したと――」

十津川が舌打ちすると、麻美が、笑って、

「そんな、型にはまったストーリイを、刑事さんも考えるんですねえ」

「君たち三人が、捕まってしまって、笠原をどうするのかと、それが不思議だったんだ。誰が、山下教授の仇《かたき》を討つのかとね。山下保子のことを、考えるべきだったんだ。そうなんだ。君たちが、捕まって、笠原は、もう命を狙われることはないと、安心して、保子と二人だけで、ボディガードも連れずに、旅行に出かけた。そのチャンスを、保子は、狙っていたんだな、じっと、辛抱強く。もう一度きく、二人は、何処へ行ったんだ？　山下保子は、何処で、笠原を殺す気なんだ？　もう殺してしまったのか？」

「私たちも知りませんよ。私たちの役目は、もう、終ったんですから」

と、麻美はいった。

その時、十津川の携帯が、鳴った。庄司からだった。

「二人の行先が、わかったか？」

と、十津川はきいた。

「わかりません」

「それなら、電話なんかしてくるな！」

「ただ――」

「ただ、何だ？」

「石和《いさわ》温泉のパンフレットがありました」

と、庄司がいった。

「石和温泉？　二人は、そこへ行ったのか？」

「それはわかりません」

と、庄司はいう。これではどうしようもない。

十津川は、とにかく、石和温泉がどんな所か調べることにした。

拘置所を出ると、本屋で、温泉案内を買い、亀井と、近くの喫茶店に入って、本のページをめくってみた。

石和温泉のページを開ける。

甲州、今の山梨県の盆地の温泉だとある。昭和三十年代に生れた温泉ともある。

しかし、十津川が注目したのは、次の記述だった。

〈この辺り、四月から五月にかけて、桃の花が咲き乱れ、桃源郷の名前がある〉

山下保子が、残した俳句にも、「朧夜の　最後の一撃　桃の花」とあったではないか。

「石和温泉へ行ってみよう」

と、十津川は、亀井にいった。

二人は、山梨へ向って、パトカーを飛ばした。

午後五時過ぎに、二人の車は、桃源郷と呼ばれる場所に着いた。

この辺り、一面に桃の花が咲くのだろう。

二人は、甲府市内の山梨県警本部に廻り、協力を要請した。

十津川は、笠原文彦と山下保子の写真を、県警本部長と捜査一課長に見せた。

「この二人が泊っているホテル、旅館を見つけて頂きたいのです。なるべく早くです。おくれると、彼女が笠原文彦を殺してしまう恐れがあります」

と、十津川はいった。

一課長は、二人の顔写真を見ながら、

「なるべく早くやりますが、そういうカップルだとすると、まず、本名で、泊っているとは思えませんからね。結局、この写真を、大量にコピーして、刑事たちに持たせ、一軒一軒、刑事がホテル、旅館を廻って調べることになると思います」

「よく、わかります」

と、十津川は肯《うなず》いた。

十津川と亀井も、二人で、石和温泉のホテル、旅館を当ることに決めていた。

石和温泉は、田んぼの中に、突然湧《わ》いたというだけに、川沿いの普通の温泉と違っていた。

二人は、その一軒一軒を、フロントで、笠原と山下保子の写真を見せて、聞いて廻った。

五軒目の旅館に、当っている時、十津川の携帯が鳴った。

「県警の長谷川です」

と、相手はいい、

「お探しの二人が見つかりました。T旅館という日本旅館です。すぐ、おいで下さい」

「それで、二人は、どうしていますか？」

と、十津川はきいた。

「残念ですが、二人とも、死亡しています」

長谷川という県警の刑事が、いった。

十津川たちは、T旅館の場所を聞き、車を、走らせた。

すでに、周囲は、暗くなっている。

「間に合いませんでしたね」

と、亀井が呟《つぶや》いた。

十津川は、黙っていた。

3

旅館に着いた。

玄関に、県警の刑事が、待っていた。

「離れの特別室です」

と、いって、十津川と亀井を、案内してくれた。

広い敷地に、特別室と呼ばれる離れが、三室設けられているのだという。

二間続きに、専用の露天風呂が付いていた。

格子戸《こうしど》を入ってすぐの十五畳の和室に、ゆかた姿の笠原文彦が、仰向《あおむ》けに横たわっていた。

死の寸前に、激しい苦悶《くもん》が、彼を襲ったのだろう。ゆかたの前は、はだけ、嚙《か》みしめた唇からは、血が流れていた。その血も、すでに、乾いてしまっている。

テーブルの上には、ビールびんと、コップが、二つあった。

コップの片方は、転がって、ビールが、テーブルを、ぬらしていた。

「ビールに青酸を混ぜ、それを飲ませたものと思われます」

と、県警の刑事がいった。

「山下保子は？」

十津川が、きいた。

「隣りの部屋です」

と、いう。

隣りも、十二畳の和室だった。

小さな机が置かれていて、その机にもたれかかるようにして、山下保子が死んでいた。

こちらは、ゆかた姿ではなく、きちんと、洋服を身につけていた。

ただ、傍に、ゆかたと帯が、たたまれているところを見ると、保子は、ゆかた姿だったのを、着がえてから、死んだのだろう。

「こちらも、青酸中毒死と思われます」

と、県警の刑事がいった。

机の上には、一通の封書が、置かれている。

宛名《あてな》は、現在、安岡麻美たちの公判が開かれている地裁の「増田裁判長様」になっていた。

　机の上には、ボールペンと、便箋《びんせん》用紙が置かれているから、保子は、着がえたあと、この手紙を書き、そして、青酸カリを飲んで、死んだのだろう。

「中身を読みたいですね」

　と、亀井がいった。

「私だって読みたいがね。このまま、持ち帰って、裁判長に渡すよ」

　と、十津川はいった。

　死体の発見者は、五十代の仲居だった。まだ、ふるえが止まらないという顔で、十津川に話してくれた。

「夕食の時間なので、食事をお持ちしてよろしいでしょうかと、お伺いして、のぞいたら、男の方が、亡《な》くなっていて、奥で、女の方が亡くなっていたんです。腰が抜けてしまいました。無理心中でしょうか？」

「いや、違いますよ」

　と、十津川はいった。

　保子は、そう見られるのを嫌って、わざわざ、ゆかたを着がえてから、毒を飲んだに違いない。

「じゃあ、何で、亡くなったんですか？」

「仇討ちですよ」

　と、十津川はいった。

「今どき、仇討ちなんて、どういうことなんですか？」

「その中《うち》に、ニュースになるから、わかりますよ」

　と、十津川はいった。

　彼は、あとのことは、山梨県警に頼み、亀井と、帰ることにした。ポケットに、山下保子の手紙を、入れてである。

　戻ると、すぐ、増田裁判官に会って、山下保子の手紙を渡した。

　増田は、警戒する眼になって、

「裁判の途中で、予断を持つようなことはしたくありませんが」

　と、いった。

「お気持はわかりますが、山下保子が、死をかけて書いたものです。とにかく、眼を通して下さい」

　と、十津川はいった。

「十津川さんは、読んだんですか？」

「いや、あなた宛の遺書なので、私は、見ていません」

「一応、拝見しますよ」

と、増田はいい、封を切った。

「では、私たちは、失礼します」

と、十津川がいうと、増田は、小さく手を振って、

「いや、そこにいて下さい」

と、いった。

それで、十津川は、亀井と二人、部屋の隅に置かれた椅子《いす》に腰を下して、待つことにした。

増田は、一度、読みおわると、もう一度、読み直したあと、十津川に渡し、

「あなたの感想も、聞かせて下さい」

と、いった。

十津川は、十数枚の便箋に眼をやった。

〈増田裁判長様

これから記すことは、全《すべ》て、嘘《うそ》いつわりのない事実です〉

で、手紙は、始まっていた。

4

〈私は、平凡な女です。いえ、平凡な女でした。

夫とは、かなりの年齢の差がありましたが、別に気にはなりませんでした。

夫の山下は、知り合った頃は、Ｓ大の助教授で、優しく、学生の信望も厚い人でした。

出世欲がなくて、教授になるのが夢の助教授の中では、珍しいといわれていました。

俳句が趣味で、俳句の同人誌「ＨＡＫＵＢＡ」の同人でした。

私も、山下に教わって、下手な俳句を作ったりしていました。平凡な毎日でしたが、私は、満足していたのです。

去年の四月、突然、全てが、狂ってしまったのです。

四月二十日でした。

山下は、いつものように、朝食前の散歩に出かけました。

私は、朝食を作っていました。

いつもなら、三十分くらいで帰ってくるのに、この日は、一時間たっても、戻って来ませんでした。翌日になってもです。

五日たった二十五日に、奥多摩で、死体で発見されたと知らされたのです。警察は、足を滑らせて、谷底に転落死したのだといいました。そんなことが、信じられるでしょうか。

いつもの朝の散歩に出た主人が、なぜ、奥多摩で死ぬことになったのか。警察には、こういわれました。主人の山下は、日頃、うっくつしたものがあった。妻にもいえないようなことが。いつものように、朝の散歩をしている間に、ふっと、山を見たくなって、奥多摩へ出かけた。すぐ帰るつもりだったが、歩いている中に足を滑らせて、谷に転落してしまったに違いないと。

私に、そういって刑事さんは、こうもいいました。

私だって、ふっと、海を見たくなって、誰にもいわず、千葉の海へ行ってしまったことがありますよと。

でも、私には、納得できませんでした。

山下は、誰かに、殺されたのではないのだろうか。

そう考えると、二つの噂《うわさ》が気になってきました。今まで、気に留めてなかった噂です。

一つは、山下が、同人になっているＨＡＫＵＢＡのことでした。同人の中に、金で、俳句の賞を買っている笠原という男がいて、二人が、憎み合っているという噂でした。山下は、ケンカなんかしない人ですが、笠原という人は、自分に批判的な山下を、ＨＡＫＵＢＡから追い出そうとしているという噂も聞いていました。

もう一つは、Ｓ大の内部のことで、山下の後輩の関根さんの噂でした。助教授の関根さんは、山下を尊敬してくれていたんですが、彼は、山下がどんどん出世して、学長になり、自分を引き上げてくれることを期待していたらしいのです。学内にも派閥があり、関根さんは、それを期待して、山下にくっついていたのに、山下に出世欲がない。これでは、自分も、助教授のまま、終ってしまうと思い、山下を憎み出しているらしいという噂でした。

でも、私は、だからといって、この二人が、夫を殺したとは、思えませんでした。いくら山下を憎んでいたとしても、まさかという気があったのです。

それが、四月二十八日になって、変りました。

山下の俳句の弟子だったＯＬの鹿島さとみさんからの電話でした。

彼女は、松山から電話してきて、こういいました。山下先生の事故死は、信じられない。私は、俳句をやっているので、ＨＡＫＵＢＡの同人の間で、山下先生と笠原文彦さんとの確執について、いろいろ聞いている。笠原さんは、金で、多聞賞を手に入れたということで、山下先生が、それを批判し、笠原さんが、山下先生を激しく憎んでいることも聞いていました。もし、山下先生を殺した犯人がいるとすれば、私には、この笠原文彦さんしか考えられません。ただ、山下先生を、朝の散歩の場から誘拐し、奥多摩で殺すには、若い共犯者が必要だと思いますと、いいました。彼女は、更に、私が、今、松山に来ているのは、この松山市でやっている俳句の大会の審査員に、笠原さんが選ばれ、その打ち合せに、この松山市に来ているからだともいいました。

あなたが、山下先生を殺したことは知っていると電話で、脅したら、彼は、ぜひ、会いたいといいましたので、今日、松山観光港で、会う約束をしました。会ったら、何とか、山下先生を殺したことを、白状させたいと思っていると、彼女は、私に、いったのです。ところが、この日の夜、彼女は、松山観光港で、溺死体《できしたい》になってしまったのです。新聞は、事故死と伝えました。山下の場合と、全く同じだと思いました。私は、S大の事務局に行き、この日の関根先生のことを、内緒で聞いてみました。そうすると、この日頭痛が激しくなって、午後は休講にしたというのです。この時、私は、夫の山下を殺したのは、笠原さんと、関根先生の二人だと、確信しました。

でも、私には、何の確証もありませんでした。

一方、私は、山下が亡くなって、自分の心に、大きな穴が、あいてしまったのを感じていました。彼が生きている間は、自分にとって、彼が、どんなに大きな存在か気がつかなかったのです。

私より、ふたまわり近く年上の山下の優しさ、大きさを、当り前のことと、思っていたのに、亡くなってみると、それが、どんなに素晴しいことだったのか、しみじみと、身にしみてきていました。

それは、大きな悲しみになって、私を押し包み、私から、山下を奪った犯人への、激しい憎しみになってくるのです。

でも、私には、どうしていいかわかりませんでした。

何の証拠もなしに、警察に訴えても、相手にされないだろうという気がしました。それに、女の私には、笠原と関根の、二人の男を相手に戦うことなど、とても、出来そうもありませんでした。

そんな時、私は、山下に俳句を習っていて家によく来ていた安岡麻美、大石翔、向井朝香という三人の学生のことを思い出しました。

三人も、山下が、事故死ではなく、誰かに殺されたのだと思っていました。私が、自分の思いを打ちあけると、三人はすぐ、賛成してくれました。彼等も、笠原と関根の二人を、怪しいと思っていたのです。

三人は、尊敬する山下先生の仇《かたき》を討ちたいと、いってくれました。

でも、彼等は、学生です。素晴しい将来を持っています。そんな三人を、私は、刑務所に送ることは出来ないと、いいました。それに比べて、私は、山下という大きな存在を失って、空蟬《うつせみ》のような空《むな》しさを感じていました。殺された夫の仇を討つことだけが、生きる張り合いになっていました。極端なことをいえば、だから、今の私には、何も怖いものはないと、いいました。ただ、今の笠原と、関根相手には、戦う術《すべ》がないと、いったのです。

どうしたらいいか、というと、三人は、いかにも若い学生らしい方法を提案してくれました。

それは、「芝居」という言葉でした。四人で、あの二人を、騙《だま》してやりましょうよ、というのです。今はやりのゲーム感覚かもしれません。

私が、年上の夫に、あき足らなかった妻を演じ、三人は、そんな人妻の私を、邪魔になった夫を殺したに違いないと、責める。そんな芝居を演じようというわけです。三人は、私が、笠原と不倫をし、邪魔になった山下先生を殺したといって、私を責め続ける。それを句にして、松山で、投稿する。

私も、それらしい人妻を演じ続けました。

私に対して、警戒心を持っていた笠原も、少しずつ、私に気を許すようになって来ました。

そして、今年の四月二十日です。

笠原は、松山で投稿された三つの句の作者を見つけ出そうと思っていました。だから、山下を慕っていた六人の学生に、パーティを手伝わせることを、考えたのです。私は、パーティの前に、三人と、話しました。

山下の一周忌に、仇を討つ積りだと、私は、いいました。

そのために、青酸カリも、用意していました。パーティの席で、配られたシャンパンに、青酸を入れて、笠原と関根を殺したいと、いったのです。でも、二人を同時に殺すのは難しいという結論になりました。

特に笠原は、パーティの主催者で、全体を見廻しているし、今年の二月から笠原の秘書兼ボディガードとして雇われている庄司も、常に傍にいますから、彼のシャンパンに青酸を入れるのは、難しいだろうということになりました。

それに、あの広間に、監視カメラがつけられていることを、私は知っていました。とても、笠原と関根の二人を、パーティの席で殺すことは出来そうもないと、思いました。

この時、またまた、三人が、奇抜な計画を立ててくれました。例のゲーム感覚でです。

パーティの席では、関根だけを、殺して下さい。その犯人は、私たち三人と思わせます、というのです。

警察は、喜んで、私たちを逮捕するでしょう。そして、裁判ということになる。笠原は、それで、すっかり、安心すると思いますから、奥さんは、どんどん、彼に近づいて下さい。夫を失って、生きていく自信を失った未亡人が、力のある笠原にすがっていくというスタイルで、というのです。

甘えて、二人だけで、旅行にも行くようにして下さい。最初の中《うち》は、用心して、ボディガードを連れて行くでしょうが、ああいう男は、奥さんと、二人だけで、旅行に行くようになります。その時が、チャンスですというのです。

私も、その計画に賛成しました。

四月二十日が、やって来ました。

私は、パーティの席で、安岡麻美と、口論して見せました。三人と、私は、仇同士というところを、みんな、特に笠原に示しておく必要があったからです。

シャンパンが、配られると、私は、ひそかに、自分のシャンパンに用意してきた青酸を落とし、隣の関根のシャンパンとすりかえました。

こうすれば、関根の飲むシャンパングラスには、私と、関根の指紋がつき、私の飲もうとしたシャンパンを関根が間違えて飲んだということになるからです。

一方三人は、監視カメラの前で、芝居をして見せました。

私が、夫の山下を殺したことを非難し、私をこらしめるために、私のシャンパンに、面白いものを入れてやろうという会話を、カメラの前でして見せたのです。監視カメラのビデオから、自分たち三人の会話が、調べられることを計算してです。

全て、計画通りに進行しましたが、この時、私は、一つのミスをしてしまいました〉

5

〈私は、毒死した関根が、書きかけた短冊を見ていると、何か、自分の思いを書き加えたくなってしまったのです。

関根を毒殺した理由を、書きたかったんです。その誘惑に勝てず、私は、短冊に、書き加えてしまいました。

あの時、もし、私の筆跡が、調べられたら、たちまち、私の正体がわかってしまって、あの三人と立てた計画は、途中で、挫折《ざせつ》してしまうところでした。

でも、警察は、あの三人の一人が、書き加えたと思い込んで、私は、全く疑われませんでした。

計画どおり、三人が、殺人容疑で逮捕され、裁判が始まってからも、私たちは、芝居を続けました。私は、検察側の証人として出廷したときも、芝居を続け、夫にかくれて不倫を楽しむ、夫殺しの疑いをかけられている未亡人の役を演じ続けました。被告席の三人と私は、夫殺しと、責める役を演じ続けたのです。

その間に、私は、笠原にひたすら、甘えました。みんなに、夫殺しの疑いをかけられ、夫の教え子たちに、責められて、辛《つら》い。くさくさするので、温泉にでも連れて行って欲しい。今後のことも、相談にのって欲しいと、頼んだのです。

公判中、笠原と、一緒に、南紀白浜などの温泉に出かけました。しかし、笠原は、用心深く、ボディガードの庄司を連れていました。

庄司は、忠実な犬のように、笠原の傍を離れず、眼を光らせていて、私には、どうしようもありませんでした。

その後、裁判の進行につれて、笠原は、自分を狙《ねら》うのは、三人以外にいないと思ったとみえて、私に対して、警戒心を解いていきました。

そして、とうとう、庄司を東京に残し、私と二人だけで、山梨県の石和温泉に行くことになったのです。

私と、三人で立てた計画が、やっと、結末を迎えることになったのです。

旅館に着くと、一緒に、温泉に入りました。そのおぞましさに耐えたおかげで、笠原は、湯あがりのゆかた姿で、完全にくつろぎ、私のすすめる青酸入りのビールを、何の警戒も抱かず、飲み干したのです。

今、眼の前に、笠原が、死体で横たわっています。

奥多摩で、山下は、笠原と関根に、谷に突き落とされ、顔を血だらけにして、亡《な》くなりました。今、笠原も苦しさに唇をかみ、血を流して死んでいます。

これで、全《すべ》てが、終りました。

ここで、裁判長に、お願いを書きます。

関根を毒殺したのも、笠原を毒殺したのも私で、全て、私一人で、やったことです。動機は、二人に殺された夫、山下の無念を晴らすためです。それから、二人が、夫を殺したと確信させてくれた鹿島さとみさんの仇討ちでもあります。

安岡麻美、大石翔、それに向井朝香の三人は、私の、夫山下の無念を晴らしたいという思いを、助けてくれただけなのです。

確かに、私も、三人も、芝居がかった行動をとり、周囲を騙《だま》しました。

三人は、殺人幇助《ほうじょ》の罪に問われても構わないと、いってくれていますが、これは、あくまで、私個人の犯罪なのです。

殺人犯の私が、こんなことを書くのは、不謹慎かも知れませんが、山下が、奥多摩で亡くなった時、警察が、簡単に事故死と決めつけず、徹底的に捜査してくれていたら、また、そのすぐ後、松山で、鹿島さとみさんが、亡くなったときも、向うの警察が、慎重に捜査してくれていれば、笠原と、関根の名前が、浮んできていたと思うのです。

その結果、二人が、逮捕されていれば、私も、自ら手を汚して、殺人に走る必要もありませんでしたし、三人も、学生として、普通の生活を続けていれば良かったと思うのです。

警察を、責めているのでもありませんし、自分の罪が、許されるとも思っておりません。

ただ、私は、正義というものを、考えるのです。

警察は、人々に代って、正義を行う義務があります。もし、警察が、正義を放棄した場合は、人々が自ら、正義を行うより仕方がないのです。

今回が、それに当ると思います。

また、私たち一般人には、警察官のような権限は、与えられていません。そのため、私たちは、犯人たちを騙したりしなければならなかったのです。それに伴って、犯人の周囲の人たち、警察もです。繰り返しますが、好きで、そんなことをしたわけではありません。素人《しろうと》で、何の力もない私たちは、狡猾《こうかつ》な犯人と戦うために、止《や》むなく、やったことなのです。

三人の学生は、ひたすら、私を助けるために、芝居をし、嘘《うそ》をついたのです。その点を酌量して、彼等には、何卒《なにとぞ》、軽い刑をお願いしたいと思います。

私は、この告白を書き終えたら、用意してある青酸を飲んで死ぬつもりです。今は、死ぬことが、幸福に思えています。あの世で山下に会い、全てを報告するのが、嬉《うれ》しいのです。

多分、山下は、無茶なことをしたなと、笑うに違いありません。

保子

雲走り　いずこへ帰るか　夏つばめ〉

6

「十津川さんの感想を聞きたい」

と、増田がいった。

「しかし、本件は、私の手を離れてしまっていますが」

と、十津川はいった。

「十津川さんが、手がけた事件の筈ですよ」

増田がいう。

「確かに、そうですが――」

自然に、十津川の口調は、重くなる。

去年の四月二十日、山下教授は、朝の散歩の途中、失踪《しっそう》し、奥多摩の谷底で、亡くなっていた。

それを、事故死と断定したことに、警察の人間として、十津川は責任を感じている。

あの時、警察が、もっと、慎重に、山下教授の死因や、失踪前後のことを調べていたら、その後の悲劇は、なかったかも知れないのだ。

笠原文彦と、関根浩司を、犯人と断定できなくても、この二人を調べ、事情聴取していれば、少くとも、鹿島さとみが、松山で死ぬことはなかった筈なのだ。

山下保子も、警察が、夫の死について、捜査を続けていれば、警察を信頼して、自分で、夫の仇を討とうなどとは考えなかったろう。

「つまり、今回の裁判自体、無かったと思うのです」

と、十津川はいった。

「それは、警察自身の反省ということですか？」

増田が、痛いことを、いう。

「その通りです」

と、十津川はいった。

「私も、こんな面倒な裁判を担当しなくて良かったことになる」

「申しわけありません」

「いや、冗談ですよ」

と、増田は、小さく笑ってから、

「一つだけ確認しておきたいんですが、去年の四月に亡くなった山下教授は、笠原文彦と、関根浩司に殺されたことは、間違いありませんか？」

と、きいた。

「私の個人的な考えをいえば、状況証拠は、クロです。ただ、確証はありません。しかし、四月二十八日に、松山で殺された鹿島さとみについていえば、笠原と関根が、犯人であることは、間違いありません。彼女は、松山市で、東京から来ていた笠原に電話して、会いたいと告げたことは、確かなのです。笠原が、あわてて、東京から、関根を呼び寄せたことも間違いないんです。そして、その夜、鹿島さとみは、松山観光港で殺されました。二人が、彼女を殺す場面は、目撃されていませんが、殺したことは、確かです」

と、十津川はいった。

「十津川さんは、今回の裁判について、何か希望することはありますか？」

と、増田はきいた。

「いえ。何もありません」

十津川は、あっさり、いった。

「本当にありませんか？　この遺書の中で、山下保子は、被告の三人について、情状酌量をと、書いていますが」

と、増田はいった。

「裁判になれば、われわれ、警察の人間には、口を挟む余地はありません。事情が変っても、われわれは何も申し上げることはありません」

「わかりました」

と、増田は肯《うなず》いた。

翌日、増田は、公判前に主任検事と、弁護士の代表を、自分の部屋に呼んだ。

「お二人とも、山下保子が、笠原文彦を毒殺して、自ら命を絶ったことは、すでに、知っておられると思います。実は、山下保子は、私に対して、遺書を書いていたのです。それを、お二人にお見せしますので、意見を、いって貰《もら》いたいのです」

増田は、コピーしたものを、二人に渡した。

小杉検事と水本弁護士である。

二人は、黙って、読んでいる。しかし、読み了《おわ》った時の表情は対照的だった。

水本弁護士の方は、微笑を浮べて、

「これで、被告人三人は、殺人事件とは、何の関係もないことが、わかったことになります。直ちに、無罪として、釈放して頂きたいと思います」

と、いった。

小杉検事の方は、険しい表情になって、

「情況が、一変したことは、認めます。関根浩司を殺した犯人が、三人の被告人ではなく、山下保子であることも認めます。しかし、三人には、殺人幇助の疑いが、残ります。山下保子も、この遺書の中で、三人に手伝って貰ったと書いているのです。従って、起訴を取り下げることは、出来ません」

と、いった。

「裁判は、続けるというのですか？」

増田が、きいた。

「もちろん続けます」

と、小杉検事は、頑固に、いった。

「三人の被告人は、関根浩司に対する殺人容疑で、起訴されているんですよ。しかし、関根を毒殺したのは、山下保子とわかりました。私は、三人は、殺人の幇助もしていないと思いますが、一歩ゆずって、殺人の幇助の疑いがあるとしても、別の裁判になってしまうんじゃありませんか」

と、水本弁護士はいった。

「いや、山下保子は、パーティの席で、関根を毒殺したのは、自分だと、書いていますが、彼女は、どうせ、自殺するのだから、全ての罪を、自分が、かぶったのかも知れない。私は、今も、三人の被告人が、シャンパンに、青酸を入れたと信じています。だから、起訴は取り下げられませんね」

と、小杉はいった。

「それじゃあ、おかしなことになって来ませんか」

と、水本が、食いさがって、

「検事の主張では、三人の被告人が、山下保子を殺そうとして、彼女のシャンパンに、青酸を入れた。それを、たまたま、関根が間違えて飲んで、死んだというふうになっていますね。それが、違ってくるんじゃありませんか」

「二人とも、待って下さい」

増田が、割って入った。

「検事も、弁護士も、今回の裁判に、大きな変化が生じたという点では、一致している。そうですね？」

増田が、二人を見た。

二人とも、肯いた。

増田は、彼等に向って、

「私としては、今回の裁判を、どう収拾したら、最善かを考えたいと思っているのですよ。裁判は、権威のあるものでなければならない。下手をすると、それが、滑稽《こっけい》なものになりかねない。まず、小杉検事にお聞きしたいのだが、あくまでも、三人を、殺人罪で、追及し続けるつもりですか？」

「その通りです」

「しかし、検事に考えて欲しいのですよ。関根浩司を毒殺したと告白する人間が、現われたのです。一方、安岡麻美は、シャンパンの中に、眼薬をたらしてやろうと思ったが、止めて、その眼薬を、庭に捨てたと証言していて、その眼薬は、警視庁の刑事が、発見しています。つまり、三人は何もやっていない可能性が、出て来たのですよ。三人が、山下保子や、笠原文彦の悪口をいい、危っかしい俳句を作ったとしても、それは、罪にはなりませんからね」

「――」

「次は、あなたの方です」

と、増田は、水本弁護士に眼を向けて、

「三人の被告人には、上申書を、書かせて下さい」

と、水本がきく。

「どんな上申書ですか？」

「山下保子と笠原文彦が、不倫していると思い込み、二人の悪口をいったり、二人を批判するような俳句を作って投稿したりしたが、全て誤解だとわかりました。申しわけなく思っております。しかし、殺人事件には、全く関係しておりませんという上申書です」

と、増田はいった。

「三人が、殺人幇助に問われませんか？」

「その点は、大丈夫です。私は、この遺書を公表する気は、ありませんから」

「上申書を書いて提出したら、どうなるんですか？」

と、水本がきいた。

「検事は、起訴を取り下げて、裁判は、幕となって、三人は、釈放となります」

と、増田はいった。

「約束できますか？」

「出来ますね？」

と、増田は、小杉検事を見た。

小杉は黙って肯いた。

翌日、十津川は、裁判が、中止になったことを知った。

三人の被告人が、上申書を提出し、検察が、三人に対する起訴を取り下げたのだ。

そして、山下保子が、この事件の容疑者として新たに書類送検されたが、すでに死亡しているので、被疑者死亡で、不起訴となった。

十津川は、増田裁判長に会うことにした。

「山下保子の遺書は、どういうことになるんですか?」

と、十津川はきいた。

「あれは、私の一存で、公表しないことにした。公表すると、三人の学生を、殺人の幇助で、調べなければならなくなりますからね」

増田は、いう。

「それで、検事も、弁護士も、了解したんですか?」

「弁護士の方は、三人の被告人に有利な結着だから、賛成しましたよ。検事の方は、当然、不満が残ります。起訴を取り下げるんですからね」

と、増田はいった。

「それで、上申書ですか?」

「そうですよ。それで、検察の面子《メンツ》も立ったというわけです」

と、増田はいってから、

「十津川さんも、こんな結果を期待していたんじゃないんですか？」

と、きいた。

「そうですねえ」

と、十津川は、少し考えてから、

「あなたのいわれる通りかも知れません。ただ、おかげで、私は、宿題を背負うことになりました」

と、増田にいった。

「どんな宿題ですか？」

と、増田がきいた。

「私は、刑事です」

と、十津川はいった。

「それはわかっていますが――」

「山下教授が、死んだ時、捜査することをしなかった。それを後悔しています」

「それも、知っていますよ」

「だから、二度と後悔したくないんですよ。山下保子は、夫の山下を殺したのは、笠原文彦と関根浩司の二人だと信じて、二人を殺し、自らも命を絶ちました。私も、犯人は、笠原と関根の二人だと信じていますが、確証はありません。そして、証拠を、つかむのは、刑事の仕事です」

「つまり、それが、宿題というわけですか？」

「証拠を見つけて、それを、山下保子の墓前に捧《ささ》げるつもりですよ。それが刑事の仕事ですから」

と、十津川はいった。

この作品はフィクションであり、作中に登場する人物・団体・場所等は実在のものとは関係ありません。

『松山・道後　十七文字の殺人』二〇〇五年二月　新潮文庫

中公文庫

松山《まつやま》・道《どう》後《ご》 十七《じゅうしち》文《も》字《じ》の殺人《さつじん》

2022年 2月25日　初版発行

著　者　西村《にしむら》京《きょう》太《た》郎《ろう》

発行者　松 田 陽 三

発行所　中央公論新社
〒100-8152　東京都千代田区大手町1-7-1
電話　販売 03-5299-1730　編集 03-5299-1890
URL https://www.chuko.co.jp/

DTP　ハンズ・ミケ
印　刷　大日本印刷
製　本　大日本印刷

Published by CHUOKORON-SHINSHA, INC.
Printed in Japan　ISBN978-4-12-207183-4 C1193

定価はカバーに表示してあります。落丁本・乱丁本はお手数ですが小社販売部宛お送り下さい。送料小社負担にてお取り替えいたします。